回眸八十春

项美根 著

中国出版集团　现代出版社

图书在版编目（CIP）数据

回眸八十春 / 项美根著 . -- 北京 ：现代出版社，
2022.12
ISBN 978-7-5231-0104-9

Ⅰ．①回… Ⅱ．①项… Ⅲ．①传记文学－中国－当代
Ⅳ．① I25

中国版本图书馆 CIP 数据核字（2022）第 256344 号

回眸八十春

著　　者　项美根

责任编辑　王志标

出版发行　现代出版社

地　　址　北京市安定门外安华里 504 号

邮政编码　100011

电　　话　010–64267325 64245264（传真）

网　　址　www.1980xd.com

印　　刷　三河市嵩川印刷有限公司

开　　本　880mm × 1230mm 1/16

印　　张　16.75

版　　次　2022 年 12 月第 1 版　　2023 年 4 月第 1 次印刷

书　　号　ISBN 978-7-5231-0104-9

定　　价　68.00 元

2017 年 6 月，作者在意大利米兰贝加莫

2019 年 9 月浙江嘉兴盐官，作者与夫人胡玉兰在钱塘江观潮

1993年5月，作者（前排左二）出席中船总公司军船管系归口组工作会议

1993年5月27日，时任安徽省委书记卢荣景视察作者创办的企业黄山特种阀门控制设备公司（黄山良业公司的前身），视察后给作者签名留念

2000 年 12 月 31 日，作者母亲带四个妹妹及部分外甥、外孙女，专程来黄山给作者过 60 岁生日（家乡有提前一年过 60 大寿习俗）。后排右一为作者小儿子，现任总经理项晓明

2002 年 1 月 7 日，作者家人与天津亲属在天津市黑牛城鹏天阁，给作者庆贺 60 岁生日

2021 年 12 月 30 日，作者友人在三亚宫满西廷给作者过八十大寿

2022 年 1 月 19 日，作者亲属在黄山老街第一楼给作者过八十大寿

目 录

前　言

年龄大了，常常会想起过去自己经历的岁月。想久了，就会想写自己的过去的经历。深思后，我决定写一本书：《回眸八十春》。

写写我苦难的童年与艰辛的求学之路，是这一过程，造就了我诚恳做人做事，团结同志，不畏艰险，艰苦奋斗，报效祖国，不达目的、誓不罢休的三观。

写写我人生所经历的四次正确决策，为我享受美好人生创造了条件，铺平了道路：

一是我父母给我原定的人生目标是学点文化知识，小学毕业后在家自谋职业。是我自己下定决心，克服一切困难，成功实现了从小学升初中，从初中升中专，从中专升本科的艰辛求学之路，为我实现人生的创新、创业、创造奠定了必要的文化基础。

二是排除干扰，顶住诱惑，坚持一辈子不改行，不跳槽，做好阀门电动装置这一件事。从1965年，我参加全国阀门电动装置第一次联合设计，填补了我国阀门电动装置产品的空白，可以说是零起步；到2020年，由我主导（我一直参加）制定的国际标准ISO22153-2020"工业阀门电动装置一般要求"成功发布，这标志着我干了一辈子的"阀门电动装置"事业达到了当代世界先进水平！

三是1992年2月我决定下海。我自主创办的黄山良业智能控制股份有限公司茁壮成长，走过了三十多年艰难曲折的道路，长期为社会提供就业岗位，为国家创造财富，并于2019年4月26日在"新三板"成功上市。

四是我还承接并出色地完成了"阀门寿命试验"与"阀门扭矩试验"两项十分重要的阀门产品质量基础技术工作，为我国阀门行业的技术进步做出了重要贡献。

　　我在人生道路上一路走来，什么苦都吃了，什么福也都享了，想做的工作，也都交出了优秀的答卷……今天，我可以告慰我的先祖先烈，并向祖国与人民报告：我实现了我的完美人生！

　　这部《回眸八十春》，就记载了我平凡而充实的人生。

黄山良业智能控制股份有限公司终身名誉董事长

项美根

2019 年 4 月 8 日

序一 点滴雕琢精华，大师铸就不凡

1982 年 2 月，大学刚毕业的我被分配到合肥通用机械研究院阀门室，那时就认识了项美根先生，他指导了我的第一项工作，带领我第一次出差，他是帮助我从事阀门事业的良师益友，让我终生难忘。

项美根先生严肃认真、不计报酬、忘我工作。参加工作 56 年，争取并完成了多个重要科技项目，此外，还制定标准、撰写论文、发明专利、翻译国外阀门专著等。

1992 年初，年过半百的项美根先生成功创办了具有自主知识产权与品牌的高新企业、"新三板"上市企业、阀门电动装置专业制造厂——黄山良业智能控制股份有限公司。

项美根先生一辈子从事阀门电动装置的设计与研究。1965 年参加全国第一代阀门电动装置联合设计，1974 年主持制定 JB2920、JB2921 两项阀门电动装置部标准；1976 年主持全国第二次阀门电动装置联合设计；2020 年，他参加的由我国主导制定的国际标准 ISO22153–2020 "工业阀门电动装置一般要求"成功发布，见证了我国阀门电动装置技术从起步、发展到提高的辉煌历程。

项美根先生也非常关注阀门行业产品质量的监督检测工作：主持制定了一整套阀门静压寿命试验规程，研制了 FS–0 型、FS–1 型阀门寿命试验台；20 世纪 80 年代初，主持起草了各类阀门的产品质量分等标准；主持制定了行业标准 JB/T13884–2020 "阀门扭矩测试规程"，成功研发了一系列阀门扭矩测试装置。

本书详尽记录了项美根先生一生成长、求学、工作、创业的故事，是一部优秀的传记文学作品。

　　本书的成功发行为从事科研工作的广大知识分子和创业者提供了一个很好的样板。

全国阀门标准化技术委员会秘书长
合肥通用机械研究院副总工程师　黄明亚
合肥通用机械研究院阀门所原所长

2020 年 8 月 22 日于合肥

序二　工匠精神的典范

一位出生于农村贫困家庭的普通大学生如何成长为阀门电动装置领域里的顶级技术专家，以及如何下海经商又成为一位优秀的企业家？他的人生经历丰富多彩，他为我国的阀门电动装置的发展做出了突出贡献。这就是本书讲述的真实故事，故事的主人公就是项美根高级工程师（以下简称项工）。

这是一本励志型图书，对于有志创业的青年读者，可以提供有益的借鉴。其他读者也会有所收益。

为了便于读者阅读，有必要简单介绍阀门电动装置（以下简称阀门电装）的相关知识。它是安装在阀门上利用电力驱动使阀门启闭开关或是用以调节流量的装置。显而易见，由于它本身又由专用电动机、减速机构和为满足阀门遥控、自控、智控的要求所需要的扭矩及行程等控制所需要的电气元器件三部分组成。因此它的结构远比阀门本身复杂得多。

阀门电装广泛用于国民经济各部门以及国防工业。特别是用于化工、石油化工、电力、冶金、给排水等成套设备的工业管道上，以及长距离的输气输油管道上。这些管道的口径由小到大，温度和压力由低到高，输送的流体性质不一，有的易燃易爆，有的有强腐蚀性。与其配套的阀门类型不一，有的配用截止阀和闸阀，有的配用球阀和蝶阀。由此，与阀门配套的阀门电装就需要满足各自的不同要求。此外，由于它长期暴露在大气中，因此要抗大气腐蚀，有的还要求其选用的电动机和电气元器件防爆。对所有的阀门电装都要求其在长期使用中具有高度的可靠性。

1965 年以前，我国没有国产的阀门电装，也无专业生产厂。随着国民经济大发展的需求，需要机械工业提供成套的国产设备，国产阀门电装也因此被提上了日程。1965 年，机械工业部要求通用机械研究所成立阀门研究室，负责阀门技术的研发，并归口阀门行业的技术研发规划。阀门电装列为阀门室的重点课题立即开展了工作。

从 1965 年到 2020 年，56 年的时间，我国的阀门电装从无到有，从小到大，从弱到强，进而以完成国际标准的制定为标志达到了国际先进水平。

从 1965 年起，我国开始有了专业生产厂，对阀门电装的基本系列产品进行了联合设计和试制，并研制了军工和民用急需的阀门电装新品种，解决了从无到有的问题。

第二阶段为稳步提高和全面发展阶段。对全系列的阀门电装（包括专用电动机）进行了联合设计与试制；制定和不断完善了相关的技术标准，建立了我国的部标和国标体系；引进了部分国外先进产品进行消化吸收；建立健全了性能测试设备和质量管理与考评；改进生产工艺，提高了劳动生产率，质量和产量有了大幅提升。产品的质量、品种和产量可以完全满足国民经济各部门的需求。但专业生产厂快速增长中仍然出现了一些新的问题，而且整体上与国际先进水平相比，还有一定差距。

根据前两阶段存在的问题和现代化阀门电装智能化的发展需求，进入了全面提高技术水平的发展新阶段。项工与同行专家们共同开发了智能型系列产品；对基本系列产品进行了扩展、改造、再提高；对相关的部颁标准进行了增补与修订，有的提升为国家标准；制定了智能型阀门电装的国家标准；完善了阀门电装的性能测试和质量考评；普遍采用了现代化的生产工艺；而走出国门制定完成了阀门电装的国际标准，标志着我国的阀门电装的性能和质量以及生产工艺达到了国际先进水平。

本书的主人公项工面对国家的发展需要，敢于担当，迎难而上，担负起发展我国阀门电装的历史任务。组织和参加了全部阀门电装的联合设计和产品试制；组织和参加了相关标准的制定。他刻苦务实，吃住在工厂车间，解决产品试制和生产中遇到的问题；他善于团结团队同志，广泛联系行业人士，为行业许多工厂解决技术问题。他下海经商，自办专业生产厂，狠抓质量管理，实施生产工艺现代化，大大提高了劳动生产率。他开发研制了智能型阀门电装及其检测技术，参与了智能型阀门电装的国家标准制定。他作为国际标准化协会的注册专家，推动和参与完成了阀门电装国际标准的制定。他说他一辈子干好了一件事，就是阀门电装的开发研究工作。这应该是他事业有成的一个重要因素。但实际上他还为阀门行业做出了其他方面的开创性工作，如研制阀门的寿命、开关扭矩检测设备，制定检测规范，组织行业的质量管理培训等。他丰富多彩的人生蕴藏了很多使他成功的因素，有许多可圈可点的事例，值得我们点赞。相信读者仔细阅读本书后，都能有所收获。

机械工业出版社原副总编辑
机械部通用机械研究所阀门室原主任　　樊　力

2020 年 9 月 9 日于北京

序三　春华秋实

项美根同志现在是黄山良业智能控制股份有限公司终身名誉董事长，是这家声名远扬的阀门专项企业的创办者。因为阀门技术，早在40年前项工成了我的文友。当年正值改革开放之初，我国经济建设到了崩溃的边缘，书荒特别严重，亟须开发科学技术，全面发展生产。那时候，我正从业于安徽科学技术出版社，忙于编辑出版国家急需的各种科技图书，其中就推出有项美根翻译的专著《阀门设计》。当时美根同志在合肥通用机械研究所搞科研，一来二去，相识相知，他在我的印象中，人到中年，是一个朴实勤奋的学者，一位朝气蓬勃的工程师。

随着改革开放的深入，许多有识之士、有志之士，急国家之所急而勇立潮头，解放思想，大胆创造，服务社会，奉献国家。美根同志也毅然决定辞职"下海"，以己之长来到安徽黄山开办阀门专业公司。"阀门"是什么东西？未必人人都清楚，但它实在太重要了。工农业生产中，总有这种或那种液体、气体的输送与运行，它们没有管道不行，而管道没有阀门进行启闭的管控更是不可想象的事，美根同志正是这方面的行家。国家富强、民族振兴的使命，激励他成了时代的弄潮儿，在那人人无不想要"铁饭碗"的岁月，美根却下海了，此举出乎我的意料。几十年来的创业历史表明，美根下海并非为了赚大钱，而是脚踏实地地走科研改革之路，他把阀门的"科研"与"制造"直接融为一体，在科研中搞生产制造，在生产制造中搞科研。可以料想他所遇到的种种困难，但他迎着困难上。阀门启闭扭矩的大小是衡量阀门产品质量的综合指标，美根从阀门寿命试验开始，再开发阀门扭矩测试及其设备与规程，为我国阀门行业填补了两项空白（国际亦为空白）。为适应我国石油工业安全生产中对于阀门防爆的迫切需要，良业公司的隔爆型阀门电动装置设计与研发连获成功，并制定出我国阀门电装部标准。没有规矩不成方圆，工程设计需要标准规程，从起草中国标准到起草 ISO 国际标准，美根率先做了这些开创性的工作，为行业技术进步做出了重要贡献。这些技术成果最终变制造为"智造"，实现了阀门自动化、现代化。这样，阀门的产品质量不断上台阶，新产品也相继上市。

其实，项美根同志的创业道路很不平坦。不单技术上、资金上的艰难险阻，还有人际关系上的麻烦，但他大智若愚，以无穷的智慧化解了一个个难题。他视用户为上帝，把员工放在心坎上，为的是齐心协力发展企业的综合实力。良业公司在做实做强中不断回馈社会，积极弘扬企业与企业家关爱社会的奉献精神与社会责任感。良业公司与美根同志本人连连荣获的奖状和奖牌，就是他和公司进步的里程碑。或者说，这些奖状和奖牌，标志着美根是学界和科技界人们心目中的时代楷模。

一个学者，一个工程师，成为知名的企业家和知名的技术专家，虽不算是什么传奇，但道路确乎不易。道理何在？据我所知，项美根同志时时不忘自己是一名共产党员，清廉自律，心胸开阔，有家国情怀，加上他出身寒门，从小因家贫而受苦，深知进取奋斗的重要，几十年如一日地实干，自强不息，我想这应是他造就不平凡人生的根本。正因为有着春天耕耘播种的辛劳，才可能开花结果，获得秋季的大丰收。"春华秋实"是我敬赠给项美根同志的四个字，意在点赞他成就的人生道路，做人做事都没有虚度年华，意义就在其中了。有鉴如此，项美根同志写成这部《回眸八十春》，富有积极的意义。本书的广大读者无论从事什么工作，肯定都能从书中获益，会受到多方面的启迪。从这个意义出发，故我乐以为序。

安徽科技出版社原总编辑　孙述庆

2020 年 9 月 1 日于合肥天鹅湖畔庐中

一　我的老家项宅村

我的老家坐落于浙江省金华市浦江县东门外七里远的项宅村*。明清时代属金华府浦江县一都，民国时期属浦江县仙华乡，因本乡境内有浦江地标的山峰，海拔 720.80 米的国家 4A 级景区仙华山而得名。

改革开放后的 2003 年，项宅村所在地成了"浦江县经济开发区"，进行了大规模的城市化改造，项宅村成了典型的"城中村"，四周围被机关单位、工厂、商店、宾馆、饭店与马路包围。

2017 年，当地政府决定全村拆迁，在附近新建"项宅新区"安置小区。2019 年"项宅新区"建成，新区东门门牌：平七路 616 号，新区北门门牌：前方大道 137 号。"项宅新区"现属浦江县仙华街道管辖。

项宅村地处浦江盆地，村前村后，往远处看有海拔较高的南山和北山，北山主峰就是仙华山。发源于浦江县西部山区的母亲河浦阳江，自西向东流淌在村南不远处，奔腾的江水汇入钱塘江，流入东海。

在我的记忆中，项宅村主体建筑是一个典型的坐北朝南五进四合院对称建筑群：

一进"大台门"，台门口两侧放置着两排石凳，是村民们晚间聚会闲聊的地方。那时没有电视、手机、新闻报刊，这里就是村民们口头传播信息的地方，我儿时听到的许多古代历史、天文地理知识与妖魔鬼怪的故事都是从这里听大人们讲的。台门口还悬挂着一块供宣传用的小黑板，1955 年我小学毕业那年夏天，村干部还请我抄写黑板报呢。那时我人小胆怯，白天不敢，只

---

*项宅村是由前宅、后宅两部分组成的，从我记事的时候起，前宅、后宅已经挨得很近，相距不到百米。经过大发展，前后两宅早已连接在一起，因我是前宅人，所以在这里所叙述的项宅指的是前宅。

能在晚上夜深人静时偷偷写好黑板报挂出。

二进"中间"（中厅），是年节村里供奉关公等佛像、放置板灯龙龙头龙尾的地方，也在这里举办一些族人的公共活动。在我的记忆中，项朝车之母去世，全体族人在这里办"白事"摆桌吃"庚饭"。项朝车是家境相对好的富裕族人，所以办白事请全村宗亲吃"庚饭"。

三进"台屋"，是一座与二进"中间"、四进"厅堂"连在一起，四面通透，没有墙与门的建筑，是过去搭戏台演戏的地方。20世纪50年代初，我记得我村组建有"项宅剧团"，曾在这里搭台排练与演出，演员与后台乐队都由我们族人担当，阵容非常壮观，演出剧目丰富多彩。为此名扬乡间，农闲时经常应邀赴有关乡村演出。当时，我父亲在"项宅剧团"后台乐队里负责敲小锣，我哥哥在前台担演"武旦"角色，曾在《打渔杀家》剧中扮演过女主角——在当时男扮女装是正常现象。

四进"厅堂"，也是族人进行公共活动的地方，这里曾被当成教室，我小学一年级时就在这里上过课，打过乒乓球，也常有木匠、篾匠在此为族人打造家具、农具或日常用品。

五进"堂楼"，是过年全村祭天祭祖、供奉祖先的地方，过年时要悬挂祖先画像。每年中秋节会在这里"拜北斗"。

整个五进四合院东西两侧都有厢房和约100米的长廊，盛夏时长廊因有厢房遮挡阳光，所以凉风习习，是休息避暑的好地方。

"大台门"前有一条东西走向、两米多宽的石子路：向西跨过中更溪，途经莲塘与金师岭村，走过千年古塔——德龙塔旁边，可以到达浦江县城；向东走出村口南拐，途经我村创建供奉"关公"的更头寺和三岐头村就可以到达浦郑公路。浦郑公路西起浦江县城，东至浙赣铁路郑家坞火车站，全长25公里。郑家坞火车站是我们浦江唯一的火车站，是浦江通向全国走向世界的唯一通道、门户与"窗口"。1958年我初中毕业后，就是从这里离开家乡去外地求学，然后走向了全国，走向了全世界。

石子路南是一个宽 30 米、长 50 米左右的晒谷场，是我小时候捉迷藏、玩萤火虫的地方。过年过节也常有人在这里搭戏台演戏，这也是村里板灯龙过年表演的主要场所。再穿过一丘稻田，就是一口面积约六亩的大水塘，夏天遇到干旱，塘中水被水车抽干灌溉农田，我们就会下塘捕鱼捉蟹，或者冬天过年前把水抽干，捕鱼过年，其乐融融。大水塘南岸是先祖们为了改善项宅村的风水而人工建造的一条东西走向，长约 80 米（东向比大水塘长），宽、高各 2 米多的塘坝，上面长着茂密的树木，我小时候经常到此玩耍。后来为了进一步改善我村风水，先祖们又在离此坝往南 200 多米处，建了一条东西走向、同样规模的"新坝"，可见我村先祖们对风水理论深信不疑，但始终也没有改善我村宗亲贫困的情况。我村宗亲大多数耕地都在村南方向。

村西约 300 米处有一条发源于仙华山名叫中埂溪的小溪，溪水由北向南流入浦阳江。中埂溪西岸是一座高约 15 米的莲塘山，是我童年时代游泳、捉鱼、玩耍的地方之一。

在村西北中更溪上，先祖们建了一座堰（拦河坝），拦截的河水通过沟渠，把域内农田水塘串联起来，用于本村农田灌溉。我村农田灌溉水系都是由此往东南发展、自流灌溉的。

村东约 350 米处有一座高约 15 米的小山丘，名叫麻栗山，它与南边的小山丘凤窝山连接在一起。翻过小山有四方塘水库。再往东是前山，是我村主要的先祖墓地。前山东部和北部有我家耕作的几亩旱地。秋天，孩童们常在麻栗山上采野果、嬉戏。在村东的麻栗山脚下有一座八层小石塔，名叫纪念塔，不过是何时、何人所建，已无法考证。

村北经过后宅、周宅、七里后可达北山主峰仙华山，以及北部群山中的登高山村。当年日本鬼子进犯浦江，我父母曾带领我哥去登高山村的亲属家中临时避难。登高村人都姓赵，据传是南宋皇室来此避难的后裔。

随着我村宗亲不断繁衍生息，人口不断增加，新建住宅都以五进四合院为中心，沿着村东、村西、村北三个方向扩展，村南不许建房，原貌保持不变。

我的出生地，在村西部西后塘边，一座二层五间楼房，正中那间楼上。这座宅子是我爷爷在20世纪20年代为他4个儿子建造的。儿子们分家时，我父亲分得最好的中间一间，我在这个宅子里度过了我的童年时代。

大约在1956年后，族人项登静一家因贫困在浦江无法生活而前往江西吉安定居，把他家在村中央厅堂左边的一间两层老宅卖给我家，这大大改善了我家的住宿条件。

可惜好景不长，我家也因经济困难，在浦江生活难以为继，被迫于1961年迁徙昌化，投奔我父亲的两个侄子，在昌化石坎定居，时隔不久，这两套浦江老宅被我父母卖给他人。

这次项宅全村拆迁入住"项宅新区"，我家因无老宅，故没分到"项宅新区"安置房。不过因拆迁，我家共分到本村五进四合院中的大门台、中间、堂楼等公共建筑拆迁费16000元，感恩先祖给我们留下祖产，此情永生难忘，并将永远铭刻在世代后人的心中。

这笔款是根据我村传统习俗，项氏男性后裔有继承先祖遗产的权利，女性出嫁后无继承权的原则分配的。按此原则：我与老伴两口，我大儿子和小儿子，每家三口，共8人，每人2000元，合计分到16000元。

根据"浦阳项氏宗谱"记载，出生于宋绍兴甲戌二十四年（公元1154年）十二月十四日的项操，宋端平二年从严陵迁居浦江之尊仁里临浦坊，是浦江项氏始祖（第一世）。经过近九百年的生息繁衍，现在已经繁衍到第三十世，我本人是第二十三世，"登"字辈。现有浦阳项氏后裔8000多人，主要分布在浙江浦江、金华、兰溪、义乌、诸暨、建德，江苏张家港等地。另有一支浦阳项氏后裔，据记载迁居浙江武义，但还有待考证。

我们项宅村村民同属浦阳项氏后裔，但由前宅（又名枣园）与后宅两部分组成，村民分别来自浦阳项氏的两个分支，我是居住于前宅的后裔。

我们前宅的始祖是出生于明弘治庚申年（公元1500年）二月十八日的项

仕忠，他是浦阳项氏第十一世后裔，从同属浦阳项氏仁二公之四派，仪十二派后裔的浦江县城南横大路村迁居现在这个地方。经过500年的生息繁衍，我们前宅已有项氏后裔900多人，是目前浦阳项氏后裔定居的20多个村庄中人口最多的，可见我族生命力之旺盛。

后宅的始祖是出生于明景泰壬申年（公元1452年）八月初七的项文汉，他是浦阳项氏第十世后裔，属浦江项氏仁四公后裔。他早于项仕忠，迁居此地。

浦阳项氏始祖项操的墓园，坐落于浦江县城南，狮岩楼宅村边一金钗形山坡上。根据族人约定：每年清明节前一个星期日上午，要在始祖操公墓地，举办一年一度祭祖活动，由20多个项氏后裔村庄轮值"做东"，筹备并主持祭祖活动全过程。

轮值到做东的村庄，要事先去祖墓大扫除，打扫干净，并准备好祭祖供品，以及各种祭祖用品，还要撰写好祭文，并委派一名在本村德高望重的长者，在祭祖活动中宣读祭文。祭文内容主要颂扬先祖和长辈们的丰功伟绩，勉励后人，勤奋学习，努力工作，报效祖国，青出于蓝而胜于蓝。

2018年清明祭祖活动，轮值由我们项宅前宅"做东"，我有幸受本村宗亲委托，在祭祖活动中宣读祭文，使我激动难忘。我宣读的祭文，是由族人项养信撰写的。

每次祭祖活动有一个轮值旗子交接仪式，明年将要轮值的村庄，会从今年轮值者的手中接过祭祖活动的旗子。活动结束时轮值到做东的村庄，要给参加所有祭祖活动的人各发放中餐补助费20元整，以示对前来参加祭祖活动宗亲的关爱。

二 我的童年

我于 1942 年 12 月 30 日出生在贫困的农民家庭，没有自己家的土地，全靠租种地主家的几亩土地，艰苦度日。父母及爷爷、奶奶以上的先辈们都是文盲，职业都是农民兼手工业者。我父亲叫项兴贤，母亲叫张凤梅，他俩是表兄妹（我奶奶与我外公是亲姐弟），属近亲结婚，但在那个年代，在当地是正常现象。

我爷爷叫项光桂，职业是农民，有需要时，也会给乡亲们杀个猪，挣点工钱。奶奶张氏纯粹是乡村妇女，除家务外，成天劳作于田间地头。

作者的父亲

我的爷爷、奶奶总共养育成活了 5 个孩子；我大伯项新元，后来移居到浙江昌化上冲董家村；二伯项未元，后来移居到浙江昌化下冲石坎村；老三是我父亲项兴贤，后来也移居到浙江昌化下冲石坎村；四叔项志元，一直生活在老家浦江；还有一个姑姑，嫁在离老家不远的七里乡新傅村。

我爷爷奶奶都去世得早，我未曾与他们见过面，因此对他们了解甚少。

我父亲 9 岁就跟我外公同村的一位篾匠师傅学竹匠，学得了一手远近闻名的好手艺，用我父亲精心编制的竹篮子去打水，可以滴水不漏；我父亲平常大多数时间，在外面给雇主编织家庭竹制日用品与农具，空闲时就在家里干农活。我父亲 59 岁就因患肺结核病逝。

我母亲是典型的农村勤劳妇女，除忙于下地干农活和家务劳动外，为了维持生计，还要做许多额外的活：一是养老母猪，让母猪下仔，养大到 10 多斤重时，卖小猪挣钱。因此，我小时候有时间就要忙于打猪草；二是为了给母猪和猪仔提供更多更好的饲料，母亲要坚持天天做豆腐卖，豆腐渣拿来喂猪。做豆腐是一件非常辛苦的工作，每天晚上半夜三更要起来磨豆腐，我爸妈负责推磨，我或我哥负责给石磨添豆（送料）。做好豆腐后，天蒙蒙亮母亲就挑着豆腐担子，走街串巷，把豆腐卖完为止；三是我们家里没有山地，所以没柴可砍，但做豆腐需要大量柴火，因此要花时间去打柴火：比如收集树的落叶、枯树枝、割草或割路边的荆棘晒干后当柴烧。上面这些工作，多数要我哥与我来完成，因此，我的童年总感到有干不完的活，受不尽的苦和累。

我脚上长的"大脚骨"，就是因为小时候没有穿鞋光脚干活，脚底板经常要用大力气，而"锻炼成长"的见证，因为干活时，双脚又没有受到鞋子的约束，天长日久就长成了"大脚骨"。

我母亲身体健康长寿，享年 86 岁，她的长寿，是她长期体力劳动的结果，一直到 2005 年 12 月 18 日去世。当年，家里挂满了玉米，堆满了土豆、芋头等她的劳动果实，还有种满菜园里的瓜果、蔬菜。

我母亲共怀了 8 个孩子，长大成人的 6 个：除了我，还有一个哥哥，四个妹妹。

哥哥项美香从小聪明伶俐，1951 年高小毕业于七里中心小学，这在当时的农村，就算有文化的知识分子了。

作为同胞兄弟的哥哥，他比我大 4 岁，从我懂事的那天起，他就是我的"保护神"，小时候只要村里有比我大的小孩欺负我，他总会替我"报仇"。妈妈叫我们哥俩去井里抬水（饮用井水），我哥总是把装满水的水桶往他那头拉，以减轻我的负担。我们哥俩一起下地干活，碰上变天刮风下雨，他总是把仅有的雨具给我披上，以免我受凉感冒。下地干活时，我俩经常举行"劳动竞赛"，我哥总是给自己分一大块地，给我分一块小地，怕我受累。

　　我哥对我的每一项进步，内心都充满着自豪与喜悦，如在我考上初中后，就把家里仅有的一支自来水笔与一瓶蓝墨水送给我。当得知我上大学念书后，在全村给乡亲们奔走相告：我村终于有了大学生，我弟弟成了我们项宅村第一位名副其实的大学生。

　　我哥是个聪明好学的孩子，可惜小学毕业那年，他去考初中落榜，只能留下务农。但尽管在农村，只要有机遇，他聪明好学的精神，就被表现得淋漓尽致。例如，1958 年，全国大兴水利建设，我们浦江县要修造一个大型水库——前吴水库（现名通济湖），急需会操作由柴油机带动的卷扬机人才，我哥靠自学，很快懂得了柴油机结构与工作原理，掌握了用柴油机带动卷扬机的全部操作技术，成为水库工地上唯一的机械师。

　　后来应农村医疗工作需要，县里要培养一批赤脚医生，我哥很快入选，经过培训上岗。由于他的聪明好学，一丝不苟，热情为社员服务的敬业精神，我哥后来成为家乡远近闻名的赤脚医生。

　　可惜，1973 年 7 月 28 日哥哥因患稻热病上吐下泻不止，医治无效病逝，年仅 35 岁。哥哥病逝后，嫂子杜林花带两个侄女项君红、项君英，及一个侄子项君星改嫁到浙江新登胥口镇。现在侄女侄子们都已经成家立业，两个侄女就嫁在新登胥口，侄子在昌化镇上开了一家化妆品店，生意兴隆，日子过得挺滋润。

　　由于我妈生我之后，中间有一个妹妹因麻疹 3 岁夭折，所以我与现存的四个妹妹：项月嫦、项月娥、项月花、项月仙之间年龄差较大，与最大妹妹差 7 岁，最小妹妹差 15 岁，在她们出生之后，我基本上在校念书，与她们共同生活的日子不多。在我们家乡，女孩子能上学念书的是少数，加上我们家庭贫困，我的前三个大妹妹，都只念了一两年小学就在家里帮助妈妈干活了。唯独最小的妹妹，随着大妹妹们的一天天年长，家里劳动力日益充沛，妈妈一直让她上到初中毕业，算是一个有文化的妹妹了。

　　大妹妹项月嫦嫁于昌化上冲董家村，二妹妹项月娥嫁于临安，三妹妹项月花就嫁在昌化本村石坎，四妹妹项月仙招回家一位绍兴女婿，生活在本村石坎。四个妹妹现在都子孙满堂，可惜大妹夫、小妹夫因身体不好，已经病故多年。

我对我童年记忆最为深刻。家庭极度贫困，吃不饱、穿不暖。我曾经多次吃树皮、树叶，就是把榆树皮或叶，采来晒干磨成粉后，撒到烧开的滚水里，做"树糊"吃。我还吃过糠，那吃糠过后拉不出屎的痛苦，永远记在我心中。童年时，"三九"天出门打猪草，基本上是光脚下地的。因为妈妈没时间为我们做鞋，更没钱买鞋。

我母亲还生育了夭折的一男孩与一女孩。男孩出生在大哥与我之间，出生后仅活了几个月就因病死去；女孩出生在我与大妹妹之间，在3岁那年因患上麻疹，高烧不退而不治病亡，那次我母亲，因痛失爱女而悲恸欲绝！那年，我也同时患上了麻疹病，那时的麻疹病就像阎王爷的一张捕捉死亡的网，我是漏网之鱼，是凭天命躲过一劫。那次，我们项宅村同时传染上麻疹病的孩子有八九个，只有一两个活下来，我是其中一个。那时的农村，包括我所在的项宅村，基本是处于没医没药的状态，我的整个童年没有去过一次医院，没见到过一位医生，没吃过一片西药，有病时母亲就会去田间地头找一些草药熬汤治疗，至于有效无效只能听天由命了。当时，应对重病还有一个办法就是求神拜佛，依靠那泥塑木雕之物能治好病吗？记得我整个童年只有一次因患上了疟疾，父母不知从哪里拿来了一片"奎宁"，服用后病好了。

我的童年可以说是在我妈妈挑的箩筐里长大的，无论是妈妈下地干农活、施肥、除草，还是去拔猪草、挖野菜、扫树叶、砍柴火，她总是挑着我到田间地头，让我玩耍，她在地里干活。

童年最盼望最高兴的是过年，因为过年有猪肉、鸡肉、鱼吃，还可以吃到自家做的糖果、糕点。可以放鞭炮，偶尔还能穿上新衣、新鞋，戴上新帽。还有过年要祭天、祭祖、祭神、拜佛、看戏、看灯，热闹非凡。要知道，这一切只有过年才能享有。平常只有四个字：劳累吃苦。

在那童年最艰苦的岁月里，我塑造了一种好性格：那就是确定奋斗目标后，不怕苦和累，坚持到底，不达目的，誓不罢休。童年时，冬天妈妈叫我带上竹篮子去打猪草，不管多冷多饿，不到满篮，决不回家，因为满篮是我的目标；妈妈叫我从田里挑一担稻草回家，半路尽管累得直不起腰，咬牙也要把担子挑到家，因为到家是我的目标；为了维持念书到小学毕业，我不得不独立生活，再苦，再怕，也要坚持，因为毕业是我的目标。正因如此，才有后来"中专升本科"和下海办厂的人生转折。

我发觉自己从童年开始，就有一个好脑子，好记性，爱观察，爱思考，爱实践。比如农村用土办法，拿小麦与黄豆做酱与酱油；拿黄豆做嫩豆腐；把嫩豆腐做成老豆腐、豆腐果或豆腐乳；拿粮食做麦芽糖及糖果；拿米粉或面粉做糕点；拿糯米做甜酒酿等等。只要看见爸妈做一遍，下一回我就能独立完成。因此，这些土办法的制作工艺，至今我还铭记在心中。

我从小爱游泳。每年一到夏天，村边的池塘就是我戏水的天堂，每天傍晚我会去游泳，对我来说，所谓"游泳"，是没经过任何人指导，自学的"狗刨式"游泳。尽管游得姿势不正规，但终究让我养成了爱游泳的习惯，一直延续到今天。当然，后来也学会了正确的标准泳姿，让我终身受益。

我从小爱捕鱼、吃鱼。那时，农村的山水、空气没有一点污染，是各种鱼类生长的天堂。每到春夏之交，是鱼儿要产卵洄游的

作者一生酷爱游泳，到现在80岁了，还经常游泳

季节；梅雨季节涨大水时，也都有很多鱼儿游在田间沟渠有流水的地方。这些时候是我捕鱼最好的时机，每天天刚蒙蒙亮，我就带上渔具出门忙碌在田间地头，在有流水的每个角落抓鱼。每年盛夏是泥鳅最多的季节，我每天都冒着酷暑去抓泥鳅。那时，鱼和泥鳅吃不完，就晒干冬天吃。没钱买肉，鱼是我们全家唯一的美食。

夏季玩萤火虫与捉迷藏。每年夏天我们村里的小朋友们都会聚集在村台门口晒谷场上捉萤火虫，并把它们放进麦秆的空管中，在漆黑的夜间，萤火虫的荧光显得特别明亮，捉许多萤火虫，在麦秆中聚集，可以照亮前进的道路。另外是和小朋友们在晒谷场的草垛上捉迷藏。玩耍过程中，小朋友之间难免会碰到纠纷，每当我与别人争吵时，我哥就会成为我的"保护神"，哥哥随时都在关怀看着我，保护着我的情景，至今不忘。我哥对我的关怀，还表现在我们共同干活时的劳动中，哥哥总是把重活留给自己干，重担留给自己挑，让我干轻活，挑轻担。兄弟情谊永远铭记心中。

爸妈疼我，爱我，热心支持我读书的一个重要事例是：我家每年只杀一次鸡，吃一次鸡肉，这只鸡除了拿来祭天、祭神、祭祖后和我们全家过年吃到元宵节外，还要留下一半给来拜年的客人吃，最后还特地留下一个鸡腿，到我开学那天做给我吃。爸妈说：开学吃鸡（谐音"记"）肉，就能记性好，学习好。

三　我的外公外婆

我外公外婆家在浦江县岩头镇晓山村，离我家项宅村有八里远。我外公叫张若柱，外婆洪氏（名字已无法考证）。

我的外公外婆很长寿：外公 1959 年去世，外婆是到 1975 年才去世的，我从小就受到外公外婆一家人无微不至的关怀与照顾，至今还历历在目。

从我孩童时代，懂事那天起，就知道我父亲是竹匠（篾匠），常年在外打工，农忙时也无暇顾及自家田地的农活。所以每到耕种农忙时节，我家的农活都是外公带着舅舅，并带上他们的农具与耕牛来到我们的田间地头忙碌着，外公与舅舅那一丝不苟、深耕细作的精神，至今还时常浮现在我的脑海里……当时，我虽然年幼，但也没闲着，帮助外公放牛割草，让耕牛吃饱，吃好，盼它在深耕细作中出力，高效。

我上小学六年级时，我父母带哥哥、妹妹远涉安徽宁国谋生，我一个人留在浦江老家上小学、中学。1955 年那年冬天，我在外公外婆家过寒假，天气十分寒冷，晚上我与外公睡同一张床，我俩是分头睡的，外公怕我冷，睡不着，每天总是把我冰冷的双脚，放在他老人家的腋下，一直到把我双脚暖热，让我安详入睡才罢休。

1956 年暑假，我在外公家度假时的一个夜晚，在外公家晓山村村口的樟树明堂上，听了一场由名人演出的浦江地方曲艺"浦江道情"，终生难忘。

浦江道情俗称"唱新闻"，演唱者多是盲艺人，演出场地不限，演出道具极其简单，一个渔鼓、两片竹拍即可。

浦江道情地方特色鲜明：

（1）浦江道情多用浦江方言演唱，素材来自民间口耳相传的故事和社会新闻，具有浓郁的生活气息和乡土气息。唱起来有板有眼，有声有色；听起来悦耳动听，亲切感人，深受浦江人民喜爱。

（2）能用口技配合渔鼓竹拍，发出暴风骤雨、雷电轰鸣、虎啸狼嚎、鸡鸣犬吠之声，听者如身临其境。更奇的是还能用渔鼓竹拍演奏戏曲浦江乱弹中的"头台"，虽只是一人用渔鼓和竹拍演奏，可听起来却是满台箫笙共奏，钟鼓齐鸣。

（3）浦江道情擅长于叙事抒情，具有净化世俗的社会功能。唱道情一人多角。演唱者在同一节目里能塑造众多的人物形象，刻画不同的人物性格，及时反映现实社会生活和重大历史变革。从土地改革到农业合作化，从"新长征"到改革开放，从计划生育到移风易俗，历次政治风云无不在嘭嘭的渔鼓声中展现出波澜壮阔的图景。道情担着道德教化的重任，为时代前进鼓与呼。

外公家所在的晓山村，每年农历八月初一有"试水龙"的习俗。所谓"水龙"就是一台简易的活塞式往复泵型消防灭火机，该机在一只大木桶里安装着两只活塞式往复泵，两只泵中间有一立柱，顶端安装着一根长约 8 米的木质杠杆，两端分别由 4 位小伙子上下按动，驱动往复泵运行。当有村民家里发生火灾时，迅速把该灭火机运到火灾现场，一部分人挑水不断往大木桶里加注，另一部分人操作杠杆，驱动往复泵，把水泵往高处，扑灭火情。

外公是 1959 年冬去世的，那年我从衢州化工专科学校回家过暑假，是外公来我家养病最后一次见面。8 月末的一天，在我送他老人家回家的路上，他边走边给我讲了许多有关蒋介石反攻大陆的事，言谈中流露了他对国家分裂的忧患和对解放台湾的渴望，同时还嘱咐我：你年龄还小，万一蒋介石反攻大陆，打起仗来，要往浦江家乡方向跑，确保自身安全，以免家人惦记，充分体现外公对小外孙在外念书的亲切惦念与牵挂。此次永别的情景，永远记在我的心中。

我从小对外公留下最深刻的印象是：外公每天晚上睡觉前，都有在煤油灯下写日记的习惯，长年如一日，从不间断。日记内容主要有当天天气情况和当天资金（钱）收支情况，到年底还有一个收支总决算；当天村里发生比较大的事儿。为此，平时村民遇到查询往日天气，村里发生大小事情时都会去问我外公，外公就成了这方面的活字典，受到村民们的一致好评。我这一辈子，爱写日记的习惯，就是受我外公的影响养成的。

从我小时懂事那天起，就知道外公是一位当地远近闻名的"风水先生"，谁家要选宅基地或给老人预选墓地，包括家里做饭的锅灶、猪栏、床铺等都会请我外公去看风水后决定位置与朝向，外公深受乡亲们的欢迎。我第一次看到罗盘就是在外公手里看到的。

我外婆是典型的勤劳、贤惠的贤妻良母型的小脚女人。从小对我精心呵护与照顾，特别是1955年与1956年寒暑假，我都是在外婆家度过的，大大减缓了当时对父母兄妹不在身边的相思之苦。

1972年7月，我专程回到老家浦江，看望我外婆她老人家，那是我与她最后一次见面，当时我为感恩外婆大爱，送给她10元钱（那时我每月工资是55元），她老人家无论如何不收，还给与我同去看太外婆的我儿子项晓壮包了5元红包，后来在亲人们的劝说下，才收下了我的10元感恩钱，使我内心得以平静。

外公外婆育有一男三女，长女是我妈张凤梅，次子是我舅舅张茂良，三女儿和小女儿是大姨张世芝与小姨张除梅。

在我的记忆中，我舅舅是个沉默寡言的人，但他从我外公手里学得了一手农业精耕细作的好手艺，经常受他的帮助，使我们这个缺乏农业劳动力的家庭深受其益。

舅舅非常疼爱我，记得1955年初夏的一个星期天，他专程来看望我一个人在家上小学的生活状况。舅舅到达我家时，我正在和面，准备自己做手工刀切面吃。他看着我用细胳膊、小手和面：加水少了，面粉无法成团，即使成团了，面团太硬，我和不动；加水多了，面团太软，无法擀面，更不能切面条。舅舅看着我好可怜，好心疼啊！看得眼圈都红了……最后是舅舅来和面、擀面、切面，才完成这餐美味、可口的刀切面。

从我小时候起，舅舅就对我这个聪明、伶俐的小外甥赞赏有加，特别是在当时的时代背景下，我从小学、中学、中专，一路升学，成为项宅村第一位大学本科毕业生，之后又分配到首都北京，到一机部通用机械研究所工作，舅舅也为有我这样的外甥而自豪。

所以在舅舅的心目中，我这个外甥一定神通广大，能办大事。早在1969年，他写信给我，要我给他村里的碾米机，配买一台功率为7.5kW的380V三相异步电动机。那时还是计划经济的年代，全国所有的机电物资都是按计划生产，按计划调拨的，像舅舅家那样的偏僻农村，是根本无法买到电动机的。

我接到舅舅的信后，决心要把买电机的事办好，想到了参加过全国阀门电动装置联合设计的河南开封电机厂技术科长方铭同志，经方铭与厂领导反复协商决定：以次品电动机名义，变通卖给我舅舅村里一台正品电动机。

舅舅村里收到电动机后，当时的生产队长非常高兴，为表谢意，许诺我舅舅，等村口那棵大樟树砍伐后，送给我一个樟木箱。在那个年代，送个樟木箱，是一件非常珍贵的礼物。樟木箱有特殊的香味，且不生虫子，存放任何衣物，无被虫咬之患。

遗憾的是这件礼物，一直到我舅舅1995年7月去世也没有能兑现。因为村口那棵大樟树，后来是承包给个人砍伐的，承包人不愿意做樟木箱送人，村干部也没有办法，只能作罢，为此舅舅很生气，成了他老人家的终身遗憾！

1961年，正值国家困难时期，我在浙江衢州上大学，因全家生活在浦江难以为继，我父亲就带着我哥及4个妹妹举家迁徙（实际上是逃荒）到浙江昌化，投奔在昌化石坎大队任党支部书记的堂哥于小许所辖的第4小队（小队长是堂哥于小富）宋家村落户。此后一直到1995年这34年间，我在外忙于我的事业。只在1972年7月回过一次老家浦江。

我1972年7月回浦江探亲是从昌化出发的，那时交通不便，从昌化要坐长途汽车到杭州，再乘火车（绿皮慢车）到浦江县唯一的火车站——郑家坞火车站，还要转乘汽车到离我舅舅家最近的汽车站——黄宅站，然后再步行10公里才能到我舅舅家——晓山村。那天我到黄宅下汽车时就已经黄昏，我理了个发，吃了碗面条后开始步行，往晓山村出发……

当我步行到离目的地还有半小时路程的岩头镇上一条古老街道时，夜幕中，忽然听到有人叫我："走来的是美根吗？"走近一看，啊，原来是舅舅叫我。舅舅想外甥心切，等了我一天，眼看天黑下来了，也没见外甥到家，所以就前来接我了。

见面后舅舅异常高兴，杀鸡、买鱼、买肉、买豆腐，以家乡最高的礼仪，盛情款待我这个10多年没有见面的外甥，还有跟我同去的妈妈和我的儿子项晓壮。舅舅还专门带我去看了一下村里的碾米机，感谢我为村里解决了配套碾米机的电动机，并再次提到村头大樟树砍伐后送我樟木箱的事，说："舅舅给你盯着，保证让村里兑现。"

这次回浦江，我还专门带大姨小姨的女儿季玉珍、戴水莲去浦江县城玩了一趟，我还特地在县城东街的冷饮店请两个表妹吃了冷饮。当时我还是个不满30岁的男青年，两个表妹都是十七八岁的大姑娘，由于表兄妹难得一见，当时表现得亲密无间，冷饮店服务员还误认为我们是恋人呢！

我再次回浦江老家，是时隔23年之后的1995年春节，是听说舅舅身体欠佳，我专程回去看了他老人家，这时舅舅已躺在床上，很少下地活动了，当我把带去的一斤上等东北人参送到他手中时，老人的眼中发出了喜悦的光芒。对于一位年迈的、生活在病榻上的老人来说，看到礼物喜悦心情的"精神疗效"，可能远胜于人参本身的功效。

这次与舅舅见面后，时隔半年，我在黄山接到舅舅因病去世的电报，我立即收拾行装，踏上了回乡的路，可惜从屯溪到杭州后已经没有当天到浦江的火车，只能在杭州过夜，乘第二天上午的火车。到达晓山村，我舅舅的遗体已经入殓，亲人的离去，悲痛之情使我在舅舅的灵柩前嗷嗷大哭，久久不能平静。

我大姨张世芝出嫁于浦江县七里乡十里头村，姨父是村里的生产队长，名叫季宗赞，离我项宅村五里远。从我小时起，大姨就对我疼爱有加，她是唯一一位在我上大学时去学校看望过我的亲人（因为她的亲家当时正好在衢县衢化 101 厂工作）。1968 年我结婚时，大姨还特别制作两条棉被送我，上面还绣着我与胡玉兰的大红色姓名，让我们小两口倍感高兴。时至今日，我还与大姨的孙子季德意、孙女季玲玲常有联系，他们兄妹俩头脑灵活，都是大学文化，都有美好的未来。

我大姨与我舅舅一样，也是少言寡语的内向型性格。我对她留下最深刻印象的是我独自一人留在项宅村上小学六年级时，按我母亲的安排我是寄住在大姨家，因为大姨家离我当时就读的七里乡中心小学仅 2 里路，比到我家项宅村还要近 1 里。但后来我仅在大姨家寄住了一星期就不去了，天天回到我自己的家里去，一个人开火做饭，独自生活，其原因是我在大姨家生活感到不方便，不自由。大姨当时自己还没有孩子，家里只有一张床，我每晚要与大姨、大姨父三人同睡一张床，心里总感到挺别扭。当时大姨家也十分贫困，不可能为了我的寄住，去增添一张床与一套被褥，事后对于我不去她家寄住，大姨内心是怎样想的，我始终没有问，也没有听我妈说起过，至今还是个谜呢！

我小姨张除梅则完全是能说、善聊的外向型性格。之所以名字叫"除梅"，原因是我母亲叫"凤梅"，外婆生下舅舅之后，连续生了 2 个女儿，所以到小姨这里，外公不想再要女儿了，所以取名"除梅"。

由于我妈在外婆家里是老大，而且 18 岁就与爸爸结婚了，导致小姨年龄与我哥仅差 3 岁，与我只差 7 岁，所以可以说从小我们兄弟俩就与小姨一起长大，我们经常在一起放牛、割草、采野果、掏鸟窝、捉迷藏、做游戏。虽然是姨妈和外甥关系，但情同姐弟。

我小姨张除梅肤白脸圆、大眼睛，人长得挺漂亮，待人热情、好客，性格外向、开朗。1955 年 7 月我高小毕业，升学考试后，在外婆家过暑假时，收到了浦江中学的录取通知书，当时我父母不在浦江，家里又十分贫困，是小姨一手筹划，张罗着帮助我上浦江中学的。1956 年农历十月二十日，是到浦江县城赶庙会的日子，小姨在赶庙会之余，怀中抱着刚出生不久的表妹戴水莲，专程来学校看望我，临走时还送我二角钱，这对于我这个远离父母的"孤儿"来说，内心感到十分温暖，是小姨在我孤独时给了我"母爱"。在当时，二角钱就可以买到十个大肉包，四个包子可管一顿饭呢！

我小姨于 1955 年冬嫁于浦江县七里乡戴宅村，离我家项宅 6 里路。小姨的孙子戴攀峰现在在浙江省委组织部工作，孙女戴丹丹是华东交通大学教授。小姨的孙子这一代人将来一定是很有出息的人才！

四　求学小学

1949—1955 年

我的小学学业是分两个阶段完成的：

第一阶段是初小，即小学 1—4 年级，是在本村办的小学完成。

第二阶段是高小，即小学 5—6 年级，是在离家有 3 里路的七里小学完成的。

民国时期，我国中小学是分春秋两次（季）招收新生的。1948 年 2 月春节刚过，父亲就背我去本村初小上学了。当时我刚满 5 周岁，可能是年龄太小，父亲送我到校后刚走，我就闹着回家。无奈老师也只能作罢，让家人接我回家，我的第一次上学就此告吹了。

1949 年 2 月，父母事先做了很多动员，终于成功上学，老师还给我取学名项美根。感恩我的老师，为我取了一个如此响亮，国内独一无二、没有同名的名字，此名一直使用到今天，伴随我度过了美满幸福的一生！

到今天我还清楚记得，我的人生第一课课文是："来来来，来上学。去去去，去游戏。"这第一课伴随了我一生，人生不正是不断学习、不断工作的一生吗？

项宅村村办小学，虽说是个学校，但实际上居无定所，没有固定校舍。我上小学 4 年，共换了三个地方：一年级是在本村中轴线上的第四进堂屋上课的；二年级是在离村口东南约 100 米处的一座小庙里上课的；三、四年级是在离村口东南约 800 米处的"埂头寺"里上课的。

"埂头寺"是我们项宅村创建于 200 多年前的一座小型寺庙，里面由一名名字叫"仙梅"的尼姑常住打理。寺内供奉着"关爷爷"（关羽）、"陈爷爷"（陈老相公）、十八罗汉等佛像，到年节时，把关、陈两位佛像接到村里的二进"厅堂"供奉，供全村项氏宗亲祭拜，香火旺盛，热闹非凡。

五、六年级高小求学的七里小学，是一所约有 20 名教职员工的正规学校。不过校舍也是在一所规模较大的寺庙里，这个寺庙是三进大四合院建筑群，有大小木质房屋几十间，部分房屋还是二层结构。

整个小学求学阶段，发生了令我最难忘的几件事：

一是 1949 年春的一天上午，我正在上一年级语文课，忽然听到西边传来几声隆隆巨响。正为巨响迷惑不解时，下午上课时老师说：上午听到的巨响是隆隆炮声，人民解放军攻占了浦江县城，浦江解放了。

二是二年级上语文课时，老师叫我上讲台在黑板上默写生字，结果我没有写出来。当我走下讲台，回到我课桌边准备坐下时，老师手拿着"戒尺"走到我身边，让我伸出手来，老师用戒尺狠狠地在我的手掌上猛抽了两下。当时，抽得我两眼直冒火星，手掌瞬间就红肿起来，疼痛难忍。

这次经历，在我幼小的心灵中深深刻上了"做人必须刻苦努力学习，学到真才实学，才能谱写美丽人生"的烙印。

所谓"戒尺"，就是一条长一尺、宽约 1.8 寸、厚约 1.8 厘米的木质板条。是老师专门用来处罚犯了错误的学生的工具。

新中国成立后，对老师用戒尺处罚学生，引发了广泛争议，褒贬不一。不过，我国教育部门最终做出了"禁止体罚学生"的决定，从此戒尺成了历史的记忆。

但我个人始终认为，老师对学生给予必要的体罚是非常必要的，因为懒惰是人的本性。那戒尺打一下手心，只是疼痛一下，伤不了命，却能激励孩子，改过自新。

三是我三、四年级去"埂头寺"上课，要走 800 多米的田间小路。夏季遇到下暴雨，全程不少路面会被洪水淹没，我常常要光着身子，蹚过齐腰的深水，并随时有被洪水冲走的危险。当时，我毕竟还是个不足 10 岁的孩子，身边没有家长看护，那无畏之精神可想而知。事实证明，是环境造就了人的胆量与精神！

四是高小去七里小学，离家有 3 里路程，每天早上上学时都要带上一碗中午饭，放在小饭篮里，到学校后，中午蒸热后用餐。冬天天冷，还要带上一个火箸，再背上书包，全副"武装"往返于上学的路上。

五是 1953 年春，有一天教导主任突然吹哨子让全校师生在院子里紧急集合，立正默哀。原来是苏联老大哥的领导人斯大林同志逝世了！

六是五年级时，有一天老师通知明天将发生天文奇观"日食"，让同学们准备必要的工具观察这一天文现象。我回家后四处寻找，找到了一小块玻璃，涂上墨汁，晾干后用于观察日食，使我大开眼界。

七是在我童年时代见得最多的建筑材料"三合土"，即是石灰、黏土、细沙三种材料按一定比例组成的混合物。在小学时第一次听老师说到水泥这种建筑材料，老师还拿来了一小把水泥和一个火柴盒做了水泥固化试验。

八是因新中国教育体制改革，决定废止原来每年分春秋两次招新生的制度，改为每年只有秋季招生一次的制度。我是 1949 年 2 月春季招生入学的学生，为了改制需要，我必须重读春季已读的课程，以便与秋季招生的同学教学进度一致。因此，我的小学从 1949 年 2 月至 1955 年 7 月，耗时六年半。

九是 1955 年 2 月初春，因浦江地区实行粮食统购销政策，搞得家里没吃没喝没粮食，饿肚子。我父母决定：带我哥哥、妹妹们去安徽省宁国县宁墩区南阳村，投靠我父亲的徒弟张永宜处度荒。

当时我正准备上小学六年级下学期，父母下狠心决定把我一个人留在浦江家里继续上学到高小毕业，好让我具备完整的小学文化水平。

父母亲离开浦江之初，是把我安排寄住在大姨家的。但我在大姨家住下后，感到大姨家粮食也不富裕，且她家只有一间住房，一张床。晚上，我与大姨父挤在一起睡，有很多不便。因此，在大姨家没有住几天，我就回到自己家里一个人过日子了。

从此，我每天自己做饭、上学、洗衣、睡觉，有时还要下地种菜，日子倒过得挺舒畅。只是我家位于村西边缘，晚上睡觉时会感到特别孤独、冷清、害怕，黑暗中仿佛大人们说过的妖魔鬼怪就在眼前，即使头上蒙上厚被还是害怕。无奈，邀请了我本村同学项朝谓，晚上陪我睡觉过夜，才免受此惊吓。此后，我便顺利地读完了高小 6 年级。

父母当时留下我继续上学的唯一目的，是让我完成小学学业，拿到小学毕业文凭后去自谋职业，仅此而已。但没想到，此举不仅从小培养了我独立生活的能力，更改变了我的人生。父母不在身边，极大地发挥了我的个人自由与聪明才智，凭自己的主张，自己对求学、上学的强烈愿望，步步推进，考上了初中，此后又考上了中专、大学。到 1964 年 7 月，成为项宅村第一位大学本科毕业生，并最终成为一名高级工程师、企业家，而不是父母所期盼的只有小学文化的农民或自谋职业者。这就是个人意志的巨大力量！

十是 1955 年暑假，我村初级农业生产合作社会计项朝美，叫我帮他干记工、分粮，以及一些抄抄写写的工作。之后付给我一些报酬，还带我去浦江县城的人民剧场，看了一场浦江越剧团演出的越剧《盘夫索夫》，那是我第一次观看正规剧团的演出。

五　求学浦江中学 *

1955—1958 年

我是 1955 年考入浦江中学，1958 届初中毕业的学生，尽管我离校已经 60 多年了，但在母校浦江中学的所有经历，至今还历历在目。在母校成立 80 周年之际，写出来与校友们分享，既是件快乐的趣事，也是为了颂扬浦江中学办学的优良传统，使之发扬光大。

从我开始懂事的童年时代起，浦江中学在我的心目中就具有崇高的威望。我哥哥比我大 4 岁，他的小学学习成绩挺优秀，但 1951 年报考浦江中学落榜了，使我对浦江中学又新增了几分敬意！当我 1955 年 7 月高小毕业，去报考浦江中学时，心里很害怕，感到浦江中学有点高不可攀，当时浦江全县有将近 30 万人，浦江中学是全县唯一一所公办初级中学，每年仅招生 4 个班，200 人，真可以说是百里挑一，我怀着忐忑的心情参加了升学考试，到发榜那一天，我早早地来到了学校，在学校门口的墙上，贴着大红榜，我的名字惊现在正式录取生的名单中（当时还有备取生名单，用作正式录取生报到后的补缺）。当年我们村里同我一起高小毕业的共有 8 人，全部参加了浦江中学的升学考试，而我是唯一被浦江中学录取的。在那个年代没有不正之风，连请托问题都没有，是完全靠真才实学录取的全县尖子生，就是这样为浦江中学高质量录取新生打下了坚实基础。

我被浦江中学录取后，引发了村里人的轰动，大人们纷纷提议我排除困难，争取继续上学。我虽然内心期盼升学，但毕竟还是童年，父母不在身边，

* 本文原是作者为庆祝浙江浦江中学成立 80 周年撰写的纪念文章，原名为"回忆六十多年前的浦江中学"，发表在 2019 年 9 月光明日报出版社出版的《流向远方的未名溪》一书中。在编入本书时，作者又增加了部分内容。

面对经济困难，深感一筹莫展。

好在暑假期间，生产队会计项朝美叫我协助他做了些分粮、记账、出黑板报等杂事，给了我一些工钱，让我心中对上浦江中学有了点底气，但还远远不够。这时，村里有个叫项朝马（论辈分我比他大一辈，他应叫我叔叔。但他比我年龄大，按村里族规，我尊称他为朝马哥）的大人，给我出主意把口粮卖掉，换钱上学。当时，农村搞合作化运动，成立了初级农业合作社，凭着我家加入合作社的土地，我分到了一些口粮。第二天朝马哥推着独轮车，驮着我家的口粮去浦江县城卖掉了。我决定拿着这口粮钱去上学。

当时我们农村人上中学，离家路远，必须住学校宿舍，但我家里无法配齐一套住校用品（铺盖），无奈决定与邻村（金店村）也有困难的王荣飞同学拼铺，我出被子，他出席子。两人同睡一张床，同钻一被窝。

按照浦江中学规定：新生去学校开学报到时就要带上本人户口迁移证，把我的户口迁到学校里。因此我从 1955 年 8 月 30 日起，就从农村户口转变为城镇居民户口。这户口，一直跟随着我求学与工作变迁，从浦江到达衢州、杭州、北京、天津，再也没回到过原籍浦江。

从农村户口转到城镇居民户口，在当时是人生身份的巨变。因为农村户口口粮自保，会受自然灾害影响。而城镇居民户口吃的是商品粮，旱涝保有。

开学后，我在学校拿到了丙级人民助学金：每月学校补助 2 元。当时，每人每月一日三餐在学校食堂吃饭的全额伙食费是 6 元。

1955 年 9 月底，远在安徽宁国的母亲对我一人在浦江求学不放心，专门回浦江来看望我。令我万万没想到的是母亲与我的班主任钟世义老师见面时，钟老师要求我妈把我带走，放在身边。原因是我的年龄太小，父母又不在身边，钟老师他担不起责任。后经我妈苦苦哀求，钟老师最后同意我继续留校读书。1990 年 9 月，为感恩钟世义老师，我专程从天津去浙江省浦江县郑家坞镇钟宅村，看望了退休在家的钟世义老师，了却了我的心愿。

1956 年农历十月二十，是浦江县城传统庙会（农产品交流会）的日子，我小姨张除梅怀抱刚出生不久的女儿（表妹戴水莲），庙会后专程来学校看望我，临走时给了我二角钱，让我永远铭记在心中，她是我求学期间唯一送钱给过我的亲人。当时，二角钱可以买到十个大肉包子，能管我两顿半正餐。

在浦江中学求学时，初一全年我是在学校食堂吃饭的。初二、初三两年因交不起伙食费，被迫在浦江县城东街项宝钗姐姐（她是出嫁到县城的本村人）家放置一个烧炭炉子与一只煮饭铜罐，每天自己生火煮饭，外加每周日回家自带的雪里蕻或高脚白咸菜，坚持学业，艰苦度日！

我在浦江中学就读三年，前一年半因父母不在身边，所有节假日都是在我外婆家度过的，深切地体会到外公、外婆、舅舅、大姨和小姨们对我的爱，使我并没有感到孤单。1957 年 1 月，春节前夕，我父母带兄妹们从安徽宁国回到了浙江浦江老家。从此，结束了举家逃荒的日子，过上了正常的家庭生活。当然，家庭贫困的本质，并没有就此改变，所以 1961 年初春又因无粮度日，举家迁移到浙江昌化石坎大队，投奔我堂哥于小富、于小许处，我贫困的家庭才算安顿下来，那是后话了。

初中求学阶段给我留下了许多美好的回忆，这些经历对我日后的生活工作也产生了十分重要的影响：

集体学习生活

我从小学时的个人学习生活，进入了初中时的集体学习生活。到初中后，我成了住校生，同学们整天要在一起睡觉、早操、学习、吃饭、午睡，各种文体活动、课外活动、晚自习、刷牙洗脸……由此大大地增强了我的团队意识，团结精神，并让我知道自己如何去融入集体，与人打交道。

学校坚持德智体全面发展，培养优秀人才

六十多年前的浦江中学，就已经有严格的作息制度和严谨科学的教学秩序。学校培养学生德智体全面发展的主题思想，贯穿于学校日常教学的方方

面面，让我记忆最深刻的有下面几点：

首先是在遵守学校纪律方面，每节课坚持点名制度，我初二时一个星期一从家里回学校迟到，缺席两节课，一直到初中毕业还记录在案，早自习，晚自习，也要点名，全员都坚持自习到下课；食堂吃饭要听轮值班长口令才能动筷子；晚上到熄灯时间，同学们全部都按时入睡，完全是军事化风格。

其次学校十分注重学生们的体育活动，除按教学要求上体育课外，还定期召开全校运动会，参加县内外各种体育比赛活动。在学校运动场上，经常可以看到各种体育比赛，让我看得最多的是学校篮球队与县公安局民警队的比赛，我们班陈应理同学还是校篮球队员呢！

另外，学校非常重视学生每天早晨的晨练。那时学校地处"学塘角"，校门正对着"学塘"里的八角亭（现已拆除）。在隆冬季节，天还没有亮，我们的班主任钟世义老师就让我们列队，冒着严寒，出学校大门左拐，沿校门口的沙子公路，往塔山方向奔跑，全班同学听着钟世义老师"一二一"的口令，"咔咔咔"步调特别整齐。一直跑到金师岭水库后返回，再跑回学校。还举办"晨练跑北京"活动，把全校各班每天早上的晨跑里程加以记录累计，看哪个班先"跑到北京"。

通过各种体育运动和"晨跑"活动，既锻炼了身体，又培养了同学们刻苦耐劳和集体主义精神，效果绝佳！

浦江县初级中学师资力量雄厚，教学设施一流

我就读的浦江县初级中学师资力量雄厚，教学设施在当时算一流，拥有实验手段十分完备的化学、物理、动植物实验室。学校完全按教学要求开展实验课程，我对所有实验都有浓厚的兴趣，非常喜欢实验课，天天盼着实验课，因此，对那时做过的许多实验内容，至今还犹记如新，例如：化学课的氢气＋氧气生成水的化学反应实验、酸碱的中和反应实验、物理课的通电导线在磁场中运动实验、动物课的解剖青蛙与家兔的实验、植物课的植物嫁接

实验、在显微镜下观察植物叶片构造实验等，至今记忆犹新，更重要的是通过初中阶段的这一系列科学实验，培养了我善于观察与思考的习惯，牢固树立了"科学发现就在观察与思考之中"的理念，对我进入中专与大学，乃至于后来参加工作都产生了深远影响。

坚持参加社会活动，勤工俭学，培养劳动习惯

我在浦江中学读书三年，参加了许多社会活动，记忆深刻的有：

一是在学校东边护城河边播种小白菜，不辞劳苦，经常施肥，除草，浇水，精心培育，收获后免费送给食堂。

二是参加政府发动的"除四害"活动，所谓"四害"就是老鼠、苍蝇、蚊子、麻雀，灭鼠是用上交老鼠尾巴来考核的；灭蝇主要是冬天通过灭蛹（苍蝇的前身）和捕捉来完成的；当时，灭麻雀除用气枪打外，主要是通过我们上山敲锣打鼓驱赶，当麻雀飞累了，掉下来打死；至于灭蚊子，好像始终没有找到良策，就不了了之了。

三是响应学校号召，去平安张一带学校申请来的稻田种水稻，给水稻施肥，耘田除草。

四是全班同学上山爬树，采摘松果，把松果晒干后打下松子卖。

五是1957年国庆节，我们全体同学自己动手，用竹丝捆扎一个三级火箭发射人造卫星的模型，外面贴彩纸画上画，形象逼真，10月1日那天同学们抬着火箭模型，兴高采烈地走上了游行队伍，既增添了节日气氛，又借此向人们进行了一次有关火箭、人造卫星的科普教育。

六是我在一年级时，是在学校食堂用餐的，当时伙食费标准是每月6元，我享受了丙等助学金，减了2元，每月还要交4元。后来因我欠食堂伙食费太多，到初二时被迫在县城的亲属家中自己开火做米饭，每周回家带一钵雪里蕻咸菜用餐。但初一时尚欠食堂的十多元债务，当时的食堂管理员甘作舟老师多次找我，让我交钱，我没钱只能说再欠欠，一直欠到我毕业要离开学

校了，我才利用暑假时间，去离家五十里远的郑家坞火车站挑沙挣钱，还了这笔欠款。在郑家坞挑沙是一项非常艰苦的劳动，每天晚上住庙里，吃的是米饭，冬瓜汤，劳动时要把河滩上的沙子，一担一担地挑到停泊在火车站铁轨上的火车车厢里，路程远，还有上坡，挑每担沙子都要咬紧牙关，满头大汗，才能从河滩挑到火车车厢，那种吃苦头的情景终生难忘。可喜的是我通过自己的劳动，还清了拖欠学校食堂的债务，内心是轻松的，高兴的。

此外，那时的浦江中学就有一个藏书挺多、规模不小的图书馆，通过借阅众多书刊，使我受益匪浅。

我 1955 年入读时的浦江中学，校名是浦江县初级中学，1956 年开始有了高中，并改名为浙江省浦江中学，现在是浙江省重点中学，只有高中，没有初中了。但我还是要祝母校越办越红火，为祖国培养与输送更多德智体全面发展的人才而努力奋斗！

六 求学浙江衢州化工专科学校

1958—1960 年

1958 年 8 月暑期，我在浦江郑家坞火车站挑沙挣钱时的一个傍晚，晚饭后在郑家坞镇上的一条小街上溜达，无意中看到邮局柜台内有我的一封信。拿到手拆开一看，原来是浙江衢州化工专科学校发给我的录取通知书。

因我家庭贫困，初中毕业前夕与班主任打过招呼：要求升学不上高中，所报志愿都是学费、伙食费全免的中专，当时接到中专的录取通知书，终于如愿以偿，尽管不知道该校的情况怎样，但内心非常高兴，对未来充满着憧憬。

按录取通知书要求，到学校报名时，必须携带本人的医院"肺部 X 光胸透报告单"。当时，我家所在地浦江县境内，没有一家医院有 X 光胸透设备，只能坐火车到邻县——诸暨县人民医院去胸透。

第二天一早，我赶上了第一趟火车，到了诸暨县人民医院，当时内心十分高兴！这是我有生以来第一次坐火车，也是第一次胸透，既兴奋快乐，又紧张害怕，怕胸透结果有毛病，那就惨了：不仅升不了学，还得回家治病，好在菩萨保佑我胸透正常！

我在初中毕业以前，穿的都是母亲或大姨用土布裁剪的衣裳，从未穿过洋布衣服。这次考上中专，母亲特地去附近七里镇上，扯了几尺浅棕色小格子洋布，破天荒地给我做了件洋布长袖衬衫，内心高兴极了！

因家境贫寒，当时家里也没有可供我出门求学携带的行李箱，又无钱购买或制作，无奈向邻居项登炳借了一个用毛竹编制的小书箱当作行李箱携带，随我走上离家求学之路。之后，这个竹制小书箱，不仅一直跟随着我走完了中专、大学求学之路，1964 年 9 月还跟随我到达首都北京，到一机部通用机械研究所参加工作。1972 年夏，我回老家探亲，碰到这位邻居项登炳时，给了他 50 元钱（当时我的月工资是 55 元），才报答了在我最困难时，帮我解除燃眉之急的好邻居。

我考上的中专学校，在浙江省衢州市（当时叫衢县），离我老家有 200 公里路，因为浦江县境内唯一的郑家坞火车站，是个很小的车站，快车不停，只能坐慢车，耗时 4 个小时到达。这是我平生第一次离家出远门，远离父母，那心情是七上八下，来到新学校人生地不熟，不知道未来的学习生活会怎么样。

去学校的前一天，母亲把家里仅有的 1 斤糯米，给我包了 4 个粽子，外加 4 个煮熟的鸡蛋就算作路上的干粮。

我家离浦江县城 7 里，去郑家坞火车站坐火车，要先步行到县城汽车站，再转乘去郑家坞镇的汽车到火车站。

我家从来没有钟表，晚上或早起赶路，都是母亲凭经验看天上星星的位置来估计时辰的。

去衢州上学的那天半夜，母亲就起来烧锅做饭，我们母子俩用过早餐，看到东方"启明星"升起，母亲挑着我的行李，借助黑夜空中的星光，专程送我向县城汽车站出发。

一路上，母亲反复叮嘱我一人在外，要守规矩，热心、诚恳做人，刻苦学习、保重身体，让家人放心。

母子两人，凌晨 4 点半到达浦江县城汽车站。5 点整，第一班开往郑家坞火车站的汽车开动了，母亲那依依不舍的目光远送着我，很快消失在黑暗中。

当天下午 2 点多钟，我挑着行李在衢州火车站下车出站，就见到了浙江衢州化工专科学校的接站校车，就上车了。

在录取通知书上，写的学校地址是衢州横路，我们都以为"横路"是衢州市里的一条街。谁知上车后，汽车一路向南行驶，东拐西拐地开了半小时，把我们拉到荒郊野外的一群山脚下停住了。后来才知道，所谓"横路"，是在此附近 2 里处的一个村名。

在学校报到后我才知道，浙江衢州化工专科学校原来是为浙江省大型化工联合企业——浙江衢化（现称浙江巨化集团）培养人才而新开办的学校。校舍是建设位于不远处，一座装机容量达 3.5 万千瓦的黄坛口水电站建设时遗留下来的农民工住过的临时生活区。教室、办公室、实验室、厕所，教职工及学生宿舍、食堂、厨房等全部建筑物，都是用竹子搭建的茅草屋，分布在两边小山头周围。走的是没有硬化的沙土路，喝的、用的是山涧小溪水。在学校里，不论你从教室还是宿舍，去食堂或是厕所，都要登高走低、"翻山越岭"，这里办学条件实在是太差了！但在 1958 年，那个"大跃进"年代，人们思想觉悟超高，党叫干啥就干啥。条件再艰苦，师生们都毫无怨言，很快就全身心地投入办学中去了。

令人欣慰的是学校的师资力量与实验条件非常优越：老师中不乏从苏联工作归来的专家或留学生，还有在北大、清华被打成右派分子的优秀老师。这些老师讲课水平非常高，每节课都像在听老师讲故事一样，引人入胜，通俗、生动、易懂。从而使我的学习成绩节节攀升，排名班级前列。化学、物理、材料、力学等实验室都是新购进的当时一流设备，因为我从初中开始就非常喜欢实验课，所以，这里这么好的实验室，大大地鼓舞了我学习的热情，更促进学习成绩不断提高。

在中专求学期间，让我最难忘的三件事：

一是虽然我入学时年龄已满 15 岁，但由于上初中时，每天吃的都是家里带来的雪里蕻或高脚白咸菜，所以身体严重营养不良，到学校报到时，还是一名身高不足 1.5 米的未发育成人的孩子。但是到中专上学后，一日三餐荤素营养搭配、合理全面，仅过一个多月，我就感到自己胸部双乳处胀痛，去医务室问，校医说：恭喜你，你发育了！

人生从少年发育后成为青年，心理上会有一个奇妙的变化，就是对身边的异性会产生一种异样的感觉。1958 年冬，我长大成人（发育）后，第一次去巨化机械厂实习车工，与我跟同一师傅学车工的还有一名漂亮的女学徒，有一天下班后我们俩一起去洗手，因我没带肥皂无法洗去手上的油腻，这时这位女学徒把她的肥皂递到了我的手上，就这一个小举动就让我感到有一股电流电遍全身，使我心跳加快，浑身发热。想想真奇妙，这是我长大成男子汉后第一次接触异性的体会，让我终生难忘。

2019 年，我们中专同学聚会时，同学们纷纷表示：时过 60 年，项美根完全变了一个人样。中专离校时，我要仰望着与我的学习小组长——赵则仙同学说话，这次同学聚会见面，我要低头望她了！60 年岁月，真是人生巨变啊！

二是那时党的教育方针是"教育为无产阶级政治服务，与劳动生产相结合"。因此学校安排挑铁矿石、上山砍柴、背树、到校办砖瓦厂制砖瓦、下农村为人民公社割稻等许多体力劳动。1960 年春天，又到烂柯山下，参加了两个月的乌溪江化工学院（浙江工业大学前身）的建院劳动。通过这些劳动，使我们这些知识分子的世界观得到了很好的改造。

三是 1959 年的一天晚上，学校组织我们去巨化剧场看了一场由浙江绍剧团演出的"孙悟空三打白骨精"，剧中由著名演员"六小龄童"饰孙悟空，演出非常成功。至今 60 多年过去了，我仍记忆犹新。

七 求学浙江工业大学

1960—1964 年

1960 年春，为适应浙江省化学工业发展对技术人才的需要，浙江省委决定以现有的浙江化工专科学校与衢州化工专科学校这两校大专班为基础，在衢州烂柯山下石室街创办乌溪江化工学院（最后改名为"浙江工业大学"），两校中专班合并后在杭州继续办学。

1960 年 9 月，我在杭州上中专三年级第一学期开学后不久的一天下午，班主任在全班会议上通知：凡自愿升本科就读 4 年、去乌溪江化工学院升学的，当天内做出决定，到班主任处报名，第二天就要去乌溪江化工学院报到入学。

这一突如其来的消息，让我非常震惊，一下子把我推到了人生的十字路口：

继续读中专，再过十个月就能毕业，参加工作拿工资，我的苦日子算出头了；升学升本可以学到更多知识，但还要艰难度过四年，路漫漫。当时，我心里想与父母商量一下，但限于那个年代的通信条件，来不及商量，只能由我自己果断地做出了升学的决定。事后，这个决定得到了我父母、哥哥的理解、支持与赞赏。家里虽然没钱供我上学，但家人的理解与支持是对我最大的鼓舞与安慰。

后来的事实证明，这是我一生中做出的正确决定！知识就是力量，是这升本的决定，使我学到了更多知识，铸就了我后来的人生。没有那次升本，就没有我的今天！正确抉择，对人生是多么重要啊！

我在浙江工业大学求学四年留下有最深刻的印象：

一是当时浙江工业大学对教学质量严格把关，实行的是最严苛的学生升留级淘汰制度。只要期末考试有一门功课补考后仍不及格就要留级，两门功课补考后仍不及格就要退学。而且当时的考试是严格的闭卷考试，严禁交头接耳，完全杜绝作弊行为。在此政策推动下，当时我们从中专化机专业升本的 39 名学生，四年后坚持到大学毕业的，只剩下 17 人，一半以上被淘汰离校。即使是学习基础好、高中毕业后通过高考录取入校的同学，也有好几位惨遭留级或退学的。这种严酷的政策，迫使学生必须努力学习，从而保证了学校较高的教学质量。学生在校是真学习，而不是混日子。

二是当时强调党的教育方针：教育与劳动生产相结合。我在大学四年，从进校第一学期的"见识实习"，到毕业那一年的"毕业实习"，共参加了 4 次下厂实习活动。这些实习活动，对提高学生对本专业的认知与动手能力起到了重要作用。例如第一学期的"见识实习"，就是每位学生深入工厂车间，在老师的指导下，对机械加工中的车、磨、铣、刨、钳、铸、锻、焊、热处理等每个工种都亲自操作一遍，这样不但让我快速树立了对本专业的认知，而且通过实习培养的这种动手能力，让我终身受益。

三是因由两校合并办学的基础，师资力量强，实验条件好。特别是升本后，学校设法四处招揽教学人才，取得了重要成果。比如教我们材料力学的王浮川老师，据说是学校从监狱服刑中担保出来教书的。听王浮川老师的课妙趣横生，主题突出，过耳不忘。而且王老师控制时间非常精准，每节课最后一句话话音刚落，下课铃就响了。

四是我从小生活清苦，营养不良，体质不佳。1960 年上大学后，又正好赶上国家困难时期，但国家还是保证了大学生每月 32 斤口粮，可是副食太差，又没有什么油水，因此我从大一开始就得了浮肿与肺结核两种病，并住进了学校专门为患肺结核学生准备的隔离宿舍。吃了一段时间的病号饭，浮肿病倒是好了；肺结核虽然不算严重，但基本上伴随了我大学四年，直到大四最后一个学期才痊愈，离开了隔离宿舍。所以，我的大学生活基本上是在病痛中度过的。

住在隔离宿舍的优点是有清静的学习环境，我的学习效率高，效果好；不足是无人监管，我好多次午睡睡过了头，下午没去上课。但依赖于我的聪明头脑，学习成绩仍然名列前茅。

五是我四年大学生活的经济来源，完全是靠自己勤工俭学维持的。

勤工俭学的主要内容有：

平时为学校刻蜡版，印刷一些学习文件、辅导材料等。那个时代没有打字机、印刷机，更没有电脑、打印机。刻蜡版是用人工，手持一支带钢针笔头的笔，在一张铺在有细小网纹的钢板的蜡纸上写字，之后用这张刻过字的蜡纸去油印成所需文件；

节假日，特别是暑期的勤工俭学，是去建筑工地上挑沙石、拉砖瓦、做油漆工等。我有两个暑假都没有回家休假，坚持在学校或附近工地上勤工俭学挣钱，维持学业。勤工俭学不仅挣得了上学资金，更是锻炼了我自食其力、艰苦奋斗的人格与精神，使我终身受益。

六是大学四年，我的学习成绩越来越好，最后进入到优秀学生的行列之中。最终，以老师让我在整个化工机械系毕业学生大会上，介绍我具有创新思维的毕业设计"制碱厂浓缩氢氧化钠蒸发器设计"而告终。

我的大学毕业设计项目是"氯碱工业用蒸发器设计"，该蒸发器的作用是将碱厂电解氯化钠水溶液后，产生的氢氧化钠水溶液进行加热、沸腾、蒸发、产生二次蒸汽后，浓缩氢氧化钠溶液，提高氢氧化钠的浓度。

毕业设计前，学校专门安排我们去上海电化厂进行了 15 天的毕业实习，对上海电化厂，通过电解氯化钠（NaCl）水溶液，制造氢气（H_2）、氯气（Cl_2）和氢氧化钠固体（NaOH）的工艺流程、主要装置和设备进行了全面了解和学习。

我毕业设计的"蒸发器"就是上述制碱流程中的主要设备。经过我的认真思考与研究，设计时，我将在上海电化厂见到的蒸发器在现有结构基础上进行了结构改进，从而增加了碱液循环速度，提高了传热效率，优化蒸发器蒸发效果。

我的上述毕业设计，没有照抄现有的设备结构，属于创新设计，从而得到了毕业设计指导老师的好评，并推荐我在全系毕业班全体学生会议上，做如何搞好毕业设计的主题发言。

七是感恩在那艰苦求学的岁月，学校对我的关心与帮助。特别是大一刚入学的那年冬天，天气奇冷，我又得了浮肿与肺结核两种病，更显得寒冷难忍。这时候学校免费发给我一套棉衣棉裤，使我度过了一个又一个寒冷的冬天。直到今天，想起来还让我内心非常温暖。

八是我在大学时喜欢积极参加宣传活动，配合学校中心工作写一些评论、报道等小文章，刊登在班级黑板报上。我还是黑板报编辑、出版、抄写的积极分子，利用许多课余时间为学校宣传工作服务，不仅活跃了班级的政治生活，还锻炼了我的写作能力与水平。我还是全校"红色号角"黑板报的抄写员，我们化机年级的薛才利同学很有美术、美工水平，他是"红色号角"的"美容师"，黑板报经他美化后非常漂亮，我们俩在学校的共同宣传工作中建立了深厚友谊一直延续到今天。

2018 年 10 月作者去英国时，专程参观了著名的伦敦格林尼治天文台。这是作者在本初子午线上的留影

八 在通用机械研究所工作

1964—1986 年（共 22 年）

1964 年 7 月，我从浙江工业大学（当时叫浙江化工学院）毕业，学校告诉我被分配到北京一机部通用机械研究所工作，并发给我几十元钱作为赴京路费和从南方去北方工作的棉衣制作费。等到 8 月下旬，我准备从家出发去北京工作单位报到时，学校发给我的那几十元钱早就被家里用掉了。无奈向我哥的同学骆贻产借款 30 元做路费（直到现在我与他妹妹骆贻先还有联系），从浙江昌化出发经杭州、上海、天津三次换车，南京火车轮渡长江，共用两天两夜时间才到达北京，这是我人生第一次尝到了长途旅行的艰辛。到一机部通用机械研究所工作后的工资是每月 55 元，发给我的第一个月工资，除 30 元用于归还路费外，15 元汇到老家孝敬父母，让父母开心，余下 10 元是我当月生活费。

上班后，在通用所欢迎新员工的大会上，孙琪所长说：通用机械研究所的办所目标是"出成果，出人才"！此后，这句话永远铭记于我的心中，成了我在通用所工作 22 年的座右铭，鞭策着我战胜了无数困难，完成了一个又一个重大课题。通用机械研究所养育了我，我也为通用机械研究所做出了贡献！

到通用机械研究所完成的第一项任务是通过集中训练后，参加了首都天安门国庆十五周年游行，接受了伟大领袖毛主席的检阅。之后于 1964 年 11 月至 1965 年 10 月，参加了沈阳重型机器厂、沈阳标准件厂两个厂的"四清"运动工作队，开展"四清"运动。1966 年 6—8 月，所里又派我参加了北京电机厂无产阶级文化革命工作队，开展"文化大革命"运动。一时间，我成了"专职运动员"。大大丰富了我的人生阅历。

我在通用机械研究所工作 22 年最值得自豪的是：

一是工作服从领导分配，从不挑肥拣瘦，领导叫干啥就干啥。所以，我获得了通用机械研究所历届领导的好评与青睐，与领导的关系也非常融洽，工作中领导也特别容易接受我的意见与建议，给我的工作带来了很大方便。这些领导包括：所级领导王昌庆，阀门研究室领导杨丰肆、樊力、孔庆铣、闫永君、袁玉求、陈元芳、方本孝等。与这些领导的长期合作经历，成了我终身愉快、美好的记忆。

二是工作要求高效。往往多项工作同时交叉进行，能够充分利用时间空隙，把每日、每时、每分、每秒都用好。

三是不论份内、份外的事，只要对阀门行业技术进步有利的事，我都要满腔热情地去做，特别是那些又苦又累又难，人们不愿意做的事，我更要积极主动，勇挑重担，争取去做好它。例如，我的本职工作是阀门电装课题项目研究，阀门行业质量检测、阀门寿命试验工作虽然不是我的主业，但对行业很重要，别人都不愿意做，我就要主动去做好。

四是想尽一切办法，克服个人家庭困难，去完成科研任务。1973年后，我家有两个小孩，我们两口子是双职工，为了不影响我的工作，小儿子项晓明出生仅两个月就由我母亲带回浙江昌化农村抚养，后来又由我上海同学黄经武的母亲及姐姐黄祝英一家人抚养，两年半后，才回到我们身边。此后，我们与黄家一直保持着亲密联系，项晓明与黄祝英子女苏建芬、苏静芬、苏元芬、苏祖奇、苏奇明等也情同手足。

五是广泛团结单位同事和全国阀门行业的同行同事，是我多、快、好、省地做好每项工作的基础。我与单位及行业同事的关系处理得非常好，碰到困难随时能得到同事们的帮助。所以我干起工作来就感到得心应手，碰到困难就会有求必应。在行业里，碰到有争议的棘手问题时，领导往往会派我去处理，"摆平"问题。领导认为：碰到难题，项美根能"摆平"。

六是我对工作的态度，与钱无关，不管有钱没钱，都要把工作干好。我总结了一条人们对待工作的准则："一个人，为了钱去干工作，会越干越没有钱。一个人，不为了钱去干工作，名与利就会水到渠成，从天而降。"总之，名利都是干出来的，工作多做了，名利自然会有。同时，工作干得越多，经验积累就越多。工作经验越丰富，工作做起来会越顺手，工作效率也越高，这是一个良性循环。做人，不要把工作当作负担，而要把工作当作一种快乐的享受！

七是干一行爱一行，不跳槽，不喜新厌旧，把自己干的这一行做深，做透，做精，做到极致。我的体会是：只有干一辈子，才能真正做好一件事——阀门电动装置。因为越做眼界越宽，知识经验积累越丰富，工作做起来更高效、更得心应手。

八是保持积极、向上、饱满的政治热情，期盼早日加入光荣伟大的中国共产党。1977 年 4 月 25 日，我入党的愿望终于实现了。我入党的时间是 1974 年 4 月 25 日，那时正处"文革"期间，党在人民心中有崇高威望，所以是入党最难的时候，更何况我是知识分子——"臭老九"入党，可以想象难度有多大啊！

九是助人为乐。我们通用机械研究所的技术人员出差机会多，由于当时所里基础设施差，没有自来水，没有管道煤气，男人出差了，女的在家带孩子过日子会遇到不少困难。我就经常给出差同事的家属做一些力气活，如买粮、挑水、拉煤车、换煤气罐等，为她们排忧解难，赢得了同事们的赞赏。

十是低调做人。我始终保持艰苦朴素，反对奢侈，努力工作的奋斗精神，与同事们建立了良好的人际关系。

以上十条是我在通用机械研究所 22 年所坚持的做人信条，依靠这些信条，引领我在通用机械研究所完成几十项科研任务。

这些信条也伴随了我的后半生，书写了我的人生历史。

在通用机械研究所还值得回忆的有：

1.1971—1976 年，我在一机部通用机械研究所担任课题组长的"阀门电动装置课题组"，由李学忱、王全福负责，成功研发阀门扭矩试验台，并利用此试验台对阀门电动装置行程与转矩控制进行了全面研究，限于那个时候的测试技术与仪器仪表的水平，取得这项成果，确实来之不易！

2.通用机械研究所搬迁合肥，新所建成后，因在办公大楼南侧有个广场，加上新修道路四通八达，所以通用所工会经常组织员工举办文体比赛活动。有一年，在200米、400米短跑比赛中，我分别获得了第一名、第二名。比赛时，我夫人胡玉兰在旁边观看，她说："起跑枪声一响，只见项美根猛地往前蹿，把对手远远地甩在身后，那速度之快，让人吓了一跳。"这次比赛我获得的奖品是两只搪瓷盘，到现在40多年过去了，搪瓷盘仍然完好无损，仍在使用。

通用所小学、幼儿园也经常举行文体比赛活动，我大儿子项晓壮曾分别荣获小三轮车比赛与50米游泳比赛第一名；小儿子项晓明曾在幼儿园的集体舞蹈比赛中获奖。

3.通用所搬迁合肥后，因院内水渠、河道、水塘是合肥自来水厂水源流

作者在合肥通用机械研究所工作22年，这是当年作者与夫人，两个儿子项晓壮、项晓明在合肥通用机械研究院大门口的合影

经的组成部分，所以全年流水不断，是我这个从小爱好捕鱼能手，捕鱼捉蟹的天堂，我经常自制渔具下河捕鱼，并每次满载而归，使夫人胡玉兰非常高兴。

作者结婚照

4. 我在机械部通用机械研究所工作时的意外收获是在天津认识了胡玉兰，得以结婚、生子、成家立业。20 世纪 60 年代后期，我长期出差在天津第二通用机械厂，是天津第二通用机械厂财务科会计孙敏，给我介绍当时在天津市北马路银行会计科工作的胡玉兰认识的。1968 年春节刚过的一天，我出差天津，住在东北角大胡同东方电影院旁边的一家小旅馆里，介绍人孙敏会计把胡玉兰带到我房间认识后，孙敏会计就走了。我仔细看了一下胡玉兰是中等身材、大眼睛，人长得非常漂亮。

根据这一次见面，我对胡玉兰的印象不错，内心是满意的，谁知道我们认识不久，就出现了一个小插曲，因胡玉兰告诉我她父亲是天津第二人民医院药房主任，该医院离我住的旅馆很近，只隔一条海河，从我旅馆出发，跨过海河上的金刚桥就是天津第二人民医院。之后的一个星期天，我想专程去天津第二人民医院看看，我一进医院大门，整个医院大厅与走廊都贴满了大字报，那时正是"文革"高潮时期，这也属正常，但令我没想到的是走廊上竟有几张大字报，是"揭发"胡玉兰父亲胡振屏和爷爷胡广义的大字报，主要内容说的是胡玉兰父亲及爷爷的历史问题，父亲胡振屏毕业于南京中央医学院医药系，曾任国民党部队少校军医（国民党军队医院的药剂师）；其爷爷胡广义有国民党少将军衔，是东北军张学良的部下。我看完后实在是吓了一跳，因为当时"唯成分论"充斥着中国社会的每个角落。但后来我仔细想了想："文革"是非常时期，这种非正常的社会局面终究会过去，因此我仍然决定与胡玉兰相处下去，最终成功进入婚姻殿堂。

1968 年 9 月 18 日，我们俩决定从天津西站出发经青岛坐轮船到上海，再经杭州到昌化家里"旅行结婚"。游览了沿途风光，并在杭州一家著名照相馆拍了结婚照。

我俩婚后回到天津没有住房，是暂住在胡玉兰爷爷胡广义在天津市中心原属日租界地区的兴安路 188 号购置的一套宅子里的。1969 年春天，经我向天津河北区光复道街房管站打报告申请，分配到位于建国道民主剧场边的庆安街南侧的一间住房。尽管这个房间很小，仅 10 平方米，但解决了我俩婚后无房之苦，这在那个年代是非常幸运了，得益于我是一位贫农出身的大学生，在"唯成分论"的时代，我的贫农身份得到了照顾。

5. 我出生于贫困的农村家庭，生活一直非常困苦，到大学毕业参加工作后，生活才发生变化。1964 年 8 月，我是穿着带补丁的衣服到北京通用机械研究所报到的。我在通用机械研究所迎接新员工的晚会上，才第一次吃葡萄"玫瑰香"；我到 1964 年冬天才第一次用上皮带，穿上皮鞋、毛线衣；1966 年春，我出差天津，才在天津滨江道的一家早餐馆第一次吃牛奶面包的早餐；这些用现在的眼光看是不可思议的事，在当时却都是事实！

有些经历，也给我留下了美好的记忆：1966 年我出差在天津第二通用机械厂食堂第一次吃炸酱面，在面里放完炸酱等食材拌面后放嘴里一吃，简直咸死人了！后来用白开水冲洗了好几遍，才把这碗淡化后的炸酱面吃掉，这是我第一次领教天津人的"重口味"；同年五一劳动节，我还应邀在天津市东马路刘家胡同的通用所同事刘荫蒲家中做客，第一次吃"北方水饺"；1968 年冬，我应胡玉兰的奶奶与五婶邀请，在她们的天津市兴安路 188 号家中做客，第一次吃到东北名菜"酸菜汆白肉"，那肥而不腻的白肉与爽口无比的酸菜汤，使这道菜成了我的终身爱好；1971 冬，我与通用机械研究所同事章华友出差天津，在天津最早开业（1908 年）的小白楼"起士林西餐厅"每人要了一份"西班牙牛排"，那是我第一次品尝西餐，印象非常深刻。从此开启了我一生爱吃西餐的习惯。

九 在天津第二通用机械厂工作

1986—1990 年（共 4 年）

正当我参加工作 22 年，步入中年，在通用机械研究所工作干得风生水起的时候，我老伴胡玉兰提出：大儿子项晓壮高考在即，为给孩子升学提供方便，要向通用机械研究所领导提出我们全家调往天津，因为天津是直辖市，高考录取分数线比安徽要低得多。

向所领导提出正式申请后，王昌庆所长断然拒绝了胡玉兰的请求，说：项美根是阀门室的技术骨干，要想走，除非太阳从西边出来！

胡玉兰没办法，只得一方面安排刚上初中一年级小儿子项晓明，于 1985 年 9 月 20 日去天津她弟弟胡龙昌任教的天津市五号路中学上学，以此向通用所领导宣示要调离通用所的决心。不过，在项晓明坐火车去天津那天，发生了一件意外的事：胡玉兰让通用所办公室发的一份要他弟弟第二天到天津西站接项晓明的电报没有发出，把胡玉兰急哭了，怕年仅 12 岁的孩子在天津西站没人接，走丢了！那时通信非常不便，电报太慢，只能靠长途电话，但胡玉兰弟弟家没有装电话，后来只能打长途电话到胡玉兰弟弟家附近的民主剧场，请他们派人去她弟弟家询问，才知道项晓明已平安到家。原来，项晓明下了火车，一直等到旅客都出站了也没人接他，项晓明凭儿时记得从天津西站到姥姥家是坐 5 路公交车到金汤桥站下车就到了，就这样孩子有惊无险地到姥姥家了。另外，胡玉兰只能发挥女人所特有的"耐心"，每天晚上跑到王昌庆所长家里软磨硬泡。最终迫使王昌庆所长忍痛割爱，被迫同意我们全家调离合肥通用机械研究所，回天津工作。

我在通用机械研究所辛勤耕耘 22 年，抛弃我 22 年积累的工作关系与人脉，去天津工作，对我来说是一个重大损失，但为了家庭与孩子，我人生第一次做出了痛苦的抉择，决心离开通用机械研究所，前往天津。

机械部石化通用局练元坚局长，给天津市第一机械工业局张华国局长写信，要求对我们一家入津提供帮助的情况下，获张华国局长批示："项美根按有突出贡献的科技人员调入天津。"因此，我们一家4口，很快落户天津，我与胡玉兰都调入了天津第二通用机械厂。刚到天津我们没有住房，是暂住在建国道215号丈母娘家里的。该住宅地处天津东浮桥（即金汤桥）海河边，原属奥匈领事馆办公大楼，现在该大楼已作为天津历史文化建筑保存下来，仍矗立在海河边。半年后，天津第二通用机械厂给我们买了一套"偏单"住房，在靖江桥边的"涪江北里"入住了。

好在我到天津第二通用机械厂，一是没有改变专业，还是干老本行；二是我与天津第二通用机械厂人员熟悉，相互了解。所以还没有感到离别通用机械研究所有太多的留恋与痛苦。

去天津第二通用机械厂报到后，胡玉兰被安排在基建办公室任会计。我刚开始被安排在总工程师办公室，但没有明确职务，一年后明确职务：任天津第二通用机械厂副总工程师兼企管办和全质办主任。

刚到天津第二通用机械厂上班时，由于没有给我安排具体工作任务，我就充分发扬了在通用机械研究所时的优良传统：越难、越没人愿意干的事，我越是积极主动去干。因此，我主动做了两件事：

一是当时天津第二通用机械厂设计了两种国内测试扭矩最大，达30000N·m、60000N·m的阀门电动装置性能测试台，并把这两种测试台的制造任务包给了一个名叫"红桥五金厂"的街道工厂承建。这两种测试台扭矩巨大，加工难度很高，红桥五金厂感到无从下手，一直没有动工。而天津第二通用机械厂的工程技术人员又知难而退，无人愿意去红桥五金厂配合技术指导，开展制造工作，所以这项工作一直没进展。

在上述情况下，我决心主动承担这项任务，每天从家骑自行车40分钟，冒着酷暑严寒去红桥五金厂上班，配合该厂王桂荣、赵俊生两人，解决测试台制造过程中碰到的所有技术难题。经过半年多努力，终于圆满完成了这两种测试台的制造任务，填补了我国大扭矩阀门电动装置性能测试设备的空白。通过友好合作，我与红桥五金厂王桂荣、赵俊生两人还成了真挚朋友。

二是负责完成了厂里新引进SMC大规格产品的试制与全系列隔爆型产品的南阳防爆送审工作。由于这两项工作还涉及零件加工，不仅技术要求高，加工难度大，而且做起来非常烦琐，加上厂里没有指定专门技术人员负责这两项工作，车间生产任务一忙，往往会把这两项工作搁置一边。在我到天津第二通用机械厂上班时，上面两项工作基本处于停顿状态。

1987年春，我帮助红桥五金厂完成大扭矩阀门电装测试台后，决心迎难而上，抓紧把这两件事尽快做好。

为了便于工作，有更多的时间深入车间机械加工现场，及时解决加工中碰到的问题，我干脆每天下班不回家，晚上住在厂里的单身宿舍，全天泡在厂里，从而大大加快了加工进度，圆满完成了加工任务。

1987年春夏之交，我与闫仲鸣工程师一道，前往南阳防爆电气研究所，顺利完成了天津第二通用机械厂引进SMC产品的防爆产品送审任务，拿到了"防爆合格证"。

1987年夏，天津第二通用机械厂党总支任命，我任天津第二通用机械厂副总工程师兼企管办、全质办主任后，我在厂党总支与厂部领导下，大刀阔斧开展了天津第二通用机械厂的企业管理与全面质量管理工作。主要是建立健全了全厂全面质量管理体系，并按体系要求，每月对厂内各车间部门的产品质量与人员工作质量进行考核。

那时天津第二通用机械厂每月发放奖金是与质量考核挂钩的。具体办法是：一线工人的奖金是由全厂完成生产任务情况决定的，管理人员的奖金是以工人的奖金额为基数，乘上一个奖金系数，一般科员奖金系数为0.9，主任科员为1.0，副科长为1.2，正科长为1.3，副厂长为1.5，正厂长为1.7。每月质量考核中如果发现部门或个人质量问题，则视情节适当降低系数，情况严重的系数为零，甚至给予厂纪处分。

质量考核，特别是人员工作质量考核，是一项十分细致的工作。考核过严，会影响人们的工作积极性；考核过松，又起不到作用。考核过程中，有时也会遇到尴尬的事。例如，有一次因为销售部工作失误，给厂里造成了经济损失，考核时我扣了销售部的月度奖，造成了销售部领导候国信的不满。但我的考核有理有据，无可挑剔，销售部领导表面上只能打掉牙往肚子里咽。背后，销售部领导却向张国栋厂长诉说：销售部辛苦工作了一个月，没有功劳也有苦劳，扣一个月奖金太冤了！

张国栋厂长是一位老实巴交的老厂长，经不起销售部领导的软磨硬泡，竟答应他们把我明里扣下的奖金，暗地里补给他们。事后，我再也没有去找过张厂长，但这件事，对我触动很大！在我的脑海里留下了一连串问号，至今也没有找到答案。

我在天津第二通用机械厂还抓了一件终生难忘的事，是在装配车间树立了一位产品"装配质量"免检的装配工陈建军同志，因为他工作积极主动，严肃认真，他装配的产品从不出问题。因此树立他为榜样，供大家学习，意义非凡！

我在天津第二通用机械厂还负责兼管厂里的计量室工作。计量室里有4—5名员工，主要负责全厂计量器具的管理、修理、检定工作。天津第二通用机械厂的计量室是一个老计量室，有二级计量资质，具有相当高的水平。当时计量室负责人是刘凤顺，工人有刘明玉、张秀女等。

我在天津第二通用机械厂主管企业管理与质量管理工作三年之久。其间，参加过许多有关企业管理与质量管理方面的工作会议、培训班、学习班等，使我学到并积累了大量企业管理与质量管理方面的知识和经验，为我后来下海办厂，打下了坚实基础。

我在天津第二通用机械厂主持企管、质管这三年，也是我一生中工作最轻松的三年。因为我有三位精力充沛、能力超强的部下：副主任赵传贤工程师，厂秘书、主任科员王学智，科员韩勇玲同志，他们都是天津第二通用机械厂的老工程师，老企业管理、质量管理专家，我部所有具体工作，他们都会去积极主动操心、做好，反而我显得有些无所事事。这与我一贯忙忙碌碌、高效工作的作风完全不同。加上我原来在通用机械研究所的工作舞台大，面向全国阀门行业，可以大显身手，而天津第二通用机械厂企管办这个舞台太小了，感觉到有点英雄无用武之地。所以，我对在天津第二通用机械厂继续工作产生了动摇，多次向上级主管部门——天津市阀门公司领导提出要求调离天津第二通用机械厂，另外安排工作。

上世纪八十年代末，作者工作的天津第二通用机械厂。

厂大门

厂区一角

十　在天津新力机械厂工作

1990—1991 年（共 2 年）

1990 年 4 月，经过上级领导协调，把我安排到同属天津市阀门公司管理的下属厂——天津市新力机械厂任总工程师，负责开发新产品。

天津市新力机械厂是一个集体所有制企业，专业生产我国第一次阀门电动装置联合设计的 ZD 系列产品。由于企业所有制性质不同，我虽然去新力机械厂任总工程师，但我的人事、工资、劳保关系仍然在天津第二通用机械厂。所以月工资仍在天津第二通用机械厂发，新力机械厂只是每月给我发补助工资 100 元。

去任职前，我向天津新力机械厂承诺两年内开发完成阀门电动装置新产品；新力机械厂向我承诺完成新产品开发任务后，给我购置 120 平方米左右的三室二厅二卫住宅一套。

1990 年 4 月 10 日，我正式到天津新力机械厂上班后，继续发扬在通用机械研究所工作时的 10 个"信条"精神，特别是依靠领导、团结同事、分秒必争、优质高效方面表现得更为突出。为了充分有效利用时间，我干脆晚上不回家，搬到新力机械厂办公室住，一日三餐吃食堂饭。经过一年多努力，在技术科长黑成勇，技术员王学友、陈亦红等一批骨干人员协助下，终于完成了 XZ、XQ 两个系列阀门电动装置新产品的研制任务，同时完成了三套阀门电装扭矩测试台与两套阀门电装寿命测试台的制造任务，为天津新力机械厂既增添了新产品，又完善了测试设备。

1991 年 9 月，由天津市第一机械工业局组织，对天津新力机械厂的 XZ、XQ 两个系列电装产品测试通过了市级鉴定。同年，XZ 系列阀门电动装置荣获天津市科技进步奖三等奖。

　　我提前超额完成了对新力机械厂开发新产品的承诺。但新力机械厂却不愿意履行在天津给我买三室二厅二卫商品房的承诺，让我回天津第二通用机械厂上班。为此，让我心中非常郁闷，仔细思考后决心离开体制内，辞去公职，找一处能发挥我自身优势的地方干一番事业。

　　天津新力机械厂没有兑现给我买房的承诺，我只是当时郁闷了一下，很快就恢复了平静，甚至没有找厂方理论，这件事更加大了我下海的决心！我心里想：人有本事，到哪里都能挣到钱，何必为一套房子，与别人过于计较，既有失做人风度，又自伤身体，可苦呢？

　　从 1991 年末开始，我紧锣密鼓，开始寻找我可以去下海的地方……

1990 年 6 月，作者在天津新力机械厂给相关领导、工程技术人员、技术工人作新产品开发报告。

十一　在黄山创业办厂

1992—2022 年（共 30 年）

当我决心要离开天津第二通用机械厂，下海另谋事业后，利用我在行业里的广泛人脉，开始寻找未来的合作者。

考虑到我是 50 岁高龄下海，我对选择合作者较为谨慎：一是合作者要人品可靠，合作单位与合作者能确保我的事业成功；二是事先能在天津给我买一套 120 平方米左右的商品房，解决我两个儿子的住房后顾之忧；三是地点离我浙江昌化的老母亲近点，让我之后对她老人家的晚年有个照应。

经过广泛联系，能满足上面三个条件的单位非常少，特别是第二个先买房的条件，即使是当时处于改革开放前沿的江苏、浙江也无法满足。

功夫不负有心人。1985 年曾经与我合作过 FS-0 型阀门寿命试验机研制的黄山市屯溪机械器材厂（当时已改名为"屯溪仪表厂"）愿意在天津给我买商品房，我与他们人熟，且合作基础良好，特别是从屯溪到浙江昌化老母亲家的路很近，真是天赐良机，事情就决定了。

1992 年 1 月，我从天津专程前往黄山屯溪协商下海办厂，开发阀门电动装置新产品事宜。我到黄山后受到了屯溪仪表厂陈重庚（化名）厂长及其主管部门阳湖镇（当时是阳湖乡）领导的热烈欢迎。经过双方反复研究、协商，终于在 1992 年 1 月 21 日，我与屯溪仪表厂签订了来黄山开发阀门电动装置产品的"聘用合同书"，聘用期为五年。

聘用合同由黄山市屯溪仪表厂（甲方）与项美根（乙方）签订，由黄山市屯溪区阳湖乡经济合作总社见证，并由黄山市屯溪区公证处（92）皖屯证内字第 480 号公证书公证。

聘用合同主要内容如下：

为不断增强企业活力和发展后劲，促进企业持续、稳定、协调发展，黄山市屯溪仪表厂决定聘用高级工程师项美根同志来企业工作，开发新产品，项美根同志自愿应聘。经甲、乙双方共同协商，同意订立以下合同：

一、聘用期限：

乙方受聘期为五年，自 1992 年 2 月 1 日起，至 1996 年 12 月 31 日止。

二、双方责职：

1. 乙方任甲方总工程师，行使总工程师职责。同时具体负责承担开发 Z 系列多回转式阀门电动装置以及与之配套的阀门控制器项目，使之达到中华人民共和国专业标准 ZBJ16002-87《阀门电动装置技术条件》的水平。该产品由甲方负责在省里立项，由乙方负责组织通过产品样机省级以上鉴定，同时负责承担该产品的销售工作。甲乙双方共同努力使该产品毛利不低于 30%。

2. 根据企业发展和市场需要，在时间、资金、人员、场地、设施等条件具备时，乙方也负责经甲乙双方商定的其他阀门和阀门驱动装置的新产品开发工作以及电动阀门的成套经销技术工作。

3. 甲方向乙方提供新产品开发所需的资金（见可行性分析报告第一期所需资金）、设备、试制场地及技术辅助人员 3—4 名（包括工程技术人员和技术工人）。

三、受聘待遇：

因乙方是受聘辞职到甲方工作，甲方考虑到乙方辞职后近期和老年期的具体生活问题，因此对其受聘待遇做出如下规定。

1. 甲方付给乙方辞职费（个人生活安置费，下同）壹万伍千元整，协议生效之日起一个月内付清，存入当地银行部门，由乙方支配使用。如逾期拖付，则按银行有关规定利息作违约金支付。

2. 聘用工作期间，甲方每月支付乙方月工资叁佰陆拾元（每月按厂规定发放日支付）。

3. 甲方同意乙方对自己开发的产品（本协议第二条）享有技术入股分成权，按年销售额 3% 提取分成，每年终结算一次支付给予乙方，逾期不付，则按银行有关规定利息作违约金支付。分成期限为产品投入市场销售日期计算至 1997 年 12 月 31 日止。乙方享有的 3% 销售额分成所得的金额，应按有关规定的应缴纳的个人调节税款则由甲方缴纳。

4. 聘用工作期间，乙方享有正式国家干部公费医疗待遇的规定标准。

5. 为解决乙方的后顾之忧，甲方同意在合同生效后一个月内，垫付资金贰拾万零柒千元为乙方，（以甲方驻天津办事处方式）在天津购买价值贰拾叁万柒千元，带有煤气、暖气及卫生设施的住宅一套（建筑面积 110 平方米左右）。为体现乙方对甲方的决心和诚意，乙方自愿支付购房款差额叁万元作风险抵押金，并在甲方购买住房前一次支付给甲方，甲方垫付的购买住房款贰拾万零柒千元则从乙方所得产品销售额 3% 分成额中，按 70% 的比例从中扣除（自产品投入市场之日起扣完 20.7 万为止）。购买的住房产权归甲方所有，甲方垫付购买住房的资金从乙方销售分成中按 70% 比例扣除，待垫付资金抵扣完毕后，房产权归乙方所有，甲方应向乙方出示房产移交的证明文件。

6. 聘用期间，若乙方病休不能工作满一年以上，甲方按乙方月工资 30% 付给乙方工资；病休不能工能工作超两年，甲方按乙方月工资 60% 付给乙方工资至合同期满。如乙方因工伤、残、死亡，则按国家有关劳动保险规定办理，如病故，则终止支付工资，但其家属享有产品技术入股分成权，直至本合同期满止，即 1996 年 12 月 31 日。

7. 因乙方长期应聘，为考虑乙方的亲朋好友往来，甲方同意阀门公司为乙方在企业所在地提供具备必要生活、工作条件的住宅。

四、本合同经双方签字并公证后生效，除不可抗力致使本合同无法继续履行外，任何一方不得无故终止本合同。

1. 若甲方原因（不是由国家法律、政策更改），造成本合同无法继续履行，甲方必须向乙方付清未满期限的累计工资额并不再收回壹万伍千元辞职费和未扣完的购房垫付资金，房产权应归乙方所有。甲方应向乙方出示房产移交的证明文件。但乙方不得以超出可行性分析报告中所列的资金、人员配备、场地等范围而借故强加给甲方引起的原因使之不能继续履行合同。

2.若国家法律政策更改，而不是甲乙双方人为条件所造成本合同无法继续履行，甲方不承担支付乙方未满期的累计工资额，但不再收回壹万伍千元辞职费和未扣完的购买住房垫付资金，房产权应归乙方所有。甲方应向乙方出示房产移交的证明文件。

3.若乙方造成原因，致使本合同提前终止或无法履行，乙方应缴纳甲方违约金叁万元和向甲方付清未扣完的购买住房垫付款。当乙方付清给甲方购买住房垫付款后住房产权应归乙方所有。甲方应向乙方出示房产移交的证明文件。但是，乙方应支付购房垫付款的利息（按支付时银行最高存款利息计算）。如乙方拒绝支付未扣完的购买住房款，甲方到六个月时收回其房产权，退回乙方已付的风险抵押金和房款。另外，乙方还应退回辞职费壹万伍千元。但甲方不得制造无法履行合同的理由或障碍，并把它强加给乙方，致使乙方无法履行合同。甲方有权从房款中扣除违约金、辞职费和应付利息。

4.聘用期满之日至分成期限内（即 1997 年 1 月 1 日至 1997 年 12 月 31 日止），乙方仍负责解决甲方老产品生产中所出现的技术问题。

五、聘用期满后，若甲方需继续聘用乙方时，甲方需提前六个月通知乙方，经双方协商后，另外签订聘用合同，如乙方希望继续受聘，甲方不得拒绝。

六、本合同如有未尽事宜，按有关法律规定办理或由双方协商，另行签订"补充协议"。

上述聘用合同的签订，拉开了我在黄山创业、研发生产阀门电动装置产品的序幕。创业初期企业定名为"黄山特种阀门控制设备公司"，属阳湖镇乡镇企业，1999 年 9 月改制为民营企业黄山良业阀门有限公司，2019 年 8 月股份制改造为黄山良业智能控制股份有限公司。考虑到公司名称多次变更，为便于叙述，以下统一简称我创办的这个企业为黄山良业、黄山良业公司或公司。

根据 1992 年 1 月 21 日签订的聘用合同，到 1996 年 12 月 31 日聘用期满，我可以回天津家里，但考虑到企业的生存与发展，经阳湖镇领导多次真诚挽留，我决定继续留在屯溪工作，并于 1997 年 7 月 20 日与当时阳湖镇政府主管乡镇企业的黄山新安实业公司签订了"续聘合同"，并由黄山市屯溪区公证处（97）皖屯证内字第 4507 号公证书公证。

续聘合同主要内容如下：

立合同双方：黄山市新安实业公司（甲方）

　　　　　　项美根高工（乙方）

乙方应原屯溪仪表厂聘请，于 1992 年 1 月 21 日，签订的期限为 5 年的聘用合同，到 1996 年 12 月 31 日止已期满，为继续办好甲方所属企业——黄山特种阀门控制设备公司（以下简称"公司"），甲方决定继续聘请高级工程师项美根同志在公司工作。项美根同志自愿应聘，经甲、乙双方共同协商，同意订立以下合同。

一、续聘期限

乙方接受甲方续聘三年，自一九九七年一月一日起到一九九九年十二月三十一日。

二、续聘期间

1. 乙方任阀门公司总经理，行使总经理职责。同时任总工程师或销售经理，负责开发各种阀门、阀门驱动装置、阀门控制器产品项目；并负责所有产品（包括成套电动阀门）的销售工作。产品销售费用实行乙方总承包制，承包合同由双方另订。

2. 乙方应尽力使公司总资产保值、增值，努力培养有较高素质的供销队伍和企业管理人才，并及时缴纳应交税收和国家政策规定的各项规费。甲方应对乙方工作提供各种领导帮助与支持，为乙方创造良好的工作环境与场所。

3. 根据乙方年龄及体力状况，可以逐年减轻工作负担，减少工作职务（包括总经理、总工程师、销售经理职务），年龄、体力不支时可以不坐班。但始终应对本条第 1、第 2 款所规定的各项工作参与决策，提供指导。

三、续聘待遇

甲方考虑到乙方是带技术与市场受聘辞职到公司工作的，在精神上负有巨大压力，在经济上与名誉上冒有极大风险，在体力上必须付出艰苦努力；还考虑到乙方辞职后和老年期的具体生活问题，因此对其续聘待遇做出如下规定：

1. 工资数额：根据省、市、区有关科技人员到乡镇企业工作的优惠政策，由屯溪区人事局按与乙方同等学力、资历、经历的高级工程师待遇确定工资等级后再上浮二级工资标准发放工资，奖金数额由公司根据当年经济运行状况确定。

2. 甲方同意乙方对自己自公司成立以来，所开发的产品（本协议第二条规定之产品）享有技术入股分成权，按不含税价计算的销售额 4.2% 提取分成，每发生一笔销售额结算一次。逾期不付，则按支付时银行最高利息计算支付违约金，分成期限为：自产品投入市场销售之日起到公司不再生产销售产品之日止。从 1998 年 1 月 1 日起乙方享有的 4.2% 销售额技术分成所得的金额应按有关规定由乙方本人缴纳个人所得税。

3. 甲方同意公司为乙方办理 60 岁后领取养老金不少于每月 800 元的养老保险。

4. 乙方享有正式国家干部公费医疗待遇的规定，并同意阀门公司为乙方办理个人医疗保险。

5. 乙方因病不能工作，公司应 100% 付给乙方工资，如乙方因工伤、残、死亡，则按国家有关劳动保险规定办理，如病故，则终止支付工资，但其家属享有产品技术入股分成权，直至公司不再生产乙方开发的产品之日止。

6. 到 1996 年 12 月 31 日止，公司按原聘用合同为乙方在天津购买住宅所垫付的购买资金，已按合同规定从乙方历年的技术分成中抵扣完毕，按原聘用合同规定，公司应向乙方出示房屋移交的证明文件。

7. 因乙方长期应聘，为考虑乙方的亲朋好友往来，甲方同意公司为乙方在企业所在地提供具备必要生活、工作条件的住宅。

8. 甲方应从各个方面支持乙方工作，乙方应尽心尽责努力工作，若因国家政策法律，致使公司无法继续维持运转时，甲方应为乙方另行安排工作。

四、本合同经双方签字并公证后生效，除不可抗力致使本合同无法继续履行外，任何一方不得无故终止本合同。

上述"续聘合同"至 1999 年 3 月 18 日，黄山特种阀门控制设备公司改制为民营企业"黄山良业阀门有限公司"后，终止执行。

我在黄山干了 30 年，值得回顾的主要有：

1. 发扬优良传统，科学、努力、高效工作。

科学安排最佳工作计划，利用"运筹学"，电装产品、测试台设计试制等许多工作穿插进行。继续发扬我优质高效的工作作风，住在厂里，远离家乡，每天 24 小时除了吃饭及少量睡觉时间外，脑子里想的、手上干的都是工作。因此，仅用了 10 多个月，就完成了 HZ、HQ 两个系列阀门电动装置，HS–1、HS–2、HS–3 三套阀门电动装置性试验台，SM–1、SM–2 二套阀门电动装置寿命试验机的研制任务。1992 年 12 月，就通过了安徽省省级鉴定，打响了我下海创业的第一炮！

鉴定会当天，黄山市委书记季家宏同志，一大早就来到会议现场，全程出席了会议。这是我一生参加过无数次新产品鉴定会中，唯一一次地方政府一把手自始至终参加会议的先例！

1992 年 12 月 24 日，作者到黄山成功研发的第一项阀门电动装置系列产品召开鉴定会，时任黄山市委书记季家宏（前排左八）同志全程出席鉴定会。

1993 年，该研发项目获安徽省科技进步奖三等奖。同样工作量的研制任务，在天津新力机械厂耗时一年半，而在机械加工协作条件相对比天津差得多的黄山，仅用了 10 个月就完成了！在黄山的工作效能之高，可见一斑。

我在黄山的这种高效工作作风一直持续到今天。我到黄山 30 年来，一是很少有时间回天津与亲人团聚；二是所有节假日我都在上班；三是为了工作，我已经形成了只看电视新闻，不看其他电视节目的习惯；四是始终坚持科学安排工作计划，使时间具有最高的利用率。

2. 原则问题不让步，争取领导，依靠领导，攻克障碍，为创业成功铺平道路。

由于我与陈重庚在人生经历方面存在着差异，我与他一起工作就产生了许多重大分歧。通过两年合作，事实证明，陈重庚可以做我的好朋友，但不适合做我创办企业的合作者，只有把阀门电动装置产品从屯溪仪表厂里分割出来，由我来自主经营这个企业，才能有未来。我拿定主意，下定决心后，不断向阳湖镇及屯溪区领导汇报：如果不与陈重庚分厂，我就回天津。我的责任——新产品开发任务已经完成，厂办不下去责任不在我。

我的意见最终获得了上级领导的理解与支持。1994 年 5 月 4 日，阳湖镇党委、政府下发阳政字（1994）第 22 号"关于阀门公司为独立法人企业的通知"。从此，我可以运用我的全部经验、技术与智慧，集中精力办好这个企业。

3. 树立法治观念，坚持依法办事。主要表现在：

（1）在所有对外经济活动中一律依法签订合同书或协议书，避免发生可能的纠纷。

（2）对内用人实行合同制，并与每位员工签订保密协议。我公司是黄山市最早实行合同制用人的私营企业。郑 × 的"商业秘密剽窃案"能成功告破，由于与员工签有保密协议，成了给他们定罪的重要依据。

（3）遇到各类纠纷一律通过法律程序"公了"，绝不搞"私了"。例如：与陈重庚的财产分割纠纷，通过市中级人民法院立案解决；郑 × "商业秘密剽窃案"，通过市公安局报案解决等。不能靠个人去解决，个人力量太渺小了，国家力量才是强大的，最具震撼力量。

（4）公司任何情况下不给任何单位做财产或资金担保，以保证公司财产安全。

（5）经常利用各种场合，提醒员工遵纪守法。既保障个人安全，又确保企业平安。

4. 为顾全大局，愿意牺牲个人经济利益。例如：

（1）在我与陈重庚签订聘用合同的第 6 条中，我主动提出：为表达诚意，我愿意承担一定风险，由我出资 3 万元购房款（原本屯溪仪表厂已经完全同意全额垫付天津购房款的）。而且，这 3 万元钱，是我当时的全部存款，是把我全部家当都押在这次下海办厂上，目的既是让陈重庚放心，建立信心，积极配合我的工作；也是对我自己自我加压：只有双方共同努力，才能成功创业。

（2）在我与陈重庚的分厂经济纠纷案中，眼看我就要赢得这场官司，陈重庚应还我11万多元分家款。但我想到陈重庚毕竟是我的老朋友，与朋友相处要和为贵，所以我决定从市中级人民法院撤诉，放弃11万多元债权。这11万多元我不要了，来换取平静的工作环境，实现创业的最终目的。

（3）郑×等5人的"商业秘密剽窃案"成功告破后，郑×等人刑事犯罪成立，本来我可追究其民事赔偿经济损失200多万元，但我考虑到郑×等人尽管犯了罪，但他们毕竟还年轻，不能给他们增加过重的经济负担，要让他们轻装上阵，重新做人。因此，我决定放弃民事损失赔偿权益。这样，还让我在屯溪少结怨恨，少树对立面，让我在屯溪平安创业办厂。

以上做法，效果明显，我在黄山30年，企业和我本人都很安全。这叫作"为人不做亏心事，不怕半夜鬼敲门"！30年来，我在屯溪从不做亏心事。

5. 把员工当作客户。

一般企业都知道产品销售市场客户是上帝，客户来厂待如上宾。而对待本厂员工，纯粹是我给工资你干活的关系，因此老板对员工往往话难说，脸难看，甚至谩骂与虐待。而我对员工的态度是"把员工当作客户看待"：

一是我与员工相敬如宾，说话和言细语，从不训斥。

二是公司发布了一本小册子，叫作"黄山良业阀门有限公司员工手册"，是我公司员工的一切行为规范，发给大家人手一册，此举提高了员工自觉遵守厂规厂纪的自觉性，减少了老板与员工的矛盾。我在屯溪办厂30年，从来没有由我决定开除过一名违反厂规厂纪的员工。

三是关心员工生活，为员工解除后顾之忧，融洽企业与员工的关系。例如：

（1）自公司成立30年来每年末（疫情年份除外）都要举办年终聚餐会。

（2）利用工作时间，多次组织全体员工去齐云山、黄山、杭州、石台、宁波、绍兴、普陀山、厦门、福建土楼等地旅游。

（3）关心员工政治生活，组建党支部，从原来只有我一名党员，发展到现在有 16 名党员（不包括我支部发展的 5 名已调离我公司的党员）。

（4）多次组织全体党员，去泾县云岭、绩溪龙川、南京雨花台、上海一大会址、嘉兴一大会址、南昌起义旧址等地红色旅游。

（5）关心员工老有

作者重视公司员工业余生活，举行全体员工拔河比赛；在公司新建球场举行篮球比赛。

所养。从 2002 年 12 月起，就给公司员工办理了养老保险与医疗保险，是当地办理员工养老、医疗保险最早的民营企业，2002 年荣获屯溪区"社保优秀企业"称号。

（6）员工因病或家有红白喜事，厂里领导都要专程看望与慰问。

（7）每年节假日，厂领导都要慰问厂里生活困难员工，或给予困难补助。

（8）树立先进员工榜样。30 年来，吴铁军、程建军两位员工被评选为"安徽省五一劳动奖章"获得者，还有汪胜勇、汪新辉等多名员工被评为黄山市、屯溪区"五一劳动奖章"获得者。

（9）不断提高员工工资收入。公司成立 30 年来，员工平均月工资从原来的几十元，到现在增加了 100 多倍。虽然在当地还算不上高薪，也是中等偏上，但在黄山这座小城市生活也算安逸了。

（10）我公司从 2010 年元旦起，国家规定的法定假日都是带薪假日，是黄山市最早执行带薪假期的民营企业。近几年，我公司春节长假期，不论是否法定假日，一律都发工资，全部都是带薪假日，一般春节假期，长达 16 天左右。

这些措施激发了员工们的劳动热情。2018 年 4 月，我公司荣获黄山市总工会授予的"工人先锋号"光荣称号。这是全体员工来之不易的集体荣誉。

综上所述，也大大提高了黄山良业全体员工的凝聚力。截至今日，从公司创办时就跟着我创业，至今跟我干了 30 年的员工还有 8 人，占目前员工总数的 12.9%；在公司已经干了 15 年以上工龄的有 21 人，占现在全员的 33.8%；工作 10 年以上的有 35 人，占现在全员的 56.5%。

6. 分内分外工作都要做。只要认准对阀门行业技术进步有利的事，我都要积极用心去做好。

2003—2020 年，这 17 年间，我利用自身技术与工厂条件，花了许多时间、精力、财力、物力，去研究开发了阀门扭矩连续测试装置；并成功制定完成了行业标准 JB/T18864–2020"阀门扭矩测试规程"；我的一生中，为中国阀门行业填补了"阀门寿命试验""阀门扭矩测试"两项国内空白，国际也是空白！为行业技术进步做出了贡献。

对此，业内许多朋友都问我：项工，你的黄山良业公司是电装专业厂，为什么你要花那么多的时间、那么大的精力去研究阀门扭矩测试？我答：阀门启闭扭矩大小是衡量阀门产品质量的综合指标，从 20 世纪 80 年代，我在合肥通用机械研究所搞阀门寿命试验开始，就对它的重要性有了深刻认识，并下定了决心，这辈子只要有条件，我一定要完成阀门扭矩测试的研究任务。现在，我在黄山良业具备了一切研发条件，想怎么做，就可以怎么做，所以我要用我的有生之年，加紧完成"阀门扭矩连续测试装置"研制和行业标准

"阀门扭矩测试规程"制定任务。功夫不负有心人，到2020年，终于全部完成了这项任务。能实现心中的目标，我内心极其开心啊！

7. 我公司的质量方针是："质量第一，持续改进，用户满意。"质量口号是：质量是你的饭碗，良业的生命，要落实在行动上，融化在血液里。要不惜一切代价，保持优质产品！

我办厂30年来的主要做法是：

（1）质量是靠人做出来的，人的质量意识决定产品质量优劣。通过反复举办公司"质量年"、职工大会宣讲、请客户来公司或公司售后服务人员做产品质量专题报告等活动，提高全员质量意识，把"质量是良业的生命、是你的饭碗"的理念深入全员人心。

（2）把质量持续改进计划列入公司年度"目标任务"计划，把"计划—执行—检查—处理"PDCA全面质量管理循环工作程序四个阶段切实做好，使产品质量不断提高。

（3）根据用户使用反馈意见，加上自身在生产制造过程中不断积累的经验，对老产品设计图纸进行不断优化、改进，同时不断提高加工工艺水平。例如：花重金近200万元，开新模具，把小型电装箱体等铸件材料由翻砂铸铁件改为铝合金压铸件；大型电装箱体等铸铁件铸造工艺由翻砂铸造改为消失模铸造。这两项改进不仅减轻了铸件重量，减少了加工余量，缩短了加工时间，降低了材料与加工成本，而且大大提高了产品外观与内在质量。

又如，为了提高产品质量，投资30万元，建立全厂供气系统与空压机站，使全厂工人各工作岗位随手可以拿到"气枪"，方便使用压缩空气。因此，提高了产品加工质量与内腔清洁度等内在质量。

（4）为提高产品质量不吝啬，不惜代价，是我的口头禅。例如2007年，为提高产品质量，花重金购买现代全自动、智能、高效的加工设备"卧式加工中心"，一套该设备，加上工装、夹具、刀具、刃具、量具，总投资达百万元。该设备由于高度自动化、智能化，一个工人可以同时操作三台，因而节省了劳动力。而且，该设备是靠本身的智能技术特性来自动保证加工精度，而不是靠工人的技术水平，因此大大保证了产品质量的一致性与稳定性。

值得自豪的是，我公司是黄山地区首家在生产中采用加工中心的企业。目前，我公司已经有六台卧式、立式"加工中心"，近期计划要发展到七台。

（5）公司成立以来，投巨资，累计开发几十种新产品，持续让顾客满意。

1992 年 2 月，公司成立不久，我国改革开放的大门开启了，各行各业对不同控制要求的电动阀门越来越多，因而要求开发新产品的客户也越来越多。尽管我的年龄越来越大，但受学历、经历、资历、习惯与爱好的影响，我对新产品开发的热情却有增无减，对客户提出的新产品开发要求来者不拒，即使不给开发费用，我也愿意干好了再说。30 年来，我为客户开发了快关型、调节型、双速型、220V 单相型、低温型、高温型、C 级隔爆型、LK 智能型、LKQ 智能型、HZ/XY 数字整体型、QC/XY 数字整体型、阀门扭矩测试台、气动装置扭矩测试台、电动装置扭矩测试台、阀门扭矩弯矩测试台等几十种新产品，满足了各行业民用、军工客户的需要，让顾客非常满意，我的内心也很开心。

（6）建立健全工作质量与产品质量的考核制度。

长期以来，公司对员工工作质量与产品质量考核非常重视，目前已经建立健全了完善的月度考核制度，质量与工资挂钩，奖罚分明。月月、日日、时时、刻刻促进质量深入人心！

（7）积极、快速、优质、高效的售后服务机制，赢得了广大客户的赞誉。

我公司一贯重视产品售后工作。一是反应快速，只要客户有服务需要，不管天南海北，路途再遥远也迅速赶到；二是注重培养售后服务人才，派出售服人员都是技术高手，手到病除。

早在 1996 年 11 月，就有湖北大冶特钢工程指挥部给我公司来信，对我公司售后服务工作给予高度评价："本工程使用五家阀门电动装置制造厂的产品，唯你公司售后服务最好。你公司售后服务人员吴铁军同志工作吃苦耐劳，服务周到，受到各施工单位的一致好评！”

吴铁军同志是我公司的优秀售后服务人员，是安徽省"五一劳动奖章"获得者。

30多年的实践证明，优质的售后服务是我公司开发市场、稳定市场、巩固市场的神器。

（8）我公司阀门电动装置产品技术含量高，技术要求也高，且产品结构复杂，零部件种类繁多。要完成一台产品，从原材料、元器件选购进厂，到产品完工出厂，要经过下料，锻打，粗加工，热处理，化学处理，精加工（包括车、磨、铣、刨、钻、攻、镗、拉、插、滚齿），装配，整机检测，油漆，包装，储存，运输等许多工序才能到达客户手中。

完成一台电装产品的上述各道工序，是由不同职责，不同专业，不同工种的许多人参与完成的，同时每道工序都必须符合产品图纸，产品工艺规范与产品标准的规定。

在上述生产过程中，尽管工厂安排有专职质检人员，并要求他们每序必检，但要每序逐个全检，工作量太大，因此专职检验员执行的是"首检"（每序的第一只进行质量检验）、抽检（生产加工过程中抽查检验），所以不可避免会发生"漏检"，从而偶尔会影响产品质量。

我提出了"下道工序就是用户"和"下道工序是上道工序的检验"的理念，实质上是为了强化全员质量意识，把每个员工都动员起来，打一场全员为产品高质量开战的"人民战争"，把可能发生的质量问题都消灭在厂内，让高质量优质产品推向市场。

8.黄山良业公司的工作方针是：有单必做、周密计划、科学管理、强化调度、增收节支。

（1）"有单必做"是一种销售理念。"单"就是企业产品销售订单。把它放在首位，是因为销售工作是企业所有工作的龙头，企业有了订单才有生命与活力，它相当于一个人要呼吸、要吃饭、要喝水才能维持生命，可见销售工作的重要性。

单子不管大小，简单复杂，都要一视同仁，积极对待。哪怕数量只有一台的单子也要做好，特别是那些前人没有做过的单子，只要客户需要，作为新产品试制，也要做。只有这样，才能赢得更多更大的客户与市场。例如，在我创业不久的 1996 年 5 月，我公司与郑州明远科技开发有限公司签订了一份 4 台电站高温快关电动金属硬密封蝶阀合同，口径分别为 DN800 毫米、DN1000 毫米，关闭时间要求小于 3 秒钟，合同价 49 万元。这是国内从没有人做过的大口径快关蝶阀，我承接这份订单后，立即投入了紧张的设计研制工作，不到两个月就把这 4 台大口径快关蝶阀交付用户安装使用。

当时，完成这个单子给我企业打了一个翻身仗，因为我是靠银行贷款 200万元起家的，还贷的压力很大，完成这个单子后，一下子还了贷款 50 万元，大大缓解了我的还贷压力。

还有，在我现在的客户中，有多家客户是从做 1 台、2 台特殊非标阀门电动装置产品开始的，给他们解决了难题，客户就有感恩之心，之后就发展成了永久客户。

我们现在最大的客户江苏神通，最初就是为他们提供了 4 台 HQ1000-4WB 快关防爆电装开始发展起来的大客户。

（2）"出满勤、干满点"是一种积极、主动、热情、高效的工作态度。

一个企业效能是由全体员工的工作效率决定的。

由我亲自带头，倡导爱厂如家，只要厂里工作需要，不论公休日、节假日都来厂上班，把分分秒秒的时间都用好。

在我的带动下，许多员工都主动利用节假日和晚上到厂里加班加点，积极工作。例如，从 1994 年 3 月 1 日到 12 月 30 日，金工车间主任赵立新主动加班 128 天，装配车间主任王林主动加班 88 天（包括周日与夜班）。在两位车间主任的带领下，许多工人都积极支持车间工作，工作需要加班从不推诿。

在此背景下，黄山良业员工们长期养成了高效工作的习惯，使企业形成了较高的劳动生产力。例如，2019年，全年人均劳动生产率达45万元。这在机械行业来说，属于较高的劳动生产率了。

另外，就我本人来说：从1964年参加工作，到2022年，已经整整工作了58年。加上节假日上班，晚上加班，可以毫不夸张地说：我这一辈子，干了两辈子的工作，等于延长了我一倍的生命。

（3）"周密计划、科学管理、强化调度"是我公司长期遵循的工作方针。

长期以来，我公司每年初都要经过各部门认真讨论研究，编制"年度目标任务书"，用公司红头文件下达各部门执行。同时每季度要对该年度目标任务执行情况做一次检查与调整，年终对年度目标任务进行最终检查与考核。

公司每年下发的文件，最多的是管理方面的文件，公司依靠管理求得高效运行，平稳发展。

公司早在2000年5月，就邀请上海摩泰咨询公司高红星老师来公司指导推行ISO9001-2000质量管理体系，同年8月25日就通过该质量管理体系认证。我公司是黄山地区最早通过ISO2001-2000质量管理体系认证的民营企业。

公司长期坚持每月召开一次质量例会，为持续不断提高产品质量起到了重要保证。

30年来，机动灵活的运行机制又是黄山良业公司具备的另一管理特色。在企业运行过程中，只要碰到问题，随时会在与该问题相关范围内碰头解决，"解决问题不过夜"。

生产部长期坚持每天11:30—12:00半小时生产调度会制度，为产品按时交货做出了重要贡献。

（4）"增收节支"是办厂的永恒话题，是促进企业优质高效的重要举措。

要达到增收节支目的，关键是要制定"年度增收节支计划"，把增收节支落到实处。公司每年初都要根据当年具体情况，制定全年增收节支计划，下发各部门执行。

其次，公司全员都要树立牢固的"增收节支"意识，使销售人员每订一份合同、工程技术人员每画一张图、工人每干一件活、办事员每做一件事都懂得如何去增加收入，减少成本。在这样一种全员意识下，随手关灯，随手关水龙头等，大家都已成为习惯。甚至，吴铁军等售后服务人员不管路途多么遥远，也要把工作中替换下来的产品零部件、电机电器元件等带回厂里，修好再用，避免造成浪费。

9. 黄山良业是屯溪最早创建公司官网的企业。

2000 年冬，我出差去温州住瓯北"人人大酒店"，巧遇安徽安庆老乡章俊，这小伙子 20 多岁，头脑聪明、灵活，在温州自己开了一家私人网络公司，当时有 6—7 个人。受章俊的启发，我才了解到建立公司官网的目的与意义，我是一个愿意接受新生事物的人，经章俊介绍后，当即决定要创建黄山良业公司网站。

2001 年初，章俊利用回安庆老家的机会专门到我公司拍照、取材料等，准备建立公司网站所必需的资料，章俊回温州不久，黄山良业的官网就上线了。

有了官网后，公司通过阿里巴巴以及章俊的 B2B 平台搞过一阵网络营销，章俊还给我公司销售人员讲过网络营销课，但终因公司缺少网络营销方面的专门人才，效果不太显著。不过我与章俊的友情 20 年如一日，初心不改，到现在还保持着密切联系。2020 年 9 月 10 日，章俊还即兴作诗一首送我："青山不老水长流，项工隐退写春秋。忘年之交二十载，见证良业发展优。"

10.1996 年 6 月底我出差到湖北省的荆州、武汉，7 月 1 日准备从武汉乘飞机回黄山，到机场后被告知飞黄山航班因黄山下大雨而取消，我当即决定改乘飞机去桂林继续销售工作。

后来我才知道 6 月 30 日白天黄山地区开始连降暴雨，7 月 1 日凌晨引发黄山市特大洪水，我公司 1996.7.1 洪水抢救情况纪实如下：

午夜 2 点，住厂集体宿舍（租用下洽阳村孙光照的老宅）的程振利、凌健、徐华、荣小伟来厂抢救，但因全部锁门，只能返回。大约 3 点 30 分，住厂附近的程翠红夫妇进厂抢救，并叫来上面四人，把项工办公室和住房门锁撬开（当时水深已有 1 米了），架空部分桌柜，搬走彩电等，并架高空调机，但水浸泡已达 30 分钟了，抢救工作结束已是早晨 8 点多钟。此时水已经继续上涨到 1.2 米，由于整个人身体在水中浸泡时间长以及劳累，个个冻得发抖。程翠红正处在女同志特殊情况中，不顾个人身体舍己为公，并把家中酒煸热、鸡蛋煮熟后送到厂里给大家分着吃了，暖暖身体。后来赵立新、赵建伟、胡自松三人从家中沿山步行到上洽阳村，再游水约 100 米远，走到厂里，8 点钟，把财务、文书档案柜重新加高，并协助汪胜勇搬东西，一直忙到中午 12 点，由赵建伟、胡自松游水出去购回 20 包方便面和两筒月饼，供大家吃午餐，余下 10 包方便面和月饼也给汪胜勇的爱人及其亲属晚上吃。程建军后来进厂，下午 3 点钟竺兴法（化名）副厂长进厂抢救和检查，1 号晚上程振利在厂值班，7 月 2 号水仍然较大，继续下大雨，竺副厂长、吕建平上午进厂，下午江锦美检查财务科被浸情况，当晚吕建平在厂值班。3 号水退后，除少数职工家远未到厂外，大部分职工进厂清理车间、办公室和我的住房，搞了两天才基本搞好，损失惨重。

7 月 3 日，我公司就 1996 年 7 月 1 日特大洪水灾害向阳湖镇党委、政府工作报告我公司受灾损失情况如下：

1996 年 7 月 1 日午夜零点起厂区被洪水浸泡，车间、办公室、仓库水深达 1.2 米以上，当时家住厂周围职工程翠红夫妇和凌健、程振利、徐华、荣小伟、余万里等人进厂进行抢救，把办公室里的易损电机电器产品等架高，由于夜间人手少，家住厂外职工洪水较深，交通阻塞无法进厂抢救，给企业造成受灾，经济损失惨重。由于金工车间、仓库、办公室都在下层，所存物资都被水浸泡，据不完全统计，被洪水泡电机 661 台，按 30% 损失程度 2.0 万元，各种机床 23 台，按 20% 损失 13.4 万元，自制半成品 871 件，按 10% 损失 0.9 万元，减速器 79 台，按 10% 损失 0.6 万元，油漆 12 桶全部报废 0.43 万元，电装 29 台，按 20% 损失 3.3 万元，包装箱 48 只，按 20% 损失 0.57 万元，图纸资料、各种报表全部报废损失 3 万元，办公室、家用电器按 50% 损失 0.5

万元，抢修设备需要停产一周损失 6 万元，共计损失 30.7 万元。公司领导已做动员，要求日夜抢修设备，争取尽早投入正常生产。

我公司从创建以来白手起家，艰苦创业，全部靠贷款负债经营，年利息达 30 余万元，1995 年底欠银行利息达 35 万元，加上这次涉水损失，企业不堪重负，还有三角债的困扰，资金紧张，面临要停产的危险，好在当时产品市场较好，高科技产品附加值高，"省火炬计划"项目仍在实施中，经过全厂员工的共同努力，终于渡过了难关。

十分巧合的是：6 月胡玉兰从天津来屯溪探亲，正好于 6 月 29 日返津，躲过了特大洪水一劫！

11. 把乡镇企业改制成民营企业。

20 世纪 90 年代末，我国掀起了大规模的企业改制潮，阳湖镇政府多次动员我把公司买断，把乡镇企业改制为民营企业。我因家不在黄山，一个人在黄山办厂，且年龄越来越大，故一直犹豫不决，没有答应阳湖镇的要求。后经与天津家里反复协商结果：我小儿子项晓明愿意放弃天津市证券交易中心的工作，离开新婚之初的小家，来皖南山区小城黄山陪伴我工作，并使我感到企业改制后，企业发展后继有人，所以我决定同意阳湖镇领导的意见，接受企业改制，于 1999 年 3 月 18 日与阳湖镇人民政府签订了"企业产权转让协议"，从此公司就正式改制为民营企业，企业名称也即时改称为"黄山良业阀门有限公司"。

作者创办的企业，已有 30 年历史的阀门电动装置制造厂——黄山良业智能控制股份有限公司

黄山良业公司

机械加工车间一角

产品装配车间一角

库房一角

十二 为提高我国阀门产品质量所做的努力

1981—2022 年（共 42 年）

以下回顾的工作，大部分是在机械部通用机械研究所完成的，只有第
（三）部分，有关阀门扭矩测试的相关工作是到黄山良业公司以后完成的。

（一）阀门使用寿命评判测试的开拓者

自 20 世纪 70 年代末起，我国政府开始高度重视产品质量，在全国推动
全面质量管理，并把标准化工作提高到牵一发而动全身的"牵牛鼻子"的认
识高度，以求得从产品标准入手，提高产品质量。

在这一背景下，作为中国阀门行业技术归口所的一机部通用机械研究所，
自然把如何提高阀门产品质量提上了议事日程。

但遗憾的是，长期以来，业内就如何来衡量一台阀门产品的质量各抒己
见，争论不休。

经过不断研讨，大家基本上认识到：在达到阀门产品压力试验标准规定，
产品出厂检验密封不漏的情况下，阀门的使用寿命应该是衡量阀门产品好坏
的重要指标。不过，由于阀门产品种类颇多、使用场所工况、流通介质种类、
工作温度高低、工作压力大小等不同而极其繁杂，所以，中国从 19 世纪初，
有阀门产品生产历史以来，一直就没有任何一个科研院所、企事业单位及个
人，认真考虑过如何来认定阀门的使用寿命。

1964 年 10 月，在一机部通用机械研究所里设置的阀门研究室，是一机部
根据我国阀门行业发展需要成立的。阀门研究室的工作任务是：制定全国阀
门行业的发展规划，开展并带领全国阀门行业的科技情报、标准质量、新产
品设计、试验研究工作。我于 1965 年从沈阳回到所里，分配到阀门研究室工

作时，室里工作分为四大块：行业工作组、民用产品设计研发组、军用产品设计研发组、阀门试验室。

上面所说的标准质量工作，属于行业工作，由于思想观念上的问题，阀门研究室的技术人员，都愿意去搞产品设计研究工作，因为工作单一，并容易出成果，成名成家，而不愿去做行业工作。因为行业工作要面对全国阀门行业企业，与工厂打交道，与人打交道，服务于全行业，并且工作繁杂，认为是"跑龙套"的工作。这也是当时我国阀门产品质量问题迟迟没能解决的重要原因之一。

在当时要狠抓产品质量的时代背景下，阀门使用寿命长短，是衡量阀门产品质量好坏的重要指标，这一论断，在业内已逐步达成共识。但总观全行业，包括我们通用机械研究所阀门研究室在内，没有人愿意做这项既重要又很难做，很烦琐，令人既讨厌又棘手的工作。

在这紧要关头，我决心迎难而上，挺身而出，承担这项工作，打开阻碍提高我国阀门行业产品质量的死结。

经过我的长期观察，广泛调研研究与深入思考，心中逐渐形成了一套既科学又完整的工作方案，向当时的通用机械研究所和阀门研究室领导提出了完成这项工作的建议：

第一是终结用阀门使用开关次数还是用阀门使用时间长短（用阀门使用检修期来衡量，一个检修期时间为一年）来衡量阀门使用寿命的争论。我决定采用阀门开关次数多少，来考核阀门产品质量的优劣。因为用阀门开关使用次数，方便于统一考核阀门产品质量与使用寿命。

第二是制定各类阀门的"寿命试验规程"标准，统一阀门开关寿命的试验方法、技术要求与判定准则，为我国阀门寿命试验提供依据。

第三是在统一阀门寿命试验标准的基础上，研究、设计、制造阀门寿命试验机，为我国阀门行业提供阀门寿命测试装备。

第四是成立"阀门寿命试验攻关课题组"，落实组成人员，完成这项工作。

　　经研究，通用机械研究所领导，全部采纳了我的意见，于 1981 年初成立了"阀门寿命试验攻关课题组"，任命我为课题组长，领导开展课题组工作。课题组前期由陈元芳、张洪文等参与工作；后期由张立红、黄明亚、常永翠等参加了工作。

　　课题组承担的工作，不论是制定各类"阀门寿命试验规程"标准，还是设计、研发阀门寿命试验机，都是前人从未做过的开创性工作，国外也从未见过报道。工作难度与所承受之压力，可想而知。

　　课题组成立时，虽然确定了以阀门开关次数来衡量阀门使用寿命的原则，但面对前面所述的：阀门种类繁多，使用工况复杂，流体介质多样，工作温度与工作压力高低不一，阀门寿命试验攻关工作陷入了无从下手的困境。"阀门寿命试验攻关课题组"必须尽快找到工作突破口，才能开展工作。在课题组进行广泛调查研究的基础上，课题组认为，在保证科学、有效进行阀门寿命测试条件下，减低阀门寿命试验成本，简化测试设备，方便全行业在普通室内条件下，就能普及广泛地开展阀门寿命试验检测，应该是开展这项工作的一条基本原则。在此原则的基础上，课题组确定了制定"阀门寿命试验规程"的决策性意见：

　　（1）任何品种规格的阀门，统一在常温下测定阀门使用寿命，测试时流经阀门的介质为水。

　　（2）任何品种规格的阀门，都采用"阀门静压寿命试验"。即测试时，介质在阀内承受的是静态压力，不是动态压力。理由是：影响阀门使用寿命的主要环节，表现在阀门使用工况下，开启或关闭时阀门操作扭矩最大，关闭件离开阀门密封位置后，操作扭矩迅速减小这一特征。决定测试时采用小流量水介质、在关闭件即将到达或离开阀门关紧位置前，阀门关闭件前后建立压差，进行阀门启闭循环试验。

　　（3）在上述条件下，阀门启闭一个循环算一次寿命。

俗话说："万事开头难。"确立了上述三条原则，为无从下手的阀门寿命试验攻关工作开辟了一条精准、科学的道路。

课题组决定先从使用量大面广的闸阀开始，从制定"闸阀静压寿命试验规程"入手，取得经验后，再陆续完成截止阀、球阀、蝶阀、旋塞阀等其他阀门的静压寿命试验规程。

课题组成员加班加点，忘我工作，对规程的条文，逐字逐句进行反复推敲；对试验流程不厌其烦，不断分析、比较、优化；对规程中的每张插图与表格画了再画。经过半年努力，编制完成我国第一部《闸阀静压寿命试验规程（征求意见稿）》，发给全国阀门行业各科研院所、制造厂及阀门用户征求意见。把征得的意见梳理汇总，对标准文本进一步修改后，完成了《闸阀静压寿命试验规程（审查稿）》。

1983 年 3 月，中国机械工程学会流体机械分会在苏州主持召开了"闸阀静压寿命规程"标准审查会。会议对"阀门寿命试验攻关"课题组忘我的、创造性的工作给予高度赞赏，一致审查通过了这项标准。与会代表为我国乃至世界诞生第一个"阀门寿命试验规程"标准而无比高兴！此举，对推动我国提高阀门产品质量具有里程碑意义！

"闸阀静压寿命试验规程"很快经中国机械工程学会批准后，在全国实施（后又转为机械部部标准）。在完成"闸阀静压寿命试验规程"标准的带动下，截止阀、球阀、蝶阀、旋塞阀等其他各类阀门的静压寿命试验规程也陆续开始制定，完成报批稿批准后在全国实施。

到此阀门寿命试验攻关课题组圆满完成了第一阶段工作任务。

阀门寿命试验规程与阀门寿命试验机，前者是测试标准，后者是测试设备，无论在技术方面，还是在工作层面，二者都有密切联系，相互依存，密不可分。因此，课题组在前期工作中，基本上是两项工作同时并举的，在编制"阀门静压寿命试验规程"过程中同时研究并不断优化阀门寿命试验机的设计原则、设计要求与设计方案。所以，课题组在完成"阀门静压寿命试验规程"标准制定工作的同时，"阀门静压寿命试验机"的设计要求与设计方案也已全部敲定：

一是阀门静压寿命试验机必须全部满足"阀门静压寿命试验规程"标准规定；

二是要求标准型的"阀门静压寿命试验机"，既可测试多回转阀门（闸阀等）的寿命，也可测试部分回转阀门（球阀等）的寿命；

三是根据当时全国阀门行业常用阀门产品、型号、规格的生产情况，决定设计研发 FS-0 与 FS-1，一小一大两种型号的"阀门静压寿命试验机"来满足全行业阀门寿命测试的需要。

根据课题组前期调查发现，业内生产小口径锻钢阀的安徽省屯溪高压阀门厂检验科唐清吉科长，以及技术部汪业琪等人，一直非常重视产品质量，对本厂产品初步做过阀门寿命测试的试验研究，并取得了一定成效与经验。因此，课题组决定：以该厂的试验研究成果为基础，在该厂技术人员汪业琪等同志的配合下，来完成 FS-0 型阀门静压寿命试验机的研发任务。

为了保证 FS-0 型阀门静压寿命试验机的研发进度，1984 年 1 月，我带领张立红深入屯溪高压阀门厂现场，寒冬腊月，坚持工作。春节前正准备回家过年时，在屯溪赶上一场大雪，后因大雪封山，屯溪外出的火车、汽车交通全部停止，等雪后天晴，冰雪融化，交通恢复，我们回到合肥时，已经是大年初一了。

1984 年 12 月，我们成功研制完成了 FS-0 型阀门静压寿命试验机。试验机从屯溪运到了合肥，安装在通用机械研究所阀门试验室内，并于当月由机械部通用机械研究所技术委员会通过技术鉴定后，该机正式开始为我国阀门行业提供阀门寿命测试服务。该试验机后经试验室同事黄少谷等人的不断改进与精心维护下，至今，已经 38 年过去了，它像一座我在合肥通用机械研究所辛勤工作 22 年建立起来的纪念碑，还矗立在现在的合肥通用机械研究院阀门试验室内，仍在运行、使用，现在仍是全国阀门产品监督检测中心的主要检测设备之一，服务于全国阀门行业阀门寿命测试。该机服务行业 38 年，也为通用机械研究院获得了丰厚的经济回报。

FS-0 型阀门静压寿命试验机，在合肥通用机械研究所通过鉴定后，1985年 1 月，安徽屯溪机械器材厂厂长陈重庚闻讯，即委托阳湖乡政府副乡长郑同恩，带领该厂副厂长汪柏金，前来所里找我，要求转让 FS-0 型阀门静压寿命试验机全套技术图纸，专门生产该型号的阀门寿命试验机，面向全国阀门行业销售。为此，经双方研究后，签订了 FS-0 阀门静压寿命测试台技术转让协议书：厂方向所里一次支付 2 万元人民币后，全套图纸交给厂方，试制鉴定后，由所里向全行业推广销售，厂方应按销售额的 3% 提成额给所方。

1985 年 8 月，FS-0 型阀门静压寿命测试机在屯溪机械器材厂试制完成。当月，所里委派我前往屯溪机械器材厂主持召开了全国阀门行业 FS-0 型阀门静压寿命试验机推广应用暨操作人员培训班会议，来自全国的数十家阀门厂与阀门用户代表出席了会议及培训活动。培训后经过书面考试与实际操作考核，有数十位代表取得了操作上岗证。会议上当场就有众多客户与屯溪机械器材厂签订了数十台寿命试验机供货合同，开始销售于全行业，用于阀门寿命测试。

正因为有了这次 FS-0 型阀门静压寿命试验机，给屯溪机械器材厂的技术转让经历，让我与屯溪结下了不解之缘，为我 1992 年 1 月下海屯溪埋下了伏笔。

另一种大型的 FS-1 型阀门静压

1984 年 12 月，作者在机械部通用机械研究所阀门试验室，调试 FS-0 型阀门寿命试验机。

寿命试验机，是根据前面所述的设计原则，由我本人于 1982 年 10 月主持设计完成的。当年秋天，坐落于湖南省常德市德山的全国阀门行业成员——常德七一机械厂厂长汪啸风，从常德专程来合肥拜访合肥通用机械研究所，一方面为联络感情，另一方面看看所里是否有可承接到的科研项目。

湖南常德七一机械厂是个大厂，机械加工设备齐全。该厂除生产低压大口径阀门外，还生产离心泵和卷烟机，生产能力很强。

汪啸风厂长来所时，我正在设计 FS-1 型试验机。在我接待汪啸风厂长的谈话过程中，我给他介绍了 FS-1 型阀门静压寿命试验机项目情况，汪啸风厂长当即对该项目试验机的试制表示有浓厚兴趣。他说，湖南常德七一机械厂非常愿意接下 FS-1 的试制任务。后来我俩一拍即合，经所领导同意，厂所双方签订了 FS-1 型阀门静压寿命测试台试制协议书。

汪啸风厂长后来调任常德行署副专员、专员，湖南省计委主任，湖南省副省长、省委副书记，海南省副省长、省长，海南省委副书记、书记，省人大常委会主任。

1982 年 11 月末，我带着徒弟张立红以及设计完成的 FS-1 型阀门静压寿命试验机全套图纸，从合肥出发，途经武汉、长沙，前往湖南常德七一机械厂。经过武汉时受到了湖北应城长江埠阀门厂许甫仁副厂长的热情接待。我还专门抽时间去武汉大学生物系看望了在这里上学的樊力女儿薛军，并请她在学校门口的饺子馆吃了饺子，这是我第一次来武汉大学。

这次来七一机械厂一方面给厂方交图，另一方面向厂方技术交底，交代 FS-1 型阀门静压寿命测试台试制要点及注意事项。此次湖南之行的额外收获是，我在湖南省机械局干部邱淑敏同志陪同下，参观了常德阀门厂、长沙阀门厂、湘潭阀门厂、衡阳阀门厂和链源阀门厂等湖南省主要阀门行业厂，对增强我所与湖南阀门行业的联系与合作起到了积极促进作用。

这次去湖南，正值湖南橘子成熟季节，让我尝遍了湖南各种名品橘子与柚子。

1983 年 6 月，在 FS-1 型阀门静压寿命试验机试制工作进入高潮的时候，我带张立红又来到了湖南常德七一机械厂，配合厂方的 FS-1 型阀门静压寿命试验机试制工作。

这次来湖南抓试制工作，时间较长，我碰到的第一个问题是湖南菜太辣了！食堂里每顿饭为我们小灶专炒的两个菜，都要放许多红辣椒或青辣椒，就连汤做的都是"红"辣的。尽管我们在食堂里吃客饭，但厨师们对客人也毫不手软，不顾客人是否乐意，菜里总是要放许多辣椒。使得我每次到湖南后一周内，满口起疱。

FS-1 型寿命试验机试制并不一帆风顺，其中，要用到一种在油中浸泡后仍能正常工作的双向电磁离合器，一时无法解决，我当即决定派张立红前往天津，在天津朋友黑成勇的帮助下，通过天津机床电器厂解决了电磁离合器问题。

还有，试验机零部件加工完成，整机组装顺利完成，但在调试中发现被测阀关闭件前后，无法建立稳定压差，影响了调试顺利进行。厂所双方技术人员研究后，经多次改进试验流程，与改进稳压泵的结构与功能，FS-1 型阀门寿命试验机终于调试成功！

经历了试制过程中的艰难曲折，FS-1 型阀门静压寿命试验机，终于在1984 年 11 月试制成功，并于当月在常德七一机械厂召开了 FS-1 型阀门静压寿命试验机湖南省级鉴定会，顺利通过了鉴定。

出席本次鉴定会的专家中，有几十位来自全国各地阀门厂的代表，鉴定会后，他们当即决定购买这次成功通过鉴定的 FS-1 型阀门静压寿命测试台，湖南常德七一机械厂一次就获得了几十份订单，既达到了试制该产品满足用户急需的目的，又取得了丰厚的经济回报。

1982—1984 这两年，几次来常德印象深刻的除了吃辣椒外，就是七一机械厂紧挨着一条大江——沅江。沅江常德段江面宽阔，气势磅礴。夏天在沅江游泳，人在江水中随波逐流，既有翻江倒海的感觉，也有八仙过海，令人心旷神怡的体会，真是终生难忘。

这两年，我也多次畅游了湖南湘江长沙段、湘潭段、衡阳段，让我身体得到了很好锻炼，也为日后喜爱游泳打下了坚实基础。

我在常德时的一个周末上午，在离常德七一机械厂不远处的德山沅江渡轮码头候船厅，碰到了同去对岸、常德市区办事的七一机械厂刘光弟厂长（接任汪啸风的厂长），我俩坐轮渡到对岸，正值午餐时间，刘厂长很客气，执意在路边小餐馆请我吃一碗常德名吃"烧米粉丝"，粉丝上桌后一看，上面放了许多红辣椒，吓得我都不敢动筷子。但出于礼貌，我硬着头皮把粉丝送到嘴里，瞬间，一股钻心的辣味，震撼了全身，不禁辣得我哇哇叫。此时，刘厂长却在一边得意地哈哈大笑。

在湖南期间，我还应邀出席了一次湖南省阀门行业会议，有幸结识了时任洪江阀门厂技术科长胡双喜同志。胡科长为了本厂工作，先从洪江跑到常德找我，后又从洪江专程来到合肥见我，研究他们厂有关新产品开发的问题。他的这种求知若渴的精神，始终铭记于我心中。可惜，好人不长寿，他英年早逝，在一次车祸中离世，妻子唐慧莲改嫁。好在他儿子胡睿很有出息，在湖南大学毕业后，又留学日本，并在日本工作多年，现在是一位著名海归专家，是海悟集团咨询设计研究院的执行院长。

从1981—1984年经过4年的努力奋斗，我领导的"阀门寿命测试攻关课题组"团队，终于攻克了阀门寿命测试这一难关，全面完成了围绕阀门寿命测试的一揽子工作任务：即决定阀门产品质量重要指标的阀门使用寿命，既有了检测标准，又有了检测设备，填补了国内乃至世界空白，对我国阀门产品质量不断提高将起到重要推动作用。阀门寿命测试攻关课题组，对我国阀门行业所做出的贡献，将永远载入我国阀门行业的发展史册。

（二）开启了我国阀门行业产品质量监督检测的先河

我投身于行业产品质量检测，始于1983年3月。当时社会上反映我国阀门行业生产的安全阀，在客户使用中频繁出现质量问题，甚至因安全阀质量问题发生重大生命财产安全事故，引起了国家高层领导的关注。因此，机械部石化通用局给我所下达了任务，要求我所组织上海阀门厂、四川自贡高压阀门厂、开封高压阀门厂、沈阳第一阀门厂、湖南常德阀门厂、安徽来安阀门厂等全国六家造厂的安全阀产品样品，送到上海阀门厂统一进行安全阀热态性能检测与评定。在那个年代，全国只有上海阀门厂有一套高温高压安全阀热态试验装置。

由于1981年秋，我所1969年从北京搬迁来合肥时，拥有北京户口的双职工，大多数离开合肥通用所回京另起炉灶，成立了"中国通用机械工程公司"。所以，我们阀门研究室原来从事安全阀设计研究工作的赵全同志也已回到了北京。一时间急坏了我们阀门室领导，派不出专业对口的技术人员，去上海阀门厂组织领导这次全国安全阀统一测试工作。另外，我们阀门室里，一般人还不愿介入与上海阀门厂有关的工作，因为上海阀门厂是个大厂，不好打交道，碰到问题难以协商摆平。

当时阀门室陈元芳主任就找到我，给我戴上"高帽子"说："美根，你与行业厂关系好，在行业里威望高，请你去上海阀门厂组织完成这次全国安全阀性能统一测试任务吧。"

我当时非常理解领导的处境与困难，心想做人活着就是要多干活，不管好活儿赖活儿，熟活儿生活儿，什么活儿都要干，干得越多，见识就越广，经验会越丰富。干！何乐而不为呢？因此我愉快地接受了此项任务。同时，为了培养年轻的工程技术人员，决定和1982年从浙江大学毕业分配来我所阀门室工作的邱晓来同志一同前往上海参与测试工作。

1983年3月末的一天早晨，在送检人员——安徽来安阀门厂技术科长章洪宝同志的陪同下，我从上海静安寺上海市警备区招待所出发，前往上海安亭上海阀门厂。到达上海阀门厂时，张开基厂长已在厂门口迎接，说："项工，高压蒸汽锅炉已经开启，送检人员、安全阀样品、试验人员等已全部到达测试现场。安全阀的测试工作马上可以开始。"我听后非常高兴，在张开基厂长的积极配合下，与上海阀门厂安全阀试验室陈国光、吴庚林、廖来治等试验人员努力工作下，奋战三天整，一举完成了六家阀门厂送样的全部样品测试，圆满完成了部里下达的检测任务。

之后，我指导邱晓来起草了向机械部石化通用局上报《关于完成上海安全阀统一性能测试的工作报告》。报告中，我们向部领导详细汇报了这次安全阀统一测试中发现的问题，并提出了解决这些问题的建议。我和邱晓来还在同年9月出版的《流体机械》杂志上发表了一篇题为"当前安全阀产品存在的主要质量问题及其改进办法"的论文，把我们这次上海的安全阀测试成果迅速告诉读者，引起读者注意。

上海阀门厂张开基厂长，为庆贺这次安全阀统一性能测试取得圆满成功，在我们离开上海前，不仅亲自带领大家畅游了上海南翔名胜"古猗园"，还请大家品尝了当地名小吃"南翔小笼包"，那情意浓浓的经历，我至今还记忆犹新！

事实证明，我当时承接这项测试任务时的想法是完全正确的：我利用这个机会，不仅深入学习了解、掌握了安全阀技术，还广交了朋友，使通用机械研究所与行业厂之间的关系更加和谐。

正因有过这次经历，我1986年5月调离通用机械研究所到天津工作后，还应时任天津市劳动局锅炉处戳元洪副处长邀请，在天津市锅炉压力容器检验员资格培训班上，专门用了8个学时讲了"安全阀的结构、性能、使用、维护、保养"问题。之后我又应天津市锅检所宋福林副所长邀请，在天津市解放阀门厂内建立了"天津市安全阀检测站"，为天津市内所有在役安全阀进行年检与修理，受到安全阀用户普遍好评。检测站的技术工作，由安徽来安阀门厂朱新年厂长委派该厂的两位技术高手刘午声、张维仁同志来天津承担主要技术工作。天津解放阀门厂李宝生厂长积极领导配合，不仅满足了客户需要，还为天津解放阀门厂取得了很好的经济效益。

1983 年，在国家开始狠抓产品质量的背景下，决定在全国开展产品质量"创优"活动，即号召全国各行、各业、各生产企业开展创优质产品活动。优质品分"省优""部优""国优"三级。

机械部通用机械研究所作为中国阀门行业的技术归口研究所，国家就把这创优工作任务交给机械部通用机械研究所。因为这项工作的核心是阀门产品质量性能检测工作，所里就把阀门产品创优工作交给了阀门研究室。

因为这是一项面向全国阀门行业的工作，阀门室领导接到此任务后，找了许多同事谈话，想落实安排此项工作，但领导四处碰壁，因为这项工作不仅要面对人，面对企业，而且工作繁杂，要从基础工作做起，工作量巨大，所以没人愿意承接此项工作。

无奈之下，阀门室领导陈元芳主任又找到我，又给我"戴高帽"说："美根，创优工作很重要，但我落实此项工作确有困难。你能者多劳，还是请你来干吧。"当时我正忙于 FS-0、FS-1 两台寿命试验机的研制工作，频繁出差安徽屯溪、湖南常德，已经忙得不亦乐乎，真的没有时间。但经领导多次动员、恳请，我实在无法推辞，就承接下来。心想：人再忙，但永远不会累死干死，工作再多，只要我科学地去安排时间，挤出时间，加班加点做更多的事，人会感到活着更充实，人生就会更辉煌，更灿烂，写出更美好的篇章！

接下"创优"工作任务后，我被机械部石化通用机械工业局任命为"全国阀门行业质量监督员"，在业内开展工作。当时，我仔细分析了开展创优工作的现状，并理顺了工作思路。

当时的现状是各类阀门产品出厂时仅做一下阀门压力试验，测量阀门泄漏率：单位时间内的介质泄漏量不超过标准的规定值，即算合格，可以出厂。这太单纯了，仅按此规定是无法进行"创优"活动的。

国家提出的产品创优活动，是一项行业产品质量的考核评比活动，其目的是通过这项活动，鼓励企业生产更多、更好的优质产品。因此，我认为要开展这项活动，必须先制定各类阀门的产品质量分级标准，把同类产品的合格品、一等品、优等品质量要求区分开来。在制定好产品质量分级标准的基础上，再在全行业开展产品质量"创优活动"。

由于阀门的种类繁多，我决定先从使用量最大、面最广的闸阀下手，首先制定"闸阀产品质量分级标准"，以此取得经验，再全面推开，制定好所有阀类的产品质量分级标准。

经过认真调查研究，认为闸阀产品要达到合格品、一等品、优等品质量指标要求，应考虑的主要内容有：

（1）闸板磨损位移量。考核阀门密封面磨损情况。

（2）闸阀密封试验泄漏率。考核阀门密封性能。

（3）闸阀静压寿命试验次数。考核使用寿命长短。

（4）闸阀内腔清洁度。考核阀门内部是否干净、清洁。

上述四项内容中：第一项，在闸阀产品标准中有规定的；第二项，按阀门压力试验标准规定；第三项，按闸阀静压寿命试验规程的规定；第四项，我们专门新制定了新标准"阀门内腔清洁度测定办法"。

就这样，经过努力拼搏，创新工作，第一项"闸阀产品质量标准"诞生了。

以制定闸阀产品质量分级标准取得的经验为标杆，我又组织行业厂的技术力量，共同起草完成了截止阀、球阀、蝶阀、安全阀、疏水阀、减压阀等其他各类阀门的产品质量分级标准，以及阀门重要毛坯件"阀门铸钢件产品质量分级标准"。

上述制定的所有标准，都是创新工作的劳动成果，填补了国内空白。在国际上也未见同类标准的报道。

工作到此，已经全部具备了在全国阀门行业开展"创优"活动的条件。一场在全行业轰轰烈烈开展的产品质量创优活动开始了。

在这次创优活动中，经过全行业上下共同努力，有多家企业荣获"国优""部优"产品称号。此项活动，对提高当时人们对产品质量问题的认识，推动产品质量不断提高起到了积极作用。

在我主持开展这项活动中，有一件事至今难忘。1984年秋天，我们要同时派人前往沈阳高中压阀门厂与上海良工阀门厂分别进行减压阀与闸阀的创优检测活动。因为时间冲突，考虑到沈阳高中压阀门厂创优的减压阀技术要求较高，需要检测的性能项目也多，我决定亲自前往沈阳测试；上海良工阀门厂创优的闸阀，相对检测项目少，要容易一些，就决定派我徒弟张立红去上海测试。

客观地说，这两种产品，无论评为"部优"，还是"国优"，都有条件，也都当之无愧。因为这两家的产品在全国范围内生产历史最悠久，产品在业内客户中的口碑也非常好。而且，上海良工阀门厂是国内唯一能做到闸阀的主要零件——闸板，安装时能够达到通用、互换的水平。好在是我亲自去沈阳高中压阀门厂测试的减压阀，顺利地通过了创优检测，有幸被评为当年的国优产品。可不巧的是张立红去上海良工阀门厂检测闸阀的结果，因阀门压力试验时泄漏率超标而落选，被取消评优资格。此事对时任上海良工阀门厂张瑞康厂长打击很大，因为创优已列入当年企业的工作任务目标，没完成创优，等于厂长没有完成企业年度工作任务，全年奖金全部扣掉。事后，只要我们再次见面，张厂长总要与我提起这桩令他终生难忘的事。

其实，我认为，在产品质量符合产品标准要求的前提下，产品质量是否优异，用户的口碑与评价也很重要。因为检测总会有偶然性，靠一次检测是否达标不能说明一切。这可能就是后来国家放弃创优活动的原因吧。

随着国家对产品质量工作认识的不断深入，我还应机械部石化通用机械工业局要求，于1985年9月，在杭州组织、举办了一次全国阀门行业企业全面质量管理骨干人员培训班，全国72家阀门行业厂成员的质检科长全部应邀参加了培训班。培训班主要议程是宣贯与产品质量监督检测有关的标准，对推动全行业产品质量监督检测工作起到了重要推动作用。

我为行业阀门产品质量监督检测所做的其他工作有：

1.我为通用机械研究所制定了第一个产品检测收费标准。自1984年12

月，FS-0阀门静压寿命试验机研制成功，在通用所阀门试验室投入使用以来，全国阀门制造厂送来检测阀门寿命的阀门样机络绎不绝，阀门试验室的试验员们每天三班倒地检测，忙得不可开交，因此就产生了人、财、物等成本消耗。经过我仔细的评估测算，提出了一份通用机械研究所阀门试验室"承接外来阀门产品寿命试验收费标准"。

（1）每做一台阀门样机的最低收费额为人民币8000元（门槛），当该阀门样机测试寿命次数超过8000次后，每增加1000次，增加收费1000元，不足1000次的尾款，按1000元收取；

（2）该送检样机的检测结果，由阀门试验室填写寿命试验检测报告，经领导批准，盖机械部通用机械研究所公章后交给送检单位。

这是通用机械研究所有史以来，第一份面对行业厂送检样机的收费标准，当时，在全所公布后引起了轰动。所内其他各专业试验室纷纷到我这里"取经"效仿，问我是如何"炮制"出来的。我就一一做了解答，归根结底一句话：以所里不赔钱为原则。此举，从现在的观点来看，颇有市场经济眼光。

2.1983年3月，我带去上海阀门厂参加全国安全阀质量统一测试，刚到所工作的浙江大学毕业生邱晓来，现在很有出息，已经成为全国著名阀门专家，并且是全国劳动模范称号获得者，现任行业内知名阀门制造厂——温州超达阀门有限公司总工程师。

3. 自我从事阀门行业产品质量工作后，多次应邀在各种场所讲课，例如：

（1）1982年9月，去江苏省靖江市出席江苏省阀门行业会议时，讲"赴日阀门考察报告"。

（2）1984年4月，在屯溪举办的安徽阀门行业会议上，讲"阀门寿命试验"课。

......

（三）坚持进行阀门启闭扭矩测试的胜利者

我对阀门启闭操作扭矩的关注，始于 1974 年制定 JB2920 "阀门电动装置形式，基本参数与连接尺寸"部标准，从中得知：对电动阀门而言，阀门的启闭操作扭矩越小，它所选配的阀门电动装置的型号规格就可以越小。从而可以降低电动阀门配套成本，获得经济效益。

1981 年，我开始从事阀门使用寿命方面的研究，对阀门操作扭矩的重要性有了进一步认识。

特别是我们成功研制的寿命试验机，在通用所阀门试验室投入运行，我亲自为行业厂进行了上百台各种阀门的寿命试验后，深刻地认识到阀门启闭扭矩大小，对阀门产品质量的影响及其重要性。

通过大量阀门寿命试验证明，同型号、同规格、同一批阀门中，用最小的关闭扭矩就能达到密封不漏的那一台阀门，一定是开关最轻巧、使用寿命最长、质量最好的阀门。

经过我进一步研究分析表明：对于任何一家阀门制造厂，抓住对本厂阀门操作扭矩的分析、试验研究，就能抓住提高阀门产品质量方法和措施。

因为阀门启闭扭大小，与阀门结构设计、密封面材料选型配对、填料选用及填料函设计、加工配合公差及形位公差、装配方式等因素密切相关。阀门厂把自己产品的上述因素研究透了，必然能制造出开关轻巧、使用寿命长的优质阀门。

遗憾的是，一方面，这些分析研究做起来太难；另一方面，在我国现行标准中，根本没有针对阀门启闭扭矩的限制要求，阀门出厂检验时，使劲关只要密封不漏就可以出厂。即使关力过大，以致密封面已经超过允许比压，产生塑性变形，也照常出厂。试想，这样的阀门，寿命能长吗？

由于当时我对阀门启闭扭矩建立起的这些重要认知，所以我暗下决心：一定要推动我国阀门行业的扭矩测试研究工作，制定阀门启闭扭矩测试标准，研制阀门扭矩试验台，为全面推动我国阀门行业产品质量做出贡献！

可惜，1986 年 5 月我离开了通用机械研究所，来到了天津第二通用机械厂，只能忍痛把"阀门扭矩"的理想与追求耽搁了。好在 1992 年 1 月，我下海黄山创办企业，特别是 1998 年 8 月企业改制，我买断厂后，在黄山有了我自己的一片天地。从此，埋在我心中多年的"阀门扭矩梦"又重新复活，见到了光明。

与过去我抓过的阀门寿命试验一样，要实现我的"阀门扭矩梦"，必须攻克两道难关，即完成两项任务：

一是制定"阀门启闭扭矩测试规程"，为在全国阀门行业推行阀门扭矩测试提供依据；

二是研制既符合上述标准规定，又适合各类阀门启闭扭矩测试的"阀门启闭扭矩测试装置"，为阀门扭矩测试提供"装备"。

从此，我一方面到处奔走相告，抓住一切机会宣传阀门扭矩测试的意义，为制定"阀门启闭扭矩测试规程"造势；另一方面特地从上海请来了徐永杰工程师，帮助设计阀门启闭扭矩测试装置。

经过艰苦努力，八年磨一剑，2006 年 12 月，我们黄山良业公司，研制成功了我国第一台 NS4000 型阀门启闭扭矩测试装置，最大测试扭矩可达 40000N·m。该装置随即运往湖北荆州市，在我国第一家阀门行业上市公司：湖北洪城通用机械股份有限公司使用，我亲自带队，前往现场安装调试，受到了湖北洪城王洪运总裁的热烈欢迎。

随后，我公司将"阀门扭矩连续测试装置"技术申报了国家专利，对其知识产权进行了保护。还在当年《阀门》杂志上发表了题为"阀门启闭扭矩连续测试的试验研究"一文，把该研究成果介绍给广大读者。

2006年12月，作者设计的我国首台阀门扭矩连续测试装置研发成功。这是这台最大测试扭矩达40000N·m的装置，在湖北洪城股份有限公司现场做阀门扭矩测试演示

该NS4000型阀门启闭连续测试装置，在湖北洪城通用机械股份有限公司投入使用至今十多年来，全国已经陆续有上海耐莱斯詹姆斯伯雷阀门有限公司、深圳特种设备检测院、江苏神通阀门股份有限公司等几十家客户，购买了几十套阀门扭矩测试装置，广泛用于阀门扭矩测试。这些装置在行业里的推广应用为制定行业标准"阀门启闭扭矩测试规程"打下了坚实基础。

至此，我已经向我的"阀门扭矩测试梦"前进了一大步，真是世上无难事，只要肯登攀，功夫到家了，心想事就成。

随着我研制的阀门扭矩连续测试装置在业内不断采用，加上很多国外阀门国家标准里，都有关于阀门扭矩测试的规定，要求中国出口阀门制造商，出口阀门产品时必须提供合格的阀门启闭扭矩数据。所以国内阀门同行，对阀门启闭扭矩测试必要性的认识也不断深入人心。

在此背景下，加上我在业内的不断呼吁，编制"阀门启闭扭矩测试规程"标准，终于在2012年列入了我国阀门标准化体系。

在我给全国阀门标准化技术委员会多次书面申请下，2016年8月，全国阀门标准化技术委员会给我公司下达了文件，明确下达了由我公司负责起草"阀门启闭扭测试规程"标准的任务。

接到任务后我内心非常高兴，心想：离圆我的"扭矩梦"距离越来越近了！

之后，我立即向行业内主要阀门制造厂与阀门用户发函，征求起草该标准主要内容的意见。

收到反馈意见后，我马上编制了"阀门启闭扭矩测试规程"初稿，初稿定稿后，完成了该标准"征求意见稿"。该"征求意见稿"发给主要行业厂及客户征求意见后，根据反馈回来的73条意见，又修改完成了"阀门启闭扭矩测试规程"标准"审查稿"。

2018年3月，全国阀门标准化技术委员会在浙江温州召开了该标准审查会。针对审查会上提出的审查意见，我对该标准又进行了修改，完成了行业标准"阀门启闭扭矩测试规程""报批稿"。

该"报批稿"于2018年5月上报给了全国阀门标准化技术委员会。

国家标委会于2019年10月，对行业标准JB/T13884-2020"阀门启闭扭矩测试规程"文本发起网上公示。公示结束后，于2020年1月正式发布并在全国实施。随着该标准在全国实施，我研发的NZ、NQ、NS型系列阀门扭矩连续测试装置将会在阀门行业内得到更广泛的应用，为提高我国阀门行业产品质量不断做出贡献！

有志者，事竟成！终于圆了我40年的"阀门扭矩测试梦"！它将永远载入我国阀门行业发展史册，但愿它能为推动提高我国阀门行业产品质量做出积极贡献！

十三 初到北京迎国庆

1964 年 7 月，我从浙江工业大学毕业后，被分配到北京一机部通用机械研究所工作。那时的通用所地处北京市宣武区天桥南纬路 31 号，属于北京市中心，交通非常便利。通用所院内还有一幢 1962 年新建成的七层带电梯的办公大楼，这在当时以平房四合院为主体建筑的北京市来说，这座办公大楼就像鹤立鸡群，耸立在北京城南地区的平房四合院建筑群中。那时，我们每次坐火车进北京，还不到永定门火车站（现北京南站）就可以远远地看到通用所的这座办公大楼了。该办公楼内办公条件也非常优越，对此我感到能在这个研究所工作非常自豪！

我是一个出生在浙江省、习惯吃大米的南方人到北京工作，生活上最大的不适是吃馒头、窝窝头。那时的北京粮食是定量供应的，而且每人每月只给 6 斤大米，其他都是白面和玉米面，因此我用了相当长的时间才适应这种北方的饮食习惯。

在我刚到北京通用机械研究所报到后的一周左右时间内，由于所里还没有给我们安排具体工作，所以我们这些刚到通用所的年轻员工，怀着初到首都北京的激动心情，每天结伴出游，很快游遍了天安门广场、故宫博物院、天坛、北海公园、颐和园、动物园等京城著名景点，并走遍了王府井、西单等北京主要繁华商业区的大街小巷。大家都被首都北京的悠久历史文化与现代文明所折服！

9 月初，我接到了通用所领导安排的第一项任务是准备参加国庆 15 周年天安门游行，接受国家领导人的检阅。

那年游行只有群众国庆游行队伍，没有检阅部队和分列式。我们所参加的游行队伍，属国家机关方阵，我们单位有 40 名刚参加工作的新员工被选参加这项活动，我是其中一员。

9月整一个月，我们每天唯一的工作，就是在一名退伍军人（教练）的指挥下，在强烈的阳光下，顶着"秋老虎"练习列队，正步走。其间，所流的汗水和那简单而又严苛要求的反复练习，终生难忘。

列队练习，分部分人员分散练习和整个方阵集中组合练习，大多数时间是我们单位40名员工在一起练习，到最后几天才是整体组合列队练习。要求纪律严明，不得请假，好在我们都是大学刚毕业，刚参加工作的年轻单身汉，倒也无妨。

到10月1日那天，我们按要求于凌晨2点就赶到东长安街指定地点集结待命。

10月的北京，已进入深秋季节，凌晨我穿着毛衣站在长安街上，还感觉到丝丝凉意，待到游行开始脱了毛衣，游走到天安门前时，将近中午，又热得我冒出了汗珠。

作为一个远离首都北京，刚刚进京不久，就能安排我参加国庆十五周年游行，接受毛主席检阅，内心非常高兴，激动得我多晚没有睡好觉，遗憾的是10月1日那天，当我走到天安门前，往天安门城楼眺望时，国家领导人一位也没有看清楚。

之后我还多次参加过天安门广场的游行或集会，但从来都没有清楚地见到过站在天安门城楼上的国家领导人，因为离得太远了。

十四 通用机械研究所战备搬迁到合肥

1969 年，震惊中外的"珍宝岛事件"，是推动通用机械研究所搬迁合肥的根本原因。

当时，国际形势紧张，苏联在我国北方大军压境，毛主席号召全国"深挖洞，广积粮"。通用机械研究所是在此背景下，从北京搬迁合肥的。整个搬迁过程中值得回顾的有：

1.1969 年 12 月，我刚在北京通用机械研究所汽车厂大院里挖好防空洞后，分配我与材料室李平瑾一起在木工房劈冬天生火炉用的劈柴，突然接到所领导通知：通用机械研究所整体搬迁合肥。

我马上回到阀门室做搬迁准备，首先是把我办公用的桌子、椅子、书柜、文件及个人宿舍床、铺盖等打包整理待运。其次是搬迁整理物品过程中，找出许多要废弃的书籍、报刊等，当作废品卖掉，所得之钱，专门去前门外的"北京烤鸭店"买烤鸭饱餐一顿，当时大家都一样，以"卖废纸，吃烤鸭"作为离京的纪念。

之后便匆匆忙忙地离开北京，乘火车前往合肥。那时候北京到合肥没有直达车，要在蚌埠转车。早就听说蚌埠的熟猪头肉好吃，才五角钱一斤，我就利用转车的时间买了 2 斤，带到合肥享用。

2. 一机部通用机械研究所迁合肥的新址在合肥西郊大蜀山东麓、董蒲水库南岸，原安徽水电学院旧址。风景不错，但在当时是远离市区的荒郊野外。交通非常不便，门口只有半小时路过一趟的郊区班车，末班车是下午 6 点，之后出门只有依靠步行了。有一年，我出差合肥，晚上 8 点多钟从火车站乘 3 路公交车到七里塘，已经没有郊区班车了，只能在伸手不见五指的漆黑夜间步行回通用所。在走过十里村后，与我相向而行的一个人突然从怀里拿出一把匕首，把我吓出了一身冷汗，好在此时从正面开来了一辆大货车，车灯照亮了道路，我趁机一路小跑，回到了通用所，当时还真害怕啊！

原安徽水电学院因故撤销，原有专业并入了合肥工业大学，所以仅留下了一幢四层教学楼、三幢四层学生宿舍、一座平房厨房与餐厅（兼用大会堂）。

整个校区没有一条柏油或水泥路面，雨天全是烂泥，走的是真正的"水泥路"。整个校区也没有自来水，喝的是董蒲水库里的水，雨天时水里泥沙含量很高，要搁置一整夜，待泥沙沉淀后才能饮用。

整个院子也没有围墙，农民可随意进出，割草、放牛、放羊。

总之，当时安徽水电学院旧址的工作居住条件实在太差了。

3. 到合肥后前2—3个月，我们每天当搬运工，去合肥火车站提货，取出北京托运到合肥的物资，装上汽车送到合肥通用机械研究所新址，卸下车后，再把货送达货物所属部门。那段时间，搬东西搬得大家都累得直不起腰。

4. 我到合肥后的第一个春天，所里成立了农副业组，因新址院内有大量农田、水塘、土地，通过自己劳动为职工提供新鲜的蔬菜、瓜果、鱼肉。

农副业组由原新四军参谋长赖传珠的勤务兵、通用机械研究所行政科长、16级干部孟宪玉当任，由张同然、陆定华、刘美茵和我参加。因为我来自农村，干起农活轻车熟路，故很快成了组长孟宪玉的好助手、好朋友。我们农副业组第一批收获的是白茄子与红茄子，一筐筐新摘的大茄无偿送给食堂供大家食用，获得了全所职工的好评。

5. 到1970年冬，通用机械研究所搬迁工作基本结束，开始恢复科研工作，我搬迁后首次出差天津第二通用机械厂完成相关电装项目研制任务。当年春节我是在北京度过的，节后我带领刘其昌（天二通）、蔡碧濂（开封电机厂）、耿庭贵（开封高压阀门厂）、章华友（通用所）前往兰州、西宁、泸州、重庆、武汉、南京、上海等地石油化工、火电企业以及阀门厂考察，为阀门电装"三化"与第二次联合设计做准备。当时，半夜到西宁，天气异常寒冷，住了个旅馆，点炉取暖。

6. 从1972年开始，通用机械研究所在合肥新址开展了大规模的建所活动。为更好地开展工作，所里成立了基建科。我夫人胡玉兰先调合肥烟厂，一年多后调通用机械研究所基建科当基建会计。仅用几年时间，通用机械研究所先后建成了办公大楼、试验工厂厂房、各专业试验室、大会堂、游泳池、职工宿舍、子弟小学、自来水厂、传达室、接待室、花园、围墙以及院内通往每个角落的道路等设施。一个崭新的通用机械研究所大院终于在合肥建成了。在这里值得一提的是，一机部通用机械研究所建的围墙有4公里长，围墙用的主料是大块的花岗岩，这些大石块都是由各研究室工程技术人员们，轮流去采石场装上汽车，搬运到工地上的。工程师们每人每次轮值搬运一个月，每批轮值从各科室抽调20人左右，组成采石搬运队。1977年4月我入党后的第一个月，领导派我去轮值采石搬运队，并由我担任采石队临时党支部书记。

7. 一机部通用机械研究所原在北京时冬季有暖气，搬迁合肥后冬天严寒难忍。所领导下决心扩建锅炉房，并由张荣平工程师设计，在全所范围内铺设供暖系统，从而解决了冬季供暖问题，获得全体职工一致好评。在当时，我所是整个合肥市唯一有冬季取暖的单位。

8. 由于通用机械研究所地处西郊，是孤零零的一个单位，所以出现许多日常生活必需品采购的奇特现象：

一是每天上午8点开一趟班车，允许职工利用上班时间乘班车去合肥市里采购生活用品；

二是每天早上有一个卖肉的人，来所里卖一片（半头）猪肉，卖完为止。职工们头天晚上就会用自己的菜篮子，或找一块砖头、石块排队，准备次日清晨买肉；

三是有一个农民自发形成的小市场，市场规模很小，农民们每天清晨来市场的人数不等，市场出售的品种也不稳定，主要有鸡蛋、鸡、鸭、蔬菜、水果等，总之是有啥卖啥，有多少卖就买多少，卖完为止；

四是通用机械研究所自己有豆腐房、冰棒房，自己做豆腐、冰棒卖给职工；

五是所领导非常关心职工生活，经常会买些小包装的肉类、水果等分发给职工享用；

六是不知道什么原因，全国通用粮票在当地很"吃香"，在自发形成的小市场上，用一斤全国通用粮票可以无偿地换一斤大米，还负责送货上门。

上世纪六十年代，作者在坐落于北京宣武区南纬路 31 号的一机部通用机械研究所工作的办公大楼。

十五 从"星期天工程师"到"技术顾问"

20世纪80年代初，借助改革开放的东风，我国乡镇企业得到了一定发展，但乡镇企业缺技术、缺人才，严重制约了它的发展。

1983年秋，随着改革开放的不断深入，人才禁锢与体制壁垒开始松动，上海《文汇报》率先做了关于"星期天工程师"的报道。说的是上海体制内的工程技术人员，利用星期天的假日，应邀去周边地区的乡镇企业发挥一技之长，推动乡镇企业技术进步，促进国民经济全面发展。

可能是我的思想比较开放、前卫，加上我在阀门行业里有较大的影响力，所以对于社会发展的这一新动向，在我身上率先做出了反应。我应邀担当了多家乡镇企业的"星期天工程师"或"技术顾问"。

一是1983年11月，江苏省常州市武进县横山镇五一村派人专程到合肥通用机械研究所，邀请我去担任该村村办企业武进阀门控制厂（现在的常州贝斯特阀门控制有限公司前身）的"星期天工程师"，后来又发展成为该厂"技术顾问"。

我第一次带着徒弟张立红去该厂时因心有余悸，不敢公开，是秘密前往的。后经过该厂地方主管领导：郑陆区区长陈昌文、横山桥镇镇长、五一村党支部书记朱锡本等领导的开导劝导下，才放下包袱，在该厂孙士平厂长、陈雪银、方昌德副厂长的领导下，以及技术科丁德傲、梅平的配合下，努力帮助该厂提高现有产品质量，开发新产品，并取得了重要成果。

由我帮助该厂开发的新产品"QQ型摆动式部分回转气动装置"，荣获1985年国家专利权，专利号为87200435，该产品经鉴定后荣获武进县科技进步奖一等奖。

该厂给我顾问费每月100元，当时我在通用机械研究所工资每月才75

元呢。

二是在常州武进县横山桥镇的武进化纤机械厂任技术顾问，帮助他们完成了纺织厂用不锈钢球阀的开发任务，并通过江苏省级鉴定。该厂给我每月顾问费 200 元。

三是担任安徽省来安阀门厂业余技术厂长，帮助他们提高现有安全阀产品质量。

四是任江苏省阜宁县高中压阀门厂技术顾问，帮助该厂提高现有产品质量，开发新产品。

五是担任浙江湖州第二阀门厂技术顾问，帮助他们提高疏水阀产品质量，并开发新产品柱塞阀。利用我们的研究成果，撰写了一篇题为"柱塞阀密封圈与柱塞之间密封配合的设计和研究"论文，发表在第三届全国阀门与管道学术讨论会上，并荣获"优秀论文二等奖"。另有一篇论文"先导型模盒式大排量疏水阀的设计与研究"，发表在亚洲第四届流体机械学术讨论会上，受到了与会国际专家的一致好评。

六是天津市南郊小站地区是天津市的"阀门之乡"，1986 年时该地区就有 20 多家阀门厂。1987 年春节刚过，天津市政府在天津市干部俱乐部召开规模空前的"人才招聘会"，我在小站镇人才招聘柜台上做完自我介绍后，立即获得小站镇工业办郑兆富主任的青睐，当即聘请我为小站镇"阀门技术顾问"。

我被聘后就利用周末时间，去小站镇给这 20 多家企业的厂长经理们讲课，为提高这些阀门厂的产品技术水平与质量起到了很好作用。

七是应天津市劳动局锅检所邀请，我任天津市解放阀门厂技术顾问，在安徽省来安阀门厂技术骨干刘午声、张维仁协助下，在天津解放阀门厂成功创建了天津市第一个在用安全阀检测、校验、维修站，服务于天津广大的安全阀用户、企业。

八是担任了天津南郊小站镇传字营村"天津华欣阀门厂"技术顾问，帮助他们提高现有阀门产品质量与开发新产品。我帮助他们开发的新产品"柱塞阀"为该企业获得了经济效益。

九是我与天津第三阀门任孝玲工程师一道，担任天津市南仓道水暖器材厂的技术顾问，帮助该厂提高疏水阀的产品质量与技术水平。

……

以上所列的是担任技术顾问时间较长的企业，还有较多的是星期天工程师，就是一次性、临时性技术咨询服务或短时技术顾问，在此就不一一介绍了。

由于与这些地方的企业有长期来往，所以我结交了许多真挚的朋友。特别是常州横山桥镇，可以让我称为我的第二故乡。常州横山桥镇至今天，我还常去拜访，看望梅平、周银法、周敖兴、是兆兴、杨国华、陈雪银、方昌德、孙士平等一大批老朋友。经我介绍，我大外甥张是飞还在周敖兴厂里工作，并在那里恋爱、结婚，其间，得到了周敖兴无微不至的关心与帮助。

还有天津南郊小站镇的呼云台、呼云亭；安徽来安的朱新年、王华贵、陈玉龙、张维仁、刘午声；湖州的孙鑫华、叶明明、唐志伟；等等。到现在我们之间还保持着密切联系。其中来安阀门厂的王华贵会计师与张维仁工程师还应聘来过黄山良业公司，长期帮助黄山良业公司工作，王华贵任财务科长，在我公司工作长达 15 年零 5 个月，张维仁任金工车间主任也有 14 年多；江苏阜宁的戴学祥工程师，也应聘到黄山良业公司工作多年；湖州第二阀门厂的孙鑫华还给我公司新厂区定制的南、北大门，以及北边的铸铁栅墙，至今还在使用。

所有这一切都说明做人人脉、朋友很重要。朋友们让我开心，让我具有好心情、好心态，朋友们也常来黄山看望我，并旅游做客，分享我下海的快乐。

十六　两次全国阀门电动装置联合设计

　　第一次、第二次全国阀门电动装置联合设计，在我的一生工作中占有重要地位，其内容见本书附录二"中国阀门电动装置发展史"，以及《阀门用户》杂志 2014 年第二期"五十载春华秋实"一文中都有论述，在此不再重复。

全国第一次阀门电动装置联合设计的
产品样本（天津第二通用机械厂生产）

全国第二次阀门电动装置联合设计的
产品样本（上海良工阀门厂生产）

十七　第一次研发隔爆型阀门电动装置

1968 年 12 月，一机部给我单位——一机部通用机械研究所与天津第二通用机械厂，下达了为北京东方红炼油厂研制 500 万吨 / 年炼油装置项目配套的"防爆型阀门电动装置"任务。

当时，我国已经成功开发了大庆油田，大批原油开采后急需提炼为成品油供各行各业使用，而当时国内炼油能力严重不足，因而国家决定在北京西郊燕山地区，筹建一座年处理原油能力为 500 万吨的大型炼油厂。

此前，我国炼油能力薄弱，技术落后，在役的都是一些规模不大的小型炼油装置，故所用管道口径较小，配用的都是一些小口径手动阀门。而炼油能力达 500 万吨 / 年的北京东方红炼油厂，是大型炼油装置，配置的管道口径大，阀门口径也大，同时整套炼油装置要求自动化技术水平高，所以必须配备适用于有爆炸性混合物（油气）环境的"防爆型"电动阀门，其配套的电动装置必须是"防爆型"阀门电动装置，该产品在当时国内是空白。要进口，且价格昂贵。

此时，我虽然从事阀门电动装置研发工作已 3 年多时间，但研发的多是常规环境条件下使用的普通型阀门电动装置，未涉及过隔爆型阀门电动装置，对隔爆型电动装置的技术要求与设计规范一无所知，脑中一片空白。

后经向有关部门了解，当时，仅在黑龙江省佳木斯市有一家由苏联援建的佳木斯电机厂，生产隔爆型电机等隔爆型电气产品。我决定带着天津第二通用机械厂一名叫孔祥林的技术工人，前往佳木斯电机厂取经、学习。

1968 年 12 月下旬，正处三九严寒、滴水成冰的隆冬季节，我们从天津坐上了前往哈尔滨的火车，再转车去佳木斯。当时，"文化大革命"席卷全国，在毛主席的号召下，全国红卫兵进行革命大串联，我们从天津往返佳木斯的火车都非常拥挤，上车是从车窗爬进去的，在车上几乎身无立足之地，喝水、吃饭、上厕所都异常困难，一路上所受的苦一言难尽。更意外的是离开天津时，我岳母怕我在东北天冷挨冻，叫我穿上了岳父的一件高档真皮大衣。火车到哈尔滨要换车，我出站后在旅馆登记住宿时，把我岳父的真皮大衣烧了一个洞，原来旅馆办理入住手续的柜台下面有一个暗藏的火炉。

我与孔祥林师傅到达佳木斯后，得到了佳木斯市电机厂领导与工程技术人员的热情接待和帮助。那时我国处于"全国一盘棋"的计划经济时代，单位与单位之间没有技术壁垒与封锁，凭单位介绍信，到任何单位去了解技术问题，一般都会毫无保留地全盘托出（军工企业除外），要索取图纸或技术资料不仅会给，而且只收取工本费。所以我们从佳木斯电机厂工程技术人员手中拿到了隔爆电气产品的设计规范，他们还向我们详细介绍了隔爆电气产品的设计方法与核心技术要求。我们还深入佳木斯电机厂生产车间认真学习了解了隔爆电气产品的生产工艺过程，零部件加工方法，成品装配与质量检验检测要求。

我们这次冒着严寒出差佳木斯，虽然一路非常辛苦，但成果丰硕，我们回到天津后，凭着拿到学到的这些技术资料与知识，成功设计研发了我国第一代隔爆型阀门电动装置，填补了我国一项空白。1969 年 5 月，该产品与天津阀门厂的阀门配套组装成电动阀门后，成功用于北京东方红炼油厂的 500 万吨 / 年炼油装置上，圆满完成了上级交付的任务。

在佳木斯期间，我们还参观了刘英俊烈士勇拦惊马的牺牲地和刘英俊烈士陵园及纪念馆，接受了一次深刻的英雄主义和爱国主义教育。

十八　首次制定我国两项阀门电动装置部标准

　　20世纪60年代，完成了全国第一次阀门电动装置联合设计后，填补了我国阀门电装产品的空白，解决了有没有的问题。之后，随着国民经济的发展，阀门电装产品需求不断增加，产量逐年加大，电动装置制造厂队伍不断壮大，到70年代初，国内电装制造厂已有天津第二通用机械厂、上海阀门三厂、天津新力机械厂、成都第二通用机械厂、湖北应城长江埠阀门厂、辽宁鞍山立山机械厂、黑龙江牡丹江阀门电动装置厂等七家专业生产企业。当时中国的友好邻邦越南，也派员到天津第二通用机械厂，学习阀门电动装置制造技术，并带了走图纸，回国生产。随之，也带来了诸多问题：

　　一是名称叫法不统一，有叫"阀门电动头"的，有叫"阀门电动装置"的，有叫"阀门电动执行机构"的，也有叫"电传动装置"的；

　　二是没有统一的产品制造技术检验规范，各阀门电装生产企业各自为政，无法保证产品质量，广大用户无所适从，怨声载道；

　　三是阀门电动装置产品没有统一的参数，系列型谱，型号编制方法，给阀门电动装置的设计、制造、选型和产销流通带来了很多困难；

　　四是阀门电动装置与阀门的连接形式与尺寸，五花八门，同一厂家出厂的同一规格电动装置产品与不同阀门厂家生产的阀门，配套安装连接时，连接盘的形状，有圆的，方的；连接的止口，有凸的，凹的，也有平的和无止口的；连接螺栓的数量，有4个、6个、8个不等；连接螺栓与连接法兰中心线的位置，有正交的，也有错开角度的；电动装置输出轴与阀门阀杆的连接形式，有二爪的、三爪的、平键的，也有方头方孔；阀门电动装置输出转速，快慢不一，随意选定；阀门电动装置与阀门安装连接的尺寸有大的，也有小的，且差距悬殊；等等。因而，不仅减低了阀门电动装置的劳动生产率，还增加了产品制造成本。同时，给电动阀门用户的选型、配套、维护、检修带来很多困难。

因此，业内迫切要求统一阀门电动装置名称、型号、基本参数、技术要求、检验标准以及与阀门连接的形式与尺寸的呼声，一浪高过一浪，时间刻不容缓。

总之，业内迫切希望中国能出一个"秦始皇"，来治一治以上混乱局面。

我深知，要当好这个"秦始皇"，治理阀门电动装置产品发展中的问题与混乱，问题极其复杂，工作量巨大，难度非常高。但我作为当时一机部通用机械研究所"阀门电动装置课题"组长，决心承担起这项光荣使命，攻克这个堡垒，为扫清我国阀门电动装置发展道路上的障碍，做一回"秦始皇"。

1974 年初，在我的积极建议、推动下，第一机械工业部石化通用机械局，给一机部通用机械研究所下达了制定"阀门电动装置技术条件""阀门电动装置形式、基本参数与连接尺寸"两项部标准的任务。

所里任命我为该两项部标准制定组组长，组建了由天津第二通用机械厂刘其昌、上海阀门三厂蒋集顺、沈阳高中压阀门厂何凤山、开封高压阀门厂耿庭贵、辽宁铁岭阀门厂康长春、一机部通用机械研究所章华友等七人组成的工作组。这七名工程师都是行业里的佼佼者，年龄都在 30 多岁，技术阅历丰富，是一个年富力强的工作组（可惜现在 3 人已去世）。他们都是阀门电动装置标准的开山鼻祖，都是英雄！

经过充分的技术资料准备，1974 年 4 月 17 日，标准制定组，在天津市和平区解放北路 168 号的"海城饭店"集结。

我们在海城饭店包了一个大房间，除家在天津的刘其昌外，我们六人都住在这大房间里，既是宿舍，更是办公室，向饭店借了两张桌子拼起来，就开始干活。尽管条件简陋，但其乐融融。

那时的海城饭店，尽管叫"饭店"，但里面并没有旅客餐厅。为了确保大家安心工作，我特地通过天津市第一机械工业局，联系到地处海城饭店附近的天津市革命委员会（即天津市政府）食堂，一天三顿，我们都在那里吃饭，伙食不错，大家可开心了。直到现在，我们见面时或在电话里，仍有美好的回忆。

前几天，我还专门去了"海城饭店"旧址看了一下，现已改名为"丽枫酒店"，二楼西侧最南端，我们起草标准的那个大房间，现在已改为两个独立卫生间的高档大床房。饭店临解放北路对面，现在是五星级凯瑞饭店。

工作开始后，我们查遍了大学、研究院所、图书馆里的文献资料，国内外都未见与这两项标准相关的资料。而且当时由于西方国家对我国封锁，加上我们自己闭关自守，我们找不到任何有助于起草标准的参考资料。

对此，我们全体成员没有被困难吓倒，决心以严格的科学态度，通过自己努力来填补好这两项国内乃至世界空白。

在制定"阀门电动装置技术条件"时，所涉及的全部技术指标、数据、试验方法与要求，都是通过周密的理论计算，加上下车间、试验室，通过一系列科学实践检验验证后确定的。

其中，最典型的参数有：

（1）多回转阀门电动装置，行程控制机构控制输出轴位置重复偏差应≤±5度；

（2）多回转阀门电动装置，微调一次行程控制机构，控制输出轴位置变化应≤5度；

（3）部分回转阀门电动装置，行程控制机构控制输出轴位置重复偏差应≤±1度；

（4）部分回转阀门电动装置，微调一次行程控制机构，控制输出轴位置变化应≤1度；

（5）阀门电动装置，转矩控制机构控制输出轴转矩的重复偏差应≤±7%；

（6）阀门电动装置，微调一次转矩控制机构，控制输出转矩的变化应≤7%；

（7）阀门电动装置的开度指示机构，远程开度指示应与阀门实际开度保持一致，其偏差应≤±1%；

（8）阀门电动装置应能承受振动频率为50Hz，加速度为5g的抗震试验。

（9）阀门电动装置绝缘电阻应≥1MΩ。

……

上面这些考核项目名称与技术数据，都不是抄来的，更不是从天而降的，都是我们通过科学分析、研究、理论计算，从实践中来，到实践中去，多次反复论证而总结出来的。

另一项"阀门电动装置形式，基本参数与连接尺寸"标准，主要涉及内容是确定阀门电动装置用于阀门时，在选型、配套、安装、连接中的相互关系。

由于阀门产品涉及闸阀、截止阀、球阀、蝶阀、隔膜阀、旅塞阀、柱塞阀、节流阀、调节阀、风门、闸门等许多阀类，每种阀类还涉及有不同的工作压力、工作温度、工作介质、工作环境，阀门的口径大小，也相差很大。

为了制定好这项标准，我们必须要对现有的、成千上万种不同型号规格阀门的开关启闭转矩，现有连接盘形状及尺寸大小，以及阀杆参数等进行全面统计、研究、分析。

当时为了便于统计、比较、分析、研究，我们绘制了许多大表格，贴满了房间的四面墙壁，日夜进行分析研究，修改补充，力求正确无误。

在此基础上，提出了阀门电动装置与各类阀门配套、安装、连接的标准方案：共2大系列，各有大小不同的10个机座号。

经过两个多月的努力，我们终于编制完成了两项标准的"征求意见稿"及其详细"编制说明书"，把它们发给全行业，主要是阀门研究设计院所、阀门制造厂，以及电力、石油、化工、冶金、给排水等行业主要客户征求意见后，于1974年10月在上海国际饭店召开了这两项标准的专家评审会，与会专家高度评价标准起草小组辛勤、认真、负责的工作，通过反复调查研究、理论计算、科学实验，为我国制定了两项高水平的标准，填补了国内国际空白。专家们对我本人也是高度赞赏，因为我敢挑重担，通过精心组织标准制定小组全体成员，发挥聪明才智，排除困难，高效、高质量地完成标准制定任务，为制止我国当时阀门电动装置设计、制造、测试、选型、配套、使用等方面的混乱局面，勇敢地做了一回"秦始皇"，"统一了全中国"。

根据上海标准审查会的意见，我们对这两项标准做了进一步修改，报请第一机械工业部批准后在全国实施。这两项标准的代号名称分别为JB2920"阀门电动装置型式，基本参数与连接尺寸"，JB2921"阀门电动装置技术条件"。我们辛勤的工作成果，光荣地载入了我国阀门行业发展史的史册。

JB2920"阀门电动装置型式，基本参数与连接尺寸"部标准的核心内容摘要如下：

（一）型式

1. 电动装置分 Z、Q 两种型式。Z 型适用于闸阀、截止阀、节流阀和隔膜阀；Q 型适用于球阀和蝶阀。

2. 电动装置型号的表示方法：

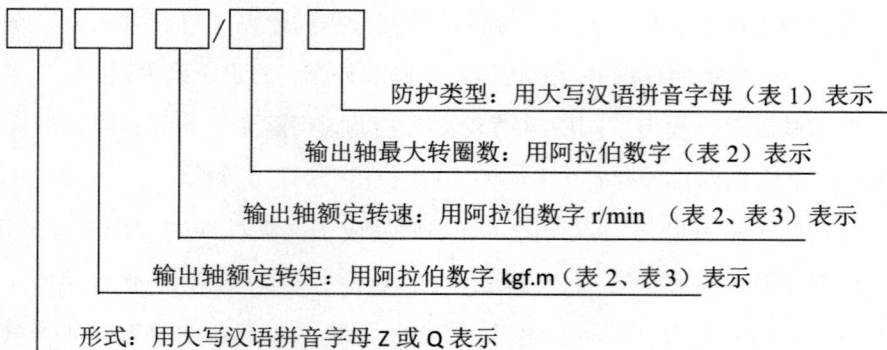

防护类型：用大写汉语拼音字母（表 1）表示

输出轴最大转圈数：用阿拉伯数字（表 2）表示

输出轴额定转速：用阿拉伯数字 r/min（表 2、表 3）表示

输出轴额定转矩：用阿拉伯数字 kgf.m（表 2、表 3）表示

形式：用大写汉语拼音字母 Z 或 Q 表示

表 1

代号	防护类型
B	防爆型
R	耐热型
BWF	户外、防腐、隔爆型

型号示例：

闸阀、截止阀、节流阀和隔膜阀用，输出轴额定转矩 250kgf.m，输出轴额定转速 18r/min，输出轴最大转圈数 160，防爆型电动装置：

Z250–18/160B

（二）基本参数

3. 闸阀、截止阀、节流阀和隔膜阀用电动装置的基本参数就符合表 2 规定。

4. 球阀和蝶阀用电动装置的基本参数就符合表 3 规定。

（三）连接尺寸

5. 闸阀、截止阀、节流阀和隔膜阀用电动装置（Z 型）的连接形式和尺寸应符合图 1 和表 4 的规定。

6. 球阀和蝶阀用电动装置（Q 型）的连接形式和尺寸应符合图 2 和表 5 的规定。

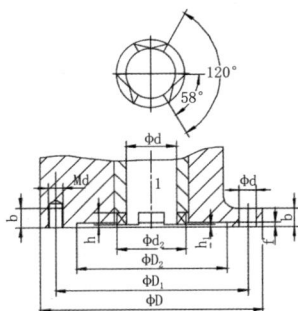

图 1

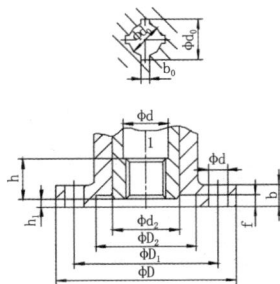

图 2

表 2

机座号	1	2	2 I	3	3 I	4	5	5 I	6	7	8	9	10
输出轴额定转矩 M_H（kgf.m）	2.5	5	10 I	20	30 I	45	90	120 / 120 I	90 II / 120 II	180 / 250	350 / 500	650 / 800	1000 / 1200
输出轴额定转速 N_H（r/min）	12, 18, 24, 36										12, 18		
输出轴最大转圈数 N	8, 15	15, 40, 80	8	15, 40, 80	15, 40, 80	40, 80	40, 80, 120	15, 40	40, 80	80, 160	40, 80	80, 120	80, 120
阀杆最大行程 H（mm）	60	220	24	370	135	480	750	240	1480	540	750	850	1280
允许通过的阀杆最大直径和螺距 T×S（mm）	T18×4	T28×5	T24×5	T40×6	T28×5	T44×8	T55×8	T44×8	T80×10	T60×8	T75×10	T80×10	T100×12

注：表中的 I 只适用于电站阀门，II 只适用于公称压力 $Pg \leq 1Kgf/cm^2$ 的低压阀门。

表 3

机座号	1	2	3	4	5	6	7	8	9	10
输出轴额定转矩 M_H（kgf.m）	10	30	60	120	250	500	1000	2000	4000	8000
输出轴额定转速 N_H（r/min）	1, 2				0.5, 1				0.25	

表 4

mm

机座号	1	2	2 I	3	3 I	4	5	5 I	6	7	8	9	10
输出轴额定转矩 M_H（kgf·m）	2.5	5 / 10	10 I	20 / 30	30 I	45 / 60	90 / 120	120 I	90 II / 120 II	180 / 250	350 / 500	650 / 800	1000 / 1200
D	115	145	115	185	145	225	275	230	350	330	380	430	510
D_1	95	120	95	160	120	195	235	195	295	285	340	380	450
D_2（H9*）	75	90	75	125	90	150	180	150	230	220	280	300	360
h_1											3	3	3
fmin	3	4	4	2	2	5	5	5	6	6	3	8	8
h	6	8	6	10	8	12	14	12	16	16	20	25	30
b	10	12	10	15	12	20	25	20	30	30	35	40	45
d_1	20	30	26	42	30	46	58	46	85	65	80	85	105
d_2	28	45	39	58	45	72	82	72	108	98	118	128	158
d	M8	M10	M8	M12	M10	Ø18	Ø22	Ø18	Ø26	Ø26	Ø22	Ø26	Ø33
螺钉或螺栓数	4	4	4	2	2	4	5	5	6	6	3	8	8

*：H9 表示配合精度等级

表5

mm

机座号	1	2	3	4	5	6	7	8	9	10
输出轴额定转矩 M_H (kgf.m)	10	30	60	120	250	500	1000	2000	4000	8000
D	125	150	170	200	280	350	350	450	550	650
D_1	105	125	140	165	230	300	300	390	490	590
D_2 (H9*)	85	105	110	135	180	250	250	310	390	490
$Z-D_0 \times d_0 \times b_0$	6-20×16×4	6-28×23×6	6-32×26×6	8-42×36×7	8-48×42×8	8-60×52×10	10-82×72×12	10-120×112×18	10-140×125×20	10-160×145×22
f	5	5	5	5	5	5	5	5	5	5
h_{min}	40	40	45	55	60	100	100	170	240	310
h_1	2	2	2	2	2	2	2	2	2	2
b	15	15	20	20	25	30	30	40	45	50
d_1	22	30	35	45	55	70	90	130	150	170
d_2	35	45	52	65	90	110	145	210	240	270
d	10	12	16	18	22	26	26	30	33	30
螺钉或螺栓数	4	4	4	4	8	8	8	8	12	12

*: H9表示配合精度等级

之后的世界阀门电动装置发展历史证明：我国发布 JB2921 "阀门电动装置技术条件"标准之后的 2008 年，欧盟才发布了世界上第一个类似的标准："工业用阀门电动装置的一般要求"，我国整整比国外领先了 34 年；

在我国发布 JB2920 "阀门电动装置形式，基本参数与连接尺寸"标准之后的 1980 年，德国才发布了世界上第一个内容与 JB2920 类似的标准，我国也比他们领先了 6 年；

尽管我们的标准早于国外标准诞生多年，但标准中的大多数涉及阀门电动装置产品的名词术语、分类、基本参数、技术要求、性能指标、测试方法、扭矩机座号分挡等都高度融合，这证明，世界上"英雄所见略同"。

随着时间的推移，我国对 JB2921 "阀门电动装置技术条件"标准，进行了多次修订与再版，使之更加完善，但基本精髓没有改变，可见该标准原创的生命力。

另外，正因为我国对该标准的制定与使用历史悠久，经验丰富，所以我国于 2012 年开始，向 ISO/TC153 国际标准阀门技术委员会提出，由我国主持起草"工业阀门电动装置一般要求"国际标准的要求。被批准后，经过 6 年的努力，在合肥通用机械研究院的主持下，我国成功制定完成了这项国际标准，ISO 国际标准化组织已于 2020 年 1 月批准 ISO22153-2020 "工业阀门电动装置一般要求"发布，在全世界实施。在制定该国际标准的 6 年期间，我本人有幸参加该标准制定的全过程，辗转德国、法国、意大利、英国、加拿大、日本等世界各地积极参加制定这项国际标准，从中结识了一大批国际知名同行、专家朋友。作为阀门行业的老人，在我有生之年，能积极参加此事，为我国阀门行业成功制定了第一项国际标准而深感欣慰。

1982 年，ISO 国际标准化组织发布了 ISO5910 "多回转阀门—驱动装置的连接"与 ISO5911 "部分回转阀门驱动装置的连接"两项标准，我国于 1991 年，又把这两项标准等效采用，转化成我国国家标准。但因我国的 JB2920 "阀门电动装置形式，基本参数与连接尺寸"标准已经在国内实施了

17年，电动装置与阀门的选型，配套关系已经定型。所以，直到现在，我国阀门行业大多执行的仍是JB2920标准，特别是多回转阀门驱动装置的连接，绝大多数执行的都是JB2920标准。因为产品配套关系一旦定型，要改变就要付出巨大代价。

我们于1974年制定的JB2920标准仍有顽强的生命力。可以乐观地说：JB2920标准，可以继续长期为我国阀门行业服务。

1974年4-6月，首次起草两项阀门电动装置部标准的办公地，位于天津市和平区解放北路168号的"海城饭店"（现已改造更名为"丽枫酒店"）。

十九 第二次全国阀门电动装置联合设计产品在我国首套
30万吨合成氨项目上的应用

农业是民生的基础，肥料是农业增产丰收的保证。20世纪五六十年代，我国广大农村使用的多是传统的农家土肥，国内化肥生产规模小，产量少，化肥严重短缺。因此，严重制约了我国农业发展与粮食生产。1960年，又发生三年自然灾害，从而爆发了严重饥荒，当时我正上大学一年级，还因此得了浮肿病与肺结核病。中国政府为了提高粮食产量，对我国农用化肥紧缺问题一直非常关心，重视。但当时新中国成立不久，我国工业基础非常薄弱，国内成套化肥生产技术与设备基本上是空白状态。

而我所在的工作单位，一机部通用机械研究所对口研究的，正是农用化肥生产成套设备中的主要设备：高、中、低压容器，换热器，压缩机，鼓风机，分离机械，泵，阀门等。所以，从1956年一机部通用机械研究所成立那天起，国家就赋予我所承担化肥成套设备的研制任务，我也有幸于1965年末至1966年初，参加在石家庄化肥厂进行的2.5万吨/年合成氨及配套尿素成套设备中的电动阀门研发任务。

但是，远水解决不了近渴，为了尽快缓解我国农用化肥的供需矛盾，我国决定先从化肥生产工艺，以及设备制造技术上容易实现的小型化肥厂入手，提出了"小化肥大会战"的战略口号：要求全国每个县，筹建一座年生产能力为3000吨左右的合成氨小型化肥厂。到20世纪70年代初，我国初步完成了每县一座小型化肥厂任务。初步缓解了农用化肥的供需矛盾。

但是，年生产能力仅3000吨合成氨的小型化肥厂存在着规模小、产量少、效率低、成本高、肥效差等缺点。

20世纪70年代初，国务院决定，花重金从国外引进10套年产30万吨合成氨并配套生产尿素的大型、高效、具备当时世界先进水平的化肥生产成套设备。以此来提高我国化肥产量，缓解供需矛盾，更主要的是通过引进、消化、吸收国外先进技术，来提高我国自己的化肥生产技术水平。

这 10 套大型化肥生产设备引进后很快在上海金山石化、四川泸天化、安徽安庆石化、河北沧州化工厂等地投入生产，不仅缓解了我国化肥生产供需矛盾，还为提高我国化肥生产技术提供了样板。

后来，根据当时化工部与一机部安排，国内有关科研院所相关专业派了一批工程技术人员，对这些国外化肥生产先进工艺与装备进行了大量研究、消化。并决定在此基础上，在上海建设一座我国自行设计、制造的年产 30 万吨合成氨的上海吴泾化肥厂。并由我们一机部通用机械研究所负责该厂全套设备的研制任务。

阀门是工业管道中的咽喉，在该成套设备中，驱动阀门的阀门电动装置，当然也是需要研制的不可缺少的重要配套装置。经过我对引进设备的广泛调查、分析、研究，并与上海吴泾化肥厂工艺设计人员与成套设备研制人员反复研究结果，决定上海吴泾化肥厂所需的全部电动阀门，都选用由我带领设计完成的我国第二代阀门电动装置产品。所以上海吴泾化肥厂成了我国第二代阀门电动装置产品的第一大用户。

1979 年 12 月，上海吴泾化肥厂这座由我国自己设计建造，具当时国际先进水平的，我国第一座年产 30 万吨合成氨厂成功投产，使我国化肥生产走向了一条崭新的道路，从此我国化肥生产供需矛盾彻底缓解。

1983 年，在邓小平主持的我国第一次科学技术大会上，上海吴泾化肥厂项目荣获国家科技局成果一等奖。受奖人，当然也包括我——我国第二次阀门电动装置联合设计主持人——项美根。

二十　赴日阀门考察

1977 年 10—11 月，为提高我国阀门设计制造水平，在我向机械部石化通用局的积极要求下，部里决定组建由开封高压阀门厂沈延新、关书训、白力作，通用机械研究所练元坚和我，上海阀门厂桑兆庚，沈阳高中压阀门厂张玉书，兰州高压阀门厂宋卫，天津第二通用机械厂冠国清，烟台机床辅机厂于政敏（翻译）十人组成的赴日阀门考察组，由沈延新任团长，练元坚任副团长。

考察组在日本考察 31 天，走遍了分布在日本各地的主要阀门制造厂、电装制造厂、填料垫片制造厂，电站、石化等阀门用户，共 30 家多单位。回国后，考察组全体成员，在北京火车站边的机械部苏州胡同招待所住了一个月，编写了两本书：《赴日阀门考察报告》《赴日阀门考察技术资料》。这两本书的内容，至今在阀门行业技术人员里仍有较高参考价值，阀门业内许多朋友向我索要无果，还向我要全书复印件，但要复印两本书谈何容易？

同时，我们也顺路游览了全日本箱根、富士山、奈良、广岛原子弹爆炸地——"和平公园"等主要风景、名胜、温泉、古迹。在日本境内不但乘了飞机，还乘坐了火车"高铁新干线"，以及遍布日本境内的高速公路。这在当时与国内相比有天地之别，我深深感觉到：我这辈子在中国是不可能看到像日本这样高度先进、发达的社会了！有谁能想到改革开放 40 年后，我当时的梦想成真。

20 世纪 70 年代，中日之间每年来往人数屈指可数。我们赴日阀门代表团去日本，还惊动了日本驻华大使馆，临行前 10 月 9 日晚，日本驻华使馆商务团还在北京西单"江苏饭店"请了我们一次晚宴，气氛热烈。

20 世纪 70 年代，国内物资匮乏，粮、油、肉、棉布及主要日用品肥皂、火柴等都要凭票供应，商业方面，城市只有一家百货商店和一家副食店；广大农村只有一家供销社；全国没有一家超市。而日本物资丰富，应有尽有，商业经济极度发达，超市遍布日本城乡各个角落。两国之间反差太大，令人难以置信。

当时在中国出差住的都是一个房间住多人的招待所、小旅馆，全国也只是几个大城市，有少数几个高级干部出差住的宾馆。而我们在日本全程住的都是五星级酒店，在东京住的是著名的"新大谷酒店"，豪华极了。

"吃"，就更别提了。当时中国仅是解决了温饱问题，而我们在日本一个多月，天天、餐餐都是美食。

我们单位练元坚副总工程师回国时，带回来一个电子计算器，当时在国内都没见过，能进行神奇的数学运算……

回国时我带回来一只西铁城女表和一把折叠雨伞，拿到国内是很新奇了。

77/11.10 中国機械工程学会バルブ考察団
日本アスベスト〈株〉 中央研究所見学記念

1977 年 10 月，赴日阀门考察组部分成员与日本石棉研究所相关人员的合影，前排左一是作者。

二十一　入党

我是 1977 年 4 月 25 日在通用机械研究所入党的，在当时的时代背景下，党在全国人民的心目中具有崇高的威望与影响力。

在这种情况下，一方面我内心如饥似渴地想加入共产党；另一方面，我单位是研究所，知识分子成堆，有十多年没有发展过党员了，要求入党的人很多，再加上当时入党的政治条件与现实表现要求很严格，所以当时给人的普遍印象是入党难，难于上青天！

好在我家庭出身是贫农，先天具备入党的政治条件，但我是知识分子，在当时历史条件下，知识分子属于小资产阶级，"臭老九"，是思想改造对象，入党要接受党组织更多的观察与考验。所以我全心全意，开足马力，用我的实际行动与良好现实表现，来提高与改善我在群众里的优秀形象，向党靠拢。

我入党的努力主要有以下几个方面：

一是在工作方面，绝对服从领导分配，从不挑肥拣瘦，越是困难，越是没人愿意干的工作我越是抢着干，给领导排忧解难。

二是不怕苦和累，克服家里困难，把两个儿子中的小儿子送到上海我同学家里寄养，让我可以长期出差天津、上海，主持起草和完成阀门电动装置的两项部标准，并主持完成第二次全国阀门电动装置联合设计工作。为了多快好省地完成任务，在工作中，团结来自全国阀门厂的工程技术人员，没有星期日与节假日，天天干，以至于有一个星期日，我被锁在上海阀门三厂办公楼上，最后只能翻越厂大门，爬出厂外。

三是花大力气搞好群众关系，因为没有良好的群众关系基础，入党是困难的。如前所述，我们单位是知识分子成堆的地方，其特点是人与人之间关系复杂，多猜疑，多攀比，多妒忌，多不服气。所以，要在这样的人群中生活与工作，想取得全部或大多数人的一致好评实在不易。为此我平时在工作与生活中，时时、事事、处处用共产党员的高标准，先锋模范作用严格要求自己，有工作就抢着做，小到日常打扫办公室卫生，打开水，冬天生炉子，倒煤灰，大到搞研究课题项目，我作为课题组长，从来不怕苦，不怕累，出色完成领导交给我的各项任务，同时还利用业余时间，积极热心地帮助解决同事家庭遇到的困难，例如帮助买菜、买粮、挑水、拉煤饼等，坚持几年，我在单位终于赢得了大多数人的一致好评与认可。

四是积极向党组织交心，在党支部召开的每次生活会上，积极发言，解剖自己的思想观念，向党组织交心靠拢。我每周写一篇思想汇报，找缺点，找差距，找改进措施，努力把具有小资产阶级思想的知识分子，真正改造成无产阶级先锋战士。

通过自己长期努力，使我在单位里获得了从上到下的一致好评与赞扬。我分别获得 1974 年度先进工作者称号，1976 年度先进生产者称号。我的入党条件终于达到了，在 1977 年 4 月 25 日下午的党支部会议上，全体党员表决通过我入党，并经通用所党委批准，我成了一名光荣的中国共产党党员。

我是 1964 年 8 月到通用机械研究所阀门研究室参加工作的员工中的入党第一人，也是那十年里，阀门研究室（当时共有 46 人）唯一一个入党的人。充分说明当时入党不易，也说明我认准的既定目标，努力挺进的执着精神与坚韧不拔的毅力。

我入党时，于承德同志是中共通用机械研究所党委组织部长，孔庆铣是我所在的"阀门离心机联合党支部"书记，主持阀门研究室工作的闫永君同志和主持离心机研究室工作的武天进同志是党支部委员，孔庆铣、闫永君两同志是我的入党介绍人，在我的整个入党过程中都得到了上述领导无微不至的指导、培养、关心和帮助，他们对我的帮助不仅使我入了党，更对我后来的人生产生了重要影响。对此，我永远怀着感激之情铭记在心！

二十二　小插曲

竺兴法是我的老朋友，1985 年我来黄山屯溪机械器材厂实施 FS-1 型阀门寿命试验机开发项目时就认识的，又是我到黄山创办的黄山特种阀门控制设备公司员工，这个人聪明好学，是一把钳工好手，因此得到了我的信任和重用，是当时我手下唯一的副厂长。我对他也不薄，不仅给他高工资，家里还装上了电话。

1997 年 5 月 29 日，竺兴法同志向我提交辞职报告，说自己要跟他人合作研发新型注射器，经我挽留无效，接受其辞职要求，但第二天与其办理交接手续时，竺兴法拒绝交出产品图纸，后经阳湖镇领导出面协调无效，仍然拒不交图，就离开我公司了。

竺兴法拿走图纸始终没有交回厂里（不过我也没有花大力气去追回来），他的目的可能是要自己去干电装产品。但他本人缺少资金，要实现这个目标实属不易。

之后，他找过几个出资合伙人，但都没有谈成，原因多是认为阀门电动装置这个产品开发难度大，打开市场也有困难，即使项工这样的阀门电动装置专家，行业里的老人，干起来都不易，因此都望而却步。一直到 2002 年初，听到郑 × 等 5 人偷我的图纸在合肥成立"奥马公司"，开始干阀门电动装置时，才找到了本地的一位办厂老板，同意用竺手中的图纸，试制阀门电动装置产品。但阀门电动装置比这位老板原来生产的产品要复杂得多，完全靠竺兴法一人，试制进度与市场开发进度比合肥"奥马"郑 × 等五名大学生的进度，要逊色得多。所以，他们并没有对良业公司产生太大影响。因此，明知他们用了我们的图纸，生产同样的阀门电动装置产品，对我们黄山良业公司的经营活动多少都会产生不利影响，但我考虑到原来大家都是本乡本土的朋友，所以也是睁一只眼闭一只眼，心想让他们挣点钱算了，并没有对此事诉诸法律。

一直到 2004 年春，郑 × 等人案发被抓，合肥"奥马"被查封时，估计他们害怕了，怕我对他们也采取行动，立即花 5 万元钱向合肥通用机械研究所购买了一套我主持全国第二次阀门电动装置联合设计的 Z120 原始图纸，企图掩盖使用我司图纸的事实。

他们没有想到的是，竺兴法 1997 年从我公司拿走的图纸是经过我在 1976 年联合设计图纸的基础上，于 1990 年在天津新力机械厂以及 1992 年我到屯溪后两次重大改型后的新产品图纸，该图纸与合肥通用机械研究所买来的全国第二次联合设计图纸已经完全不同了。

如果当时我们去告竺兴法他们，他们有可能同样会成为阶下囚。但我们始终没有告发他们，原因是：一方面我认为大家原来都是朋友，不愿意过分伤和气，在屯溪过多树"敌"；另一方面是他们的实力非常弱小，他们的客户群体是我们早就准备放弃的小水电站行业。小水电站大多地处深山老林里，经营者都是个体户。卖给他们的产品价格低，回款难，利润薄。售后服务要进入深山，非常不便。

一直到现在，他们还在做阀门电动装置，但厂子太小，产量太低，在业内完全是个没有存在感、毫无名声的小作坊。

二十三 退城进郊建新厂

2003 年，黄山市委、市政府关于南区开发建设规划开始实施，屯溪区阳湖镇城区所有住房、厂房拆迁，我公司位于屯溪区阳湖镇洽阳中村 1 号，属拆迁范围。公司房产于 1992 年建设（有部分是老平房），原属阳湖镇办企业，改制后属黄山良业阀门有限公司，有两层楼的生产车间、仓库、办公室、住房（我的生活区）、50kVA 变压器等，建筑面积 3495 平方米。拆除后得到经济补偿 2499866 元。

当地政府安排在阳湖镇兖溪村境内新建"阳湖工业安置园区（帅鑫经济工业园）"，安置阳湖镇工业企业，2004 年 2 月 18 日公司与阳湖镇政府所属黄山帅鑫投资有限公司签订征地协议，取得园内用地 25 亩（实际面积 12708.32 平方米），价格 3 万元 / 亩，共付征地款 75 万元。园区先做好三通一平，各工业企业按照园区规划要求，入园自行建设。

我主持了新厂的建设工程，技术部汪国建同志协助，根据企业的近中期发展目标，编制了建设规划，制定生产车间、设备、仓储、物流、办公楼、强弱电、给排水、网络、食堂、绿化等的规模和布局，并委托黄山市城市建筑勘察设计院、安徽省歙县建筑设计院、黄山电力实业总公司设计，冶金部华东勘察基础工程总公司地质勘探，黄山市建设监理有限公司、黄山市正信建设监理有限公司监理，由具备资质的单位进行施工。

建设新厂是一项宏大、复杂的系统工程，从整体规划、招投标、施工监督到窨井的大小和配置，我们都亲自过问。凡是施工中出现问题，第一时间赶赴现场，协调解决，使建设工程优质、高效、有序地推进，做到了以最小的投资获取最大的效益。

第一期工程从 2004 年 7 月开始，至 2006 年 8 月结束。第二期工程从

2012 年 8 月开始，至 2016 年 7 月结束。

第一期工程结束后，新厂基本具备了生产条件，随即启动搬迁工作，召开中层及以上管理干部专题会议研究布置，做到缜密计划、安全第一、落实责任、全员参与。除了建筑物外，所有设施和物料均搬离老厂，迁入新厂，并安装就位，可投入使用。该项工作从 2006 年 8 月 18 日开始至 9 月 18 日结束，历时一个月，圆满地完成了所有搬迁任务，新厂开始运行。整个搬迁期，因为安排合理，员工给力，所以没有发生一起安全事故，丢失损坏一件财物。后来，又增添了加工中心等 CNC 新设备。

新厂建成，焕然一新，优化了工作环境，扩大了生产能力，初步实现数字化制造。为企业的两化融合，实现跨越式发展奠定了坚实的基础，使公司得以迈向更加辉煌的新征程。

（一）第一期工程

1. 建围墙

工程名称：围墙

承建单位：黄山市宝信建筑安装工程有限公司（转包小姚）

工期：2004 年 7 月 3 日—2004 年 9 月 13 日

造价：3.7834 万元

2. 建设地坪（原农田，南北高低差 0.75m）

工程名称：回填土并压实

承建单位：阳湖镇兖溪村（书记赵长林）

工期：2004 年 12 月 13 日—2004 年 12 月 24 日

造价：2.8851 万元

3. 建 1# 厂房（金工车间）

工程名称：黄山良业阀门有限公司新厂房一期工程

承建单位：徐州八一网架钢结构有限公司

工期：2004 年 12 月 20 日—2005 年 3 月 15 日

面积：2520m^2

造价：120.96 万元

4. 建办公楼（包括传达室、车库、公厕、化粪池）

工程名称：综合楼、大门、厕所

承建单位：黄山市建工集团有限公司

面积：综合楼＝1100m^2、大门＝2.62m^2、警卫室（北）＝24m^2、厕所 =33.8m^2

工期：2005 年 6 月 10 日—2005 年 10 月 10 日

造价：87.5 万元

5. 建两幢库房

工程名称：钢结构库房

承建单位：江西雄宇（集团）有限公司

工期：2005 年 8 月 20 日—2005 年 10 月 20 日

面积：600m^2

造价：34.21 万元

6. 南北大门

工程名称：南电动门、北推拉门、铁栅围栏

承建人：孙鑫华

工期：2005 年 12 月

造价：1.6 万元

7. 建配电间、道路与给排水等

工程名称：厂区道路及排雨水、配电间、南警卫室、危品库、清砂间、球场、消防水管网、生活水管网等

承建人：陈肖龙

工期：2005 年 3 月—2007 年 9 月

造价：42.6871 万元（财务提供）

8. 绿化

工程名称：厂区绿化工程

承建单位：黄山市创新园林技术有限公司

工期：2005 年 3 月 2 日—2005 年 3 月 30 日

造价：8.9624 万元

9. 配电站工程

工程名称：良业阀门 250KVA 配电安装工程

承建单位：黄山电力实业总公司

工期：2005 年 5 月 26 日—2005 年 6 月 26 日

造价：12.1 万元

10. 低压电路工程

工程名称：低压电安装

承建单位：黄山市屯溪区城东水电安装队

工期：2006 年 6 月 2 日—2006 年 7 月 15 日

造价：24.6+2.5 ＝ 27.1 万元

11. 办公楼装饰

工程名称：黄山良业阀门有限公司办公楼装饰

承建单位：黄山市鑫鼎装饰工程有限公司

工期：2005 年 12 月 2 日—2006 年 3 月 30 日

造价：35 万元

12. 喷涂生产线

工程名称：喷涂生产线

承建单位：盐城万和涂装机械有限公司

工期：2007 年 8 月 6 日—2007 年 9 月 23 日

造价：19.2－0.5=18.7 万元

（二）第二期工程

1. 建 2# 厂房（总装车间）

（1）工程名称：2# 钢结构厂房土建

承建单位：黄山市新安建筑安装工程有限公司

面积：3187.8m²

工期：2012 年 8 月 28 日—2012 年 12 月 6 日

造价：76.266 万元

（2）工程名称：2# 钢结构厂房

承建单位：江西雄宇（集团）有限公司

面积：3187.8m²

工期：2012 年 10 月 1 日—2012 年 12 月 1 日

造价：130 万元

2. 2#（加建）厂房

（1）工程名称：2# 厂房（加建）钢结构厂房土建

承建单位：黄山市新安建筑安装工程有限公司

面积：644m²

工期：2016 年 4 月 14 日—2016 年 6 月 30 日

造价：16.4 万元

（2）工程名称：2# 厂房（加建）钢结构厂房

承建单位：安徽鸿路钢结构（集团）股份有限公司

面积：644m²

工期：2016 年 5 月 25 日—2016 年 6 月 30 日

造价：22.5 万元

（三）增添新设备

卧式加工中心 2 台 =170 万元，立式加工中心 3 台 =120 万元，数控车床 6 台 =42 万元，行车 8 台 =32 万元，清洗机、空压机及锯床等 20 万元。

（四）总投资

第一期工程和第二期工程建设投资共计 640.654 万元；

增添新设备投资 384 万元。

两项投资合计：1024.654 万元。

2005 年 12 月 29 日，时任黄山市委书记王启敏，视察作者在黄山创办的企业改制后，在帅鑫工业园新建的厂区

二十四 筹建"上海良业阀门控制技术研发中心"

我于 2006 年 10 月在上海主持筹建了"上海良业阀门控制技术研发中心"。

建立研发中心的目的是：追踪国际电装的先进水平，自主研发智能化电装，实现公司产品的技术升级。

上海市距离黄山市 400 公里，领衔长三角经济圈，有着一流的人才、雄厚的科技和产业基础、发达的信息网络，并且我公司和上海的一些大专院校、科研机构、工业企业有着长期的友好往来，这是研发中心选址上海的区位优势。

筹建研发中心先后共投入 300 万元，包括购买商品房（写字楼）：上海市闸北区南山路 88 弄 1 号楼 4G 室，有三室两厅，面积 156m^2。并置办检测仪器、办公设备、生活设施等。

研发中心汇集并高薪聘用了国内资深的电装专业技术人才，如李汉武高工、徐永杰高工、陈先稳工程师、戴学祥工程师等。

研发中心借鉴世界著名电装制造商罗托克公司和澳托克公司的智能化电动装置技术，结合自身产品的特点，并先后与上海同济大学、温州西门森智能科技有限公司、苏州成科自控设备有限公司等开展合作，经过近三年的努力工作，项目研发获得成功，形成了 LK 系列智能型电动装置，包括诸多型号规格：LK10 — 18 ～ 96、LK12 — 18 ～ 96、LK18 — 18 ～ 96、LK20 — 18 ～ 96、LK22 — 18 ～ 96、LK25 — 18 ～ 96、LK35 — 18 ～ 96、LK40 — 18 ～ 96、LK70 — 18 ～ 96、LK90 — 18 ～ 48、LK91 — 18 ～ 48、LK95 — 18 ～ 48，并派生出在爆炸性环境下，由隔爆外壳"d"保护的设备和可燃性粉尘环境用电气设备，并满足外壳保护型"tD"等特殊要求的电动装置，该装置还取得国家 3C 认证，防爆标志：ExdIICT4Gb/ExtDA21IP68T130℃。防护等级 IP68（2m，2h）表示潜水深度 2m，持续时间 2 小时无进水。

该项目产品于 2009 年底实现量产。

LK 系列智能型电动装置产品的质量指标完全符合国家标准：GB/T28270–2012《智能型阀门电动装置》、GB/T24922–2010《隔爆型阀门电动装置技术条件》，技术水平可与国际名牌产品媲美，但售价只有国外产品的三分之二，该系列产品现已成为我公司主导产品之一，全年产品销售额占销售总量的 30%。

该项目的研发成功，实现了公司产品的技术升级，给企业带来了很好的经济效益，使公司能跻身于国内一流电装行业。

LK 系列智能型电动装置研发成功之后，将其先进的控制技术移植，对有 20 年生产历史的老产品 HZ 系列和 QC 系列电装进行技术改造，保留其传统可靠的机械结构，摒弃落后的控制系统，采用或部分采用 LK 系列的控制技术，使老产品焕发出新的生命力，形成了 HZ/XY、HZ/LK、QC/XY、LKQ 等简易智能型和数字整体型等系列产品，更适合市场的一般性需求，受到不同用户群体的欢迎，也产生了很好的经济效益。

LK 系列智能型电动装置项目产品获得的成果：

申请科技部科技型中小企业技术创新基金立项，创新基金无偿资助 70 万元；

国家专利局专利授权 8 项；获得"安徽省重点新产品"证书；产品商标"LIMEK 立美克"注册启用。

我从组建到工作安排，科技攻关，外协联系，亲力亲为。近三年的时光，无论赤日炎炎，还是雨雪交加，每月都要往返上海与黄山之间至少三次，与研发中心的各位专家团结协作、研究探讨，逐一解决各种难题。最终达到了预期目标，圆满完成各项任务。

2009 年末，因上海籍的两名专家年事已高，不宜继续留任，遂将上海研发中心的善后工作及其余人员撤回，并入公司技术部。至此，"上海良业阀门控制技术研发中心"落下帷幕。

二十五 黄山市最早认定的高新技术企业

1999—2022年（共24年）

2008年4月，备受科技界关注的新的《高新技术企业认定管理办法》（以下简称《认定办法》）由科技部、财政部、国家税务总局正式公布。随后，科技部、财政部和国家税务总局又联合发布了相关的《工作指引》，形成了一套新的且比较完整的高新技术企业认定政策，标志着一个新的高新技术企业发展时代的到来。

根据《中华人民共和国企业所得税法》及其实施条例有关规定，为加大对科技型企业特别是中小企业的政策扶持，有力推动大众创业、万众创新，培育创造新技术、新业态和提供新供给的生力军，促进经济升级发展，科技部、财政部、国家税务总局对《认定办法》进行了修订完善。

我公司是专业化从事阀门电动装置（执行机构）、阀门测试设备、水轮机手电动调速器等产品研发、生产和销售的国内骨干企业，本产品属于《国家重点支持的高新技术领域》，第八款"先进制造与自动化"（五）新型机械2.通用机械装备制造技术；新型高性能流体混合、分离与输送机械制造技术。

鉴于我原为机械部合肥通用机械研究所高级工程师，任中国机械工程学会阀门专业委员会委员、全国阀门标准化技术委员会委员、国际标准化技术委员会ISOTC153注册专家，对科技创新认识较深，因此对新产品研发非常重视。我决定把技术创新作为企业立足之本，发展之动力源泉。公司自创立之日起，我就成立了研发中心，并亲自挂帅新产品研发部，先后成功研发了HZ型、HQ型、QC型和XY、ZY型整体式阀门电动装置，共有四种系列型号、1080个品种规格，KFMB型阀门控制器，共五类20个品种规格，并由此派生出能够满足各种特殊需求的特种阀门电动装置。并于2002年、2003年和

2006 年成功开发了 QC 型阀门电动装置、水轮机用于电动调速器、阀门的专用测试设备——NS 型阀门扭矩连续测试装置，2009 年成功研发了新一代智能型非侵入式阀门电动装置。

目前研发部共有成员 11 人，其中高级工程师 3 人、工程师 6 人、助理工程师 2 人，均具备大专以上学历。全厂职工近 80 人，从事研发和相关技术创新活动的科技人员占企业当年职工总数的比例不低于 10%。每年研究项目不少于 6 个，大小科研成果不少于 9 个。与多家国内知名厂家建立了良好的长期合作关系，并与浙江工业大学、上海同济大学、西安交通大学、黄山学院、机械工业第一设计研究院、国家防爆电器研究所、北京机械科学研究总院、合肥通用机械研究院等机构建立长期科研合作关系。

我公司于 2006 年 10 月在上海成立"上海良业阀门控制技术研发中心"，凭借上海的地域优势和人才、信息、市场等资源优势，追踪国际先进技术，加快新产品开发和新技术的应用，使公司的技术水平始终处于科技前沿。

2012 年在黄山市组建了"黄山阀门驱动装置工程技术研究中心"。借助本地资源和人脉，依靠当地政府和员工，目前公司拥有 4 项发明专利，45 项实用新型专利。近 5 年来公司由我主持开发出的 HQ4000 大扭矩快关阀门电动装置、弹簧复位紧急切断装置、LKQ 智能型阀门电动装置、HZ/QC-XY 整体型阀门电动装置、智能一体化阀门电动装置等技术尖端产品，受到了客户的高度认可。2008 年 7 月至今，公司一直被认定为国家级高新技术企业，并先后荣获安徽省知识产权优势企业等荣誉，并通过了 ISO9001-2008 质量认证。2016 年 12 月 13 日项晓明总经理被选定为全国阀门标准化技术委员会阀门驱动装置分技术委员会委员（SAC/TC188/SC2）兼副秘书长。

为了保证产品技术的不断创新，我公司每年从销售收入中提取 6% 以上作为科研经费，近几年来公司先后四次累计投入研发资金 300 多万元，用于新产品研发和技术创新。

我公司还积极采用国际标准和国际先进标准，主持制定行业标准、国家标准。积极推行参与标准化工作，除制定多项企业标准外，并于 2008 年，作为国家标准主要起草人制定了"普通型阀门电动装置技术条件"和"隔爆型阀门电动装置技术条件"两项国家标准。2009 年，作为国家标准主要起草人参与了"智能型阀门电动装置"国家标准的制定。

HZ 型阀门电动装置是 1994 年度的国家级新产品项目，并获安徽省科技三等奖。我公司的主导产品 QC 型阀门电动装置获黄山市科技二等奖，2004 年又获安徽省高新技术产品证书，并于 2006 年获得国家科技部科技型中小企业创新基金立项无偿补助。我公司新研发的阀门专用测试设备——NS 型阀门扭矩连续测试装置，于 2007 年获得国家科技部科技型中小企业创新基金立项无偿补助。

我公司主要创新发展经验：一是全体员工特别是领导层始终都有强烈的创新意识；二是研发项目定位准确，有超前意识，符合行业科技发展和市场规律；三是创新人才和创新资金得到了充分的保证；四是创新推动了企业健康发展。

我公司的创新经验使我们深刻地认识到：创新是企业的灵魂，是企业发展的必经之路。只有不断地超越自我，企业才能勇攀高峰，赢得美好的未来。科技创新能力是公司不断发展的动力，是公司参与激烈市场竞争并立于不败地位的核心力量。

《高新技术企业认定管理办法》第十一条高新技术企业认定须同时满足以下条件：

（一）企业申请认定注册成立一年以上；

（二）企业通过自主研发、受让、受赠、并购等方式，获得对其主要产品（服务）在技术上发挥核心支持作用的知识产权的所有权；

（三）对企业的主要产品（服务）发挥核心支持作用的技术属于《国家重点支持的高新技术领域》规定的范围；

（四）企业从事研发和相关技术创新活动的科技人员占企业当年职工总数

的比例不低于 10%；

（五）企业近三个会计年度的研究开发费用总额占同期销售收入总额的比例符合如下要求：

1. 最近一年销售收入小于 5000 万元的企业，比例不低 5%；

2. 最近一年销售收入在 5000 万元至 20000 万元的企业，比例不低于 4%；

3. 最近一年销售收入在 20000 万元以上的企业，比例不低于 3%。

其中，企业在中国境内发生的研究开发费用总额占全部研究开发费用总额的比例不低于 60%；

（六）近一年高新技术产品（服务）收入占企业同期总收入的比例不低于 60%；

（七）企业创新能力评价应达到的相应要求；

（八）企业申请认定前一年内未发生重大安全、重大质量事故或严重环境违法行为。

黄山良业公司对照《高新技术企业认定管理办法》，检查企业自主知识产权、科技人员、研究开发费用、高新技术产品（服务）收入等全部符合高新技术企业认定条件。公司在我的统领下，经过全体职工的上下同心的共同努力，成黄山市屯溪区第一家获此殊荣的企业。

我重点针对企业科技人员、财务数据和科研机构等落实与企业申请材料反映内容一致；主要产品（服务）拥有自主知识产权真实、有效；研究开发费用和高新技术产品（服务）收入归集核算准确、合理、规范，研究开发项目和高新技术产品（服务）单独建账核算；研发管理活动是规范的；企业正常经营或主营业务是否变更等方面要求努力达标认证。

我公司于 2004 年为屯溪区首家获得安徽省高新技术企业称号企业，2008 年经审查后认定为国家级高新技术企业，2011 年复审、2014 年后多次重审获得通过，继续持有国家级高新技术企业资格，并享受国家有关税收优惠政策。获得国家级、省级、市级高新技术企业，每次审核通过后下发的证书号如下：

1.1999 年公司被认定为黄山市级高新技术企业，证书号：9-99011；

2.2004 年公司被认定为安徽省级高新技术企业，证书号：0434100B 799；

3.2008 年公司被认定为国家级高新技术企业，证书号：GR200834000 393；

4.2011 年公司被复审认定为国家级高新技术企业，证书号：GF2011340 00271；

5.2014 年公司被重审认定为国家级高新技术企业，证书号：GR2014340 00617；

6.2017 年公司被重审认定为国家级高新技术企业，证书号：GR2017340 00275；

7.2020 年公司被重审认定为国家级高新技术企业，证书号：GR20203400 2215。

依据中华人民共和国所得税法，国家需要重点扶持的高新技术企业享受企业所得税优惠，给予企业的是享受所得税 15% 的税率，即优惠十个点（10%）。开展研发活动中实际发生的研发费用，未形成无形资产计入当期损益的在按规定据实扣除的基础上，再按实际发生额的 75% 在税前加计扣除；形成无形资产的，按无形资产成本的 175% 在税前摊销。土地出让金减免 50%。此外，还有 10 万元奖补等鼓励政策。

1. 自认定当年起，企业可持"高新技术企业"证书及其复印件，按照《中华人民共和国企业所得税法》（以下称《企业所得税法》）及《实施条例》《中华人民共和国税收征收管理法》（以下称《税收征管法》）、《中华人民共和国税收征收管理法实施细则》（以下称《实施细则》）、《认定办法》和《工作指引》等有关规定，到主管税务机关办理相关手续，享受税收优惠。

2. 未取得高新技术企业资格或不符合《企业所得税法》及其《实施条例》，《税收征管法》及其《实施细则》，以及《认定办法》等有关规定条件的企业，不得享受高新技术企业税收优惠。

3.高新技术企业资格期满当年内，在通过重新认定前，其企业所得税暂按 15% 的税率预缴，在年度汇算清缴前未取得高新技术企业资格的，应按规定补缴税款。

该政策的制定充分考虑了在创新驱动战略引领下，对新技术、新产业、新业态、新模式、新组织、新制度的创新应用，通过市场经济发挥人力、物质、财力等要素的高效配置，利用优质产品或服务需求带动供给侧改革，实现产业升级和社会进步。

我公司 2017—2019 年度拥有企业技术研发项目 19 项、发明专利 4 项、实用新型专利 6 项、科技成果转化 23 项。这一切是因为我始终把科技创新作为企业发展的动力，引领企业勇攀行业技术高峰，通过科技成果转化为社会服务。因此可继续享受高新技术企业的优惠政策。这是对企业的首肯和鞭策，为企业的跨越式发展提供坚强的支撑平台，并有助于企业更加科学规范地运行。

二十六　荣获三次中小科技型企业创新基金立项

2006—2014 年（共 9 年）

科技型中小企业技术创新基金（以下简称创新基金）是 1999 年经国务院批准，专门用于扶持和引导科技型中小企业技术创新活动的政府专项资金。创新基金在促进中小企业技术创新，优化科技型中小企业创新创业环境等方面取得了显著的效益。黄山良业公司在我的主持下，共完成了 QC 型阀门电动装置，NS 型阀门扭矩连续测试装置，LK 智能型阀门电动装置三项创新基金立项，是黄山市获得创新基金立项时间最早，立项数量最多的企业，为企业发展获得了资金支持，实现科技成果市场化，更重要的是促进了阀门行业的技术进步。

（一）"QC 型阀门电动装置"创新基金立项

QC 型阀门电动装置申请科技型中小企业技术创新基金项目，所属领域：光机电一体化 / 工业生产过程控制系统 / 专用控制装置。取得科技部科技型中小企业技术创新基金管理中心计划无偿资助 50 万元，地方立项资助 35 万元，两项资助到位共计 85 万元，执行期为自 2006 年 5 月至 2008 年 5 月。

改革开放初期，国内应用的部分回转阀门电动装置凡有快速启闭特殊要求的，基本依靠进口。随着我国改革开放和经济建设的飞跃发展，特别是西部大开发、西气东输以及环境保护等，在大中城市为了改善空气质量，以液化气代替燃煤、燃油，解决空气污染问题，保障人民身体健康，大量液化气的贮存、运送和使用必须有管道阀门的配备。开发生产具有自主知识产权的、部分回转（单体式），快速启闭型、普通型、户外型、隔爆型、户外隔爆型以及可提供各种电控特性的阀门电动装置，以取代进口产品，已经成为国内阀门电动装置制造商面临的首要问题，同时，提高国产产品科技含量、扩大品种规格，满足国民经济快速发展的需要，进一步加快发展我国的阀门电动装置势在必行。所以，创新基金项目 QC 型（部分回转）阀门电动装置的市场需求，前景看好。

1. 创新要点：

（1）采用少齿差行星齿轮传动机构，取消了二级减速器，成为单体式结构，体积小、重量轻。

（2）快速启闭、自锁可靠。启闭时间只需 1.5 秒，尤为天然气、煤气的安全运行提供了可靠保证。

（3）采用由电动装置输出轴发信号控制的技术，省略了原有的计数器和开度指示器，因此简化机构、减少了故障。

（4）采用模块式技术：含远程控制、相序鉴别、互锁、过载保护等模块。现场和远程控制合为一体，尤其适合现场整体安装。

（5）采用将手操器、伺服放大器和无触点驱动电路合为一体的技术，能可靠地对各种调节阀进行精确控制。

2. 取得的创新成果：

（1）项目为公司自主研发，拥有完全知识产权，已获国家专利授权 4 项。

QC 型阀门电动装置获得实用新型专利，专利号：ZL200420024427.7 ；

阀门转矩限制电动装置获得实用新型专利，专利号：ZL200420079757.6 ；

阀门电动装置的防爆箱罩获得实用新型专利，专利号：ZL200420079756.1 ；

智能化阀门电动装置转矩控制部套传感器获得实用新型专利，专利号：ZL200620116985.5。

（2）项目产品获奖情况。

项目产品获得黄山市科学技术二等奖；

项目产品获得屯溪区科学技术一等奖。

3. 获得经济效益和社会效益：

通过中小企业创新基金项目的实施，QC 型阀门电动装置已形成年产 2000 台的生产能力。项目产品实现销售收入 1660 万元，缴税 190 万元，净利润 75 万元，取得显著的经济效益和社会效益。

（二）"NS 阀门启闭扭矩连续测试装置"创新基金立项

NS 型阀门扭矩连续测试装置申请科技型中小企业技术创新基金项目，所属领域：光机电一体化 / 高性能仪器仪表 / 新型自动化仪表。取得科技部科技型中小企业技术创新基金管理中心的无偿资助，执行期为自 2007 年 9 月至 2009 年 9 月。在项目的执行期，科技部科技型中小企业技术创新基金管理中心计划资助 70 万元，地方立项资助 45 万元。

阀门启闭扭矩是体现阀门综合水平的一项重要性能指标。根据国内行业调查和科技查新表明，对于阀门启闭扭矩试验、测试与研究，国内尚属空白领域，无人做过此项工作，既无显示阀门开度位置与扭矩值的对应关系的测试设备，也没有在使用现场检测阀门动态扭矩的设备。而阀门产品的扭矩、开度、转速等综合性能的测试，涉及阀门的使用性能和寿命。

由于无法了解阀门在实际工况下启闭扭矩值与阀门开度的对应关系，给阀门的设计、制造工艺、使用带来了困难，严重制约了阀门产品的技术进步和质量提升。因为缺乏扭矩实际数据，所以在驱动装置选型配套方面也经常出现问题，往往不是选择过剩造成浪费，就是扭矩选择不足，造成阀门启闭困难。

目前所有的阀门检测装置大多根据国内外的相关标准以压力表显示其试验强度和密封性能，这一简单的试验方法并不能完全反映出一种阀门在设计、加工和应用中存在的诸多问题。为了力求降低阀门关闭力和关闭力矩，考核阀门综合性能，只有对阀门启闭全过程的扭矩进行检测并得到相应的数据加以判断，才能得出合理的结论，这对设计和制造阀门显得尤为重要。

创新基金项目 NS 型阀门扭矩连续测试装置适用于阀门制造商和科研单位

及阀门使用单位对阀门或类似设备（如水轮机调节器）进行质量检测。它可以在不同的压力或工况条件下连续测试阀门或类似设备，在开启和关闭时的扭矩，包括启闭过程中的动态扭矩。利用计算机数据采集技术对阀门启闭过程中的扭矩进行采样，由计算机进行整理输出阀门启闭过程的扭矩图谱，并记录打印输出分析结果，可对阀门的启闭过程中发生的扭矩变化进行全面定量了解和阀门设计与使用过程中产生的问题进行分析，为阀门执行机构的正确选配提供依据，对影响阀门扭矩大的因素进行分析研究，以达到降低阀门操作扭矩，为提高阀门产品质量与使用寿命提供解决方法，这些对阀门的新产品开发设计、给驱动装置的合理配套选型等都有非常重要的意义。

NS 型阀门扭矩连续测试装置其特点包括人机界面、电脑控制、操作简单、测量精确、数据保存、结果显示。不仅为我国阀门产品的设计、制造和应用提供了一套品质优良的检测工具，而且是我国首次把现代传感技术和信息处理技术应用于阀门检测领域，对我国阀门行业的科技进步起到了积极的示范作用。

1. 创新要点：

（1）该装置驱动部分设有力矩保护，手电动切换且互不干涉等功能，运行安全可靠。

（2）传感器采用内贴应变片，无接流环形弹性体，线性好，精度高，寿命长。

（3）采用光电脉冲编码器为开度输出信号。编码器转动一圈，输出 4000个计数值，精度高，使开度定位、显示精确。

（4）用 P8R8DIO、LSO-LD、ENCODER300 模块为硬件，通过内部通信与电脑结合，使该装置功能强，操作简单。

（5）该装置的扭矩传感器直接与被测阀门连接，大大提高测试精度。

（6）编码器与输出轴直接连接，结构简单，开度输出精确。

2. 取得的创新成果：

（1）项目产品自主研发，拥有完全知识产权，已获国家专利授权 6 项。

阀门启闭扭矩连续测试装置获得实用新型专利，专利号：ZL200620149672.X；

阀门电动装置的精度调节控制机构获得实用新型专利，专利号：ZL200820104866.7；

一种阀门扭矩连续测试装置获得实用新型专利，专利号：ZL200920041467.5；

一种阀门扭矩弯矩连续测试装置获得实用新型专利，专利号：ZL200920040404.8；

全自动阀门电动装置试验台获得实用新型专利，专利号：ZL200920047723.1；

阀门气动启闭扭矩连续测试装置获得实用新型专利，专利号：ZL200920019397.0。

（2）项目产品获奖情况。

项目产品获黄山市科学技术奖三等奖。

3. 获得经济效益和社会效益：

创新基金项目实施产业化后，新增销售收入 588 万元，利税 150 万元。不仅给企业带来了经济效益，而且促进了我国阀门行业及使用领域的科技进步。

（三）"LK 智能型阀门电动装置" 创新基金立项

LK 智能型阀门电动装置申请科技型中小企业技术创新基金项目，所属领域：光机电一体化 / 工业生产过程控制系统 / 专用控制装置。取得科技部科技型中小企业技术创新基金管理中心的无偿资助，执行期为自 2012 年 7 月 23 日至 2014 年 7 月 23 日。在项目的执行期，科技部科技型中小企业技术创新基金管理中心资助 70 万元。

国内有部分生产的智能型阀门电动装置一般都是仿造国外 20 世纪 90 年代末的产品，技术含量低，可靠性差，不能实现有效的智能化控制。而国外生产的智能型阀门电动装置都是 20 世纪 90 年代末和 21 世纪初的产品，在我国国家重点工程应用十分广泛，技术含量高，可靠性好，但价格非常高，一般是国内产品二倍至三倍，且路途远、售后服务不能及时到位。

智能型阀门电动装置控制精度高，人机界面清晰方便，且其参数调整便利，可采用多种控制方式，可直接联网，是阀门电动装置技术发展的最新成果。智能型阀门电动装置的采用，在国外已经有了二十多年历史，进入中国也有了十几年的时间了。随着当前我国工业化的技术进步，智能化电装的需求也越来越多。通过引进消化吸收，我国智能电装也有了长足的进步。

近年来，电动装置随着微电子技术和控制技术的不断进步，得到了迅速发展，尤其是智能电动装置的出现，给快速发展的电动装置的应用拓展了空间。在智能电动装置中，数字控制技术取代了模拟控制技术，使智能电动装置性能得到了很大提高，功能日趋完善，原来在普通电动装置上只能是梦想，而在智能电动装置上得到了实现。

1. 创新要点：

（1）丰富的信息显示及人性化的人机对话界面：传统的电动装置一般不具备信息提示，所以在现场很难知道电动阀门的运行情况，特别是当出现故障时不容易诊断并排除故障。LK电动装置的运行可进行检测并将信息通过液晶显示屏显示，这样就减少了很多人为诊断过程，并能及时排除故障恢复生产。

（2）可组态的多组信号输出：智能化的多组信号输出反映出电动装置对其自身及阀门运行状态监视程度高低，传统的是以机械微动开关触点输出，输出点数有限，且以固定形式及固定的信息定义输出，在选型时如无明确要求，产品一旦出厂很难再作更改，这样不便于使用的灵活性，也不能适应强大的系统控制要求。LK电动装置有更多的信号输出点数，且对应信息定义可灵活组态。

（3）解决相序问题：当三相电源相序错误，控制开阀、关阀时与阀门的实际转向相反，将造成阀门严重损坏，所以初次安装调试时必须手动进行相序纠错，否则损坏将不可避免，但往往现场接线与调试是不同人员，常常发生没有相序纠错而使阀门损坏的情况。而LK电动装置可以不必考虑相序问题，内部电路检测接入交流电源的相序，通过逻辑运算实现自动纠错，不管怎么接线都能按正确的转向工作。

（4）电源缺相保护：三相电机一旦缺相将会烧坏电机，传统的电动装置一般不具备缺相保护。LK 电动装置对三相电源进行检测，能在动、静态下实时检测缺相是否存在，一旦缺相发生将及时进行保护，通过屏幕显示，发出报警信号。

（5）超强自诊断检测，当诊断出故障时操作将被禁止，并通过液晶显示屏显示各故障报警信息，并将信号输出给控制系统，这样对设备的安全、可靠不只增加了一层保险，也缩短排除故障的时间，使故障诊断实现智能化，这是传统产品所不具备的。

（6）可修改的参数设定：传统电动装置一般出厂后参数是不可改的，LK 电动装置彻底改变了这种局限性，它通过内部程序实现设定，可随时进行参数的修改，不管是初装还是使用过程中都可进行修改，使得设备发挥其强大的灵活性。

（7）非侵入隔离密封：传统电动装置现场操作按钮一般采用贯通轴，所以密封性能较差，LK 电动装置采用非侵入式设计，操作按键与内部电路完全隔离，使得密封问题得到彻底地解决。实现了免开盖设定、操作、查询。

（8）具有接收现场总线与无线控制的能力：实现了通过现场总线和无线的方式对阀门进行开关以及开度控制，还可以采集阀门的各种参数，对阀门运行状态进行监测。

2. 取得的创新成果：

（1）项目产品自主研发，拥有完全知识产权，已获国家专利授权 8 项。

一种智能型阀门电动装置控制单元获得实用新型专利，专利号：ZL2014 20387596.0 ；

阀门紧急切断装置获得实用新型专利，专利号：ZL201420387617.9 ；

阀门紧急切断装置获得实用新型专利，专利号：ZL201420388425.X ；

一种大力矩部分回转阀门电动装置的控制系统获得实用新型专利，专利号：ZL201320366198.6；

电子编码器获得实用新型专利，专利号：ZL201320121684.1；

现场总线与无线控制的阀门电动装置获得实用新型专利，专利号：ZL200920019397.0；

一种非侵入式智能型阀门电动装置获得实用新型专利，专利号：ZL200920181030.1；

智能化阀门电动装置转矩控制部套传感器获得实用新型专利，专利号：ZL200620116985.5。

（2）项目产品获奖情况。

该项目产品获得 2013 年度安徽省重点新产品证书；

该项目产品获得 2013 年度安徽省科技厅高新产品认定。

3. 获得经济效益和社会效益：

实施产品化后，每年可实现产量 2000 台，销售额 4000 万元，利税 1200 万元，并且在此基础上，本项目的生产规模可以进一步提高，将给企业带来丰厚的经济效益。而且，LK 电动装置是实现电力、石油、化工、冶金、船舶、给排水等工业部门生产过程自动化的关键装置，必将大大促进我国阀门行业及使用领域质量水平的提高和技术进步。

二十七 加大投入，不断优化生产设备与制造工艺，带动生产优质高效

（一）投资 500 万元，把箱体车床加工，改为加工中心加工

我们阀门电动装置产品主要零件是箱体，一只箱体往往是前、后、左、右、上、下六个面都要加工。我公司 2007 年前都是用 C630 普通车床，依靠专用工装夹具来完成箱体加工的。这种加工方法存在的主要问题有：

一是劳动强度大、工作效率低下。每加工完成一种箱体，要换六次工装夹具，每完成一只箱体加工，几十公斤重的箱体在 C630 车床上要搬上搬下装卸六次。操作工人非常辛苦。

二是因为整个箱体加工过程完全依靠工人的操作完成，加工质量与操作者的心理心态、工作能力与技术水平相关，因此箱体加工质量很难保证，有时甚至会产生废品。

三是用这种方法加工的箱体装配成电动装置后，会出现噪声等影响产品质量的问题，让客户不满意。

面对上述问题，公司决定采用现代加工箱体最先进的设备——用加工中心来加工箱体。从 2007 年开始到 2021 年止，我公司合计投入 500 万元资金，陆续购买了三台卧式加工中心和三台立式加工中心，以及配套使用的工装夹具、刀具、量具等。从此，箱体加工进入了崭新的数字时代。

加工中心是一种由计算机程序控制的全自动加工设备，一次装夹可以完成上、下、左、右四个面的加工任务，第二次装夹再完成前、后两面的加工任务。

用加工中心加工电装箱体的主要优点是：真正实现了优质高效，不仅彻

底解决了箱体加工的质量问题，而且现在我们只安排三位操作工人就可以轻松地完成原来四个人的活，同时这三位师傅还分别兼管操作磨床、镗床和立车。等于现在三个人干了原来七个人的活。省下了四位技术工人，每月可以节省工资 2.5 万元，全年可节省 30 万元。

（二）投资 200 万元，实现了铸件材料及铸造工艺改造

从 1992 年公司成立到 2012 年，这 20 年间，我公司全部灰铸铁毛坯件，一直是采用手工砂型铸造的。手工砂型铸造的毛坯件的质量问题长期困扰着我们，存在的主要问题有：

一是铸件表面质量差，存在着大量披缝、多肉、砂眼等缺陷，公司被迫要雇用 2 名清砂工人，戴着防毒面具，在环境重度污染的清砂车间成年累月地工作，把所有铸件表面清理干净。

二是手工造型的铸件，存在较大的尺寸偏差，公司被迫雇用两名划线工人，在铸件机加工前先划好线，以免机器加工时出现废品。

三是手工造型的铸件尺寸同一性差，并且加工余量普遍偏大，因此在铸件上加工中心前必须先"开荒"（即先在普通车床上加工好定位基准面，再上加工中心安装定位，实现机加工过程）。

四是手工造型的铸件，内在质量差，存在着较多的气孔、砂眼、缩松、冷隔等缺陷，有时表面上看挺好的铸件，在机加工过程中就会显露以上缺陷，前功尽弃，造成损失与浪费。

五是手工造型过程中，为了从砂型中取出模型，难免要对模型敲敲打打，因此铸件壁厚与加工余量普遍偏大，导致铸件重量加重，造成浪费，增加产品成本。

六是由于采用手工砂型铸造，许多部位的箱体、箱盖或箱罩，两个铸件接合部位普遍存在严重错位，致使产品外观非常难看。

2012 年夏，受到我公司智能型阀门电动装置外壳为铝合金材料压铸工艺

启发，公司决定把老产品铸件重量较轻，体积较小的 HZ1、QC1、QC2 型电装，原来的手工砂型铸铁铸造工艺，改为铝合金压铸工艺，因为铝合金压铸工艺压出来的铸件不仅表面光洁漂亮，而且手工砂型铸铁工艺存在的上面六个问题都可以迎刃而解了。

对于 HZ2、LK40 等大规格电装的大型铸件，我亲自带队，前往河南郑州、安徽巢湖、浙江温岭等地考察后，决定摒弃手工砂型铸造工艺，改为消失模型精密铸造工艺，用该工艺产出的铸件，也能克服手工砂型铸造存在的六项缺点，外观非常好看。

实现上述铸造工艺改革，公司要投入 200 多万元，全部新开模具。尽管公司投入了巨额资金，但也取得了丰厚回报。除全面克服前述手工砂型铸造六项缺点外，还获得了以下额外惊喜：

一是新工艺产出的铸件，机加工前，铸件表面不用清砂打磨，不用划线，不用"开荒"加工基准面。因此省掉了三道工序，减少了六名操作工人，不仅每年可节省六人合计 40 万多元的工资，而且加快了物料周转时间。

二是由于新工艺产出的铸件加工余量比手工砂型铸件少得多，因此大大减少了铸件重量，经测算，每年可省铸件成本 30 万多元。

三是由于新工艺生产铸件的加工余量少，大大减少了机加工时间，降低了材料、电力、刀具等损耗。

综上所述，公司在 2012 年投入的 200 多万元模具费，三年内就可以回收了。可以说 2015 年后每年可以为公司节省 60 多万元。

（三）投资 80 万元购买与改制数控车床

从 2006 年开始我公司陆续购买了 6 台 C620 数控车床，并把三台原手动的 C630 改造成了数控车床，前后花了 80 万元，现在我们总共有 9 台数控车床，大大地减轻了工人的劳动强度，提高了加工质量与工作效率。

（四）投资 30 万元，建立空压机站与全厂供气系统

由于加工中心的工作需要压缩空气，因此从 2007 年我公司有第一台卧式加工中心开始，我们图便宜，就以每台 3000 元的价格，买了两台小型空压机。以后，随着加工中心增加到 5 台，小型空压机就增加到 8 台，那么多空压机管理与维修非常困难，经常这台空压机刚修好，另一台又坏了，不仅忙于修理，还影响生产，使车间使用部门苦不堪言。

因此公司决定投资 30 万建立空压机站与全厂供气系统。2017 年公司购买了一台 BMVF37 型永磁变频空压机以及全厂供气系统全部设备，建立供气中心，并由专业施工单位安装完成并投入使用，使我公司供气系统水平得到了提升，受到全厂操作人员的热烈欢迎。

这套供气系统的主要优点：

一是运行稳定，投入使用四年来，运行正常。

二是降低了能耗，实现了优质高效。原来的小空压机每台电机功率7.5kW，8 台空压机合计功率 60kW，采用新系统后只有一台电机，功率37kW，能耗下降了 38.3%，一年累计下来，可以节省可观电费。

三是给全厂各工种提供了气源，提高了工作效率与产品质量。除了给加工中心提供了稳定气源外，还给其他机加工人、产品装配人员、产品测试人员、包装人员等也提供了气源。

二十八　"新三板"上市

为增强企业活力，规范企业运行，为企业发展打下坚实基础，经过充分准备，公司决定在 2018 年 4 月开始进行企业股份制改造，"新三板"上市。在改制过程中碰到的主要问题有：

1. 关于注册资本

公司上市是由"律师事务所""审计事务所""券商"这三家咨询公司给我们"包装"上市的。

2018 年 4 月，"新三板"上市工作启动，经南京律师事务所审查后说，黄山良业第一份营业执照上标明的 66 万元注册资本，实际上并没有注入该笔资金的依据，要求我们必须去银行补办（补交）66 万元现金的注资手续。这实际上是要我自掏腰包 66 万元，交到银行去给公司补办注资手续。对此，我很想不通，凭啥我要白交 66 万元？

根据我的记忆：1992 年 3 月 8 日办理第一份营业执照时确实没有到银行注入现金 66 万元作为注册资本，但当时屯溪审计事务所确实派人到我公司现场审查了，看到我公司账户上有 20 多万元现金存款，同时还有土地、房产、设备等资产，因此就给我公司出具了 66 万元注册资本的审计报告，工商局也就发给我们 66 万元注册资本的营业执照了。

南京律师事务所说：当时（1992 年 3 月时），可能工商局对新公司成立时注册资本的审查也不太严格与规范，就凭当时屯溪审计事务所的审计报告，给我公司颁发了注册资本 66 万元的营业执照。但按照现在"新三板"上市的规定，必须补交现金 66 万元，补办 66 万元的注册资本手续，否则上市这一关通不过。

我很无奈，但为了上市，我只能自掏腰包 66 万元，补办了 66 万元注资手续。

2. 关于新公司名称

原来启用"黄山良业阀门有限公司"这个名字的出发点是为了阀门、电动阀门、阀门电动装置这三种产品的业务都要做。但经过多年运行的事实证明，这个想法是行不通的。因为我公司是阀门电动装置制造厂，我们产品的主要客户是阀门厂，我们去做阀门生意，必然在市场上会与阀门厂发生冲突与竞争，引起阀门厂的不满。所以多年来，我们很少做阀门生意，我们也早就有改公司名称的意图。因为我们公司并不做阀门，只做控制阀门开启、关闭的电动装置。这次公司股份制改造，正好是更改名称的好机会。

2018年7月11日，未经过我的同意，我的下属们与律师事务所的同志一同去黄山市工商局办理了名称为"黄山良业智能科技股份有限公司"的营业执照，我看完后非常不满意，因为我心里确定的名称是"黄山良业智能控制股份有限公司"。因为社会上叫"智能科技"的名字太多了，显得有些俗气。把"科技"改成"控制"更贴近我们公司产品的特征。所以两天后再去重新办理了名称为"黄山良业智能控制股份有限公司"的新营业执照。

3. 北京审计事务所在审查我们公司的往来账后，给我们砍掉了140多万元应收账款，他们的审计原则是时间在两年以上未收回的货款，一律都要核销，等于减少了我们公司140多万元资产，心里想不通。但为了上市，必须符合国家规定的账务处理政策，只能服从同意。

4. 股份制改造募股过程中的事

增强企业活力，是企业股份制改造，"新三板"上市的主要目的，募股是"新三板"上市过程中的必要步骤与必需内容。

我公司在募股开始时，有两位投资者态度很积极，一再表示愿意在黄山良业股改给予投资，我公司也给他们预留了投资份额，但到要交款的关键时刻，他们的资金迟迟没有到位。到后来，时间紧迫，券商决定不再等了，临时决定修改企业股份占比。

　　根据我们分析，是投资人对黄山这个地方缺乏信心。当然，也有想来投资的其他投资人，经我们审查后，没有同意他们入股。还有些入股投资人对我们分配的股份嫌少的，但我们没有同意再增加。总之，入股投资是投资人与企业双方的事，坚持以自愿为原则是正道。

　　5. 正式批准黄山良业"新三板"挂牌上市

　　经过公司各部门的积极努力，在"开源证券""江苏天淦律师事务所""北京兴华会计事务所"的帮助下，于 2019 年 3 月 8 日，全国中小企业股份转让系统有限公司给我公司发来了股转系统函〔2019〕744 号：同意黄山良业智能控制股份有限公司股票（代号：873243）在全国中小企业股份转让系统挂牌，标志着黄山良业在现代化管理上取得了长足的进步。

　　2019 年 6 月 22 日，黄山良业公司"新三板"挂牌敲钟仪式在北京股转公司成功举行，黄山市屯溪区副区长潘武生先生，屯溪区阳湖镇镇长汪媛女士，屯溪区金融办主任李琦先生、副主任苏纲先先生，黄山良业总经理项晓明先生，黄山良业股东孙炳赐先生等六位嘉宾，在北京全国股转公司挂牌仪式大厅敲响开市宝钟。

　　黄山良业公司入市"新三板"三年来取得了良好业绩：股改上市前的 2018 年黄山良业公司股份每股收益为 0.21 元，股改上市后的 2019 年、2020 年、2021 年每股收益分别达到了 0.33 元、0.45 元、0.62 元。与股改前的 2018 年相比，这三年的每股收益分别增加了 57.1%、114.3%、195.2%，充分显示了股改"新三板"上市对黄山良业公司带来的新活力。

二十九 从起草中国标准到起草 ISO 国际标准

我对起草制定标准情有独钟，有特别爱好。所以总是积极主动地承担起草标准的任务，特别是那些对行业发展、技术进步意义重大、难度较高的标准，我更是愿意积极担当，完成任务。例如我负责起草制定的 JB2920《阀门电动装置型式、基本参数与连接尺寸》、JB2921《阀门电动装置技术条件》、JB/T8858《闸阀寿命试验规程》、JB/TQ414《先导活塞式减压阀质量分级》、JB/T13884《阀门启闭扭矩测试规程》等许多标准都是前人没有做过的首次制定的标准。

但是上述标准都是国内标准，我内心非常想起草一个 ISO 国际标准，以填补我国阀门行业起草有关阀门的国际标准的空白。

2012 年 6 月，我作为中国阀门标准技术委员会专家之一，应邀出席在德国柏林召开的 ISO/TC153/SC2 工作会议，会议议程是修订 ISO5210、ISO5211 两项标准，受此会议启发，我当即向当时出席会议的中国阀门标准技术委员会代表团提出建议：鉴于我国已有比较健全的阀门电动装置产品标准体系，加上我们对阀门电动装置产品的长期研究，了解透

2012 年 6 月，作者在德国与著名阀门电装专家德国奥玛公司 Tobias Wasser 先生合影

彻，因此可以由我国来主持起草《工业阀门电动装置一般要求》这一国际标准。我的这个建议立即得到了黄明亚秘书长、胡军秘书的赞同，并着手推进这项工作。后因 ISO/TC153/SC2 只有修订 ISO5210、ISO5211 这两项标准的权力，不涉及制定其他标准，因而把这项工作搁置下来了。

2014 年 10 月，ISO/TC153 阀门国际标准技术委员会机构重组，取消了原来的 ISO/TC153/SC2 分技术委员会，专门成立了 ISO/TC153/WG1 工作组（工作组秘书处设在德国柏林 DIN 总部大楼），负责协调我国提出的该标准制定过程中的组织审查工作等。

到 2015 年 6 月，我国率先正式向 ISO/TC153 秘书处提交了关于制定《工业阀门电动装置一般要求》新国际标准的提案文件。2015 年 9 月，在法国巴黎召开的国际标准化技术委员会 ISO/TC153（阀门）第二届全体会议上，中国代表团详细介绍了国际标准提案的背景、过程以及范围等。经过讨论和质疑，根据中国代表团提议，在 ISO/TC153 本次会议上达成一致意见：由中国牵头起草《工业阀门电动装置一般要求》国际新标准，标准范围包括开关型和调节型阀门电动装置的一般要求，主要包括设计、试验、标志以及文件资料等要求。

为完善标准立项申报材料，2015 年 11 月，合肥通用机械研究院组织电装行业专家，在黄山召开了"工业阀门电动装置一般要求"国际标准研讨会，拉开了制定该标准的序幕。之后，在合肥通用机械研究院阀门所黄明亚所长带领下，由合肥通用机械研究院胡军执笔，由我国主持起草的该标准各阶段的"标准稿"，分别在日本、意大利、德国、法国、英国等多国多次召开的 ISO/TC153/WG1 专家审查会上反复讨论、审查。经过 5 年多努力，2020 年 1 月，该标准获得 ISO 国际标准化机构正式批准、发布。标准代号名称为：ISO22153-2020"工业阀门电动装置一般要求"，从 2020 年 1 月起，在全世界范围内实施。其间，我作为我国第一项阀门电动装置部标准 JB2921"阀门电动装置技术条件"起草人、国际标准 ISO/TC153/WG1 注册专家，全程参加了这项国际标准的制定工作，见证了该项国际标准从无到有的整个过程。

由我国主导制定的国际标准 ISO22153-2020"工业阀门电动装置一般要求"的发布，并在全世界实施，这在我国阀门电动装置发展史上具有划时代意义，并为我国阀门行业标准化工作做出了榜样。

在整个阀门电动装置国际标准的起草过程中，为我国参与起草阀门电动装置国际标准的专家们提供了许多与国外同行专家技术交流的机会，使我们对外阀门电动装置产品当前的发展状况与技术水平有了更深的了解，对引导我国今后阀门电装产品的发展将有重要促进作用。

下一步的任务是在全国阀门标准化技术委员会的安排下，尽快把这部国际标准 ISO22153-2020"工业阀门电动装置一般要求"转化为我国国家标准，使之早日在我国发挥作用。

三十 我的论著与专利

从我 1964 年参加工作至今，从业 58 年间，除早期受"白专道路""读书无用论"等社会思潮影响，没有发表或出版论著与申报专利外，从 1976 年开始就有我的论著与专利问世，一直持续到今天：共发表或出版论著 47 篇（部）；成功申请国家专利 50 多项，其中发明专利 4 项，另外还有 5 项发明专利已经进入实审阶段，正在等待结果。在论著编著、发表、出版与专利申报过程中，最值得我回忆的事情有：

1. 我的全部专利与论著内容与论点，都来源于我亲身经历的科研工作与生产实践，充分体现了从实践中来到实践中去，从理论—实践—总结提高，上升到新的理论—再实践的实践论与自然科学发展观。

2. 我最早发表的论文是《阀门电动装置标准中的一些问题》，这篇发表于 1979 年在黄山召开的"全国第一届阀门与管道学术讨论会"上的论文，是我早期对阀门电动装置的研究成果与制定标准的体会。

3. 全部论著中，最值得我骄傲的是为第一部中国大百科全书撰写了两个条目："电磁阀"与"阀门驱动装置"，分别见于 1987 年 7 月，中国大百科出版社出版的《中国大百科全书》第一版，"机械工程"卷，第 125 页、第 171 页上。

《中国大百科全书》是世界上最有影响力的图书之一，全国各省、市、大学、机关、企事业单位图书馆都有收藏。据说，世界上各主要大国国家图书馆都有收藏，美国国家图书馆也收藏了 50 册《中国大百科全书》。

撰写《中国大百科全书》条目的内容要求是：既要让有高中以上文化水平的人能看懂，又要让同行专家挑不出毛病；既要精准反映当时该条目所涉及领域的技术水平，又要写出该技术领域发展简史与今后技术发展预测。

该书出版单位中国大百科出版社对作者所撰写条目的字数有严格的控制：要求在规定字数内，既不能少写，也不能多写。条目撰写是作者经过调查研究写出初稿，反复修改后，形成条目"审查稿"，再邀请同行专家召开审读会，对条目进行逐字、逐句审读合格定稿后报送中国大百科出版社编辑出版的。

条目中的全部插图，都是由出版社指派美编室绘图师，与条目撰写作者进行深入交流、沟通后，才由美编室绘图师创作出插图，交中国大百科出版社编辑出版的。

4. 我与浙江湖州第二阀门厂唐志伟、孙鑫华联合撰写的论文《先导型膜盒式大排量疏水阀的设计与研究》，是发表于1993年"亚洲第四届流体机械学术研讨会"上的国际论文。该论文是根据我应聘于浙江湖州第二阀门厂担任技术顾问时，在该厂成功研发疏水阀产品的研究成果，由唐志伟工程师执笔，我全面审核完稿后发表的论文。孙鑫华同志时任该厂副厂长，是疏水阀产品研发项目负责人。

我们三人合写的另一篇论文是《柱塞阀柱塞与密封环配合间隙的设计与研究》，该论文发表在我国"第三届阀门与管道学术研讨会"上，并荣获论文研讨会的"优秀论文二等奖"。

5. 由我撰写的论文《阀门电动装置产品防护性能的研究》，发表在1981年8月第8期《化工与通用机械》杂志上。该论文是根据我研究多年阀门电动装置产品户外、防尘、防水、防腐、防爆等防护性能的成功经验与成果撰写而成的，是我在国内重要刊物上，首次发表阀门电动装置产品研究方面的论文，对后续阀门电动装置产品开发、试验研发与提高质量起到了重要促进作用。同时，在杨源泉主编，1992年12月出版的《阀门设计手册》的相关章节里，也全面引用了该论文的文字叙述、图片、图表等内容。

6. 由我撰写的论文《阀门驱动装置国际标准的分析对比》，发表于1982年4月第4期《化工与通用机械》杂志上。该论文系统分析对比了我国标准

JB2920 与国际标准（草案）ISO/DIS5210、ISO/DIS5211，西德标准 DIN3210，英国 ROTORK 公司，美国 LIMITOROUE 公司标准之间，驱动装置与阀门的连接形式与尺寸存在的共同点与差异。这是最早发表于国内重要刊物的，有关国际、国内的标准分析对比的论文。对后续执行与制定我国相关标准有重要参考价值。

7. 我的第一篇英文译文《止回阀与给水系统水锤现象的研究模型》，发表于 1982 年 10 月第 10 期《化工与通用机械》杂志上。后来又有《用多级降压法消除电厂调节阀气蚀》等多篇英文译文，在国内重要杂志上发表。

由于在我求学的年代，提倡中苏友好，我学的是俄语，学后长期不用，俄语也就忘得差不多了。英语是我于 1979 年 5 月，在合肥通用机械研究所参加 4 个月的脱产科技英语培训班里学习的。

我拿到由通用机械研究所颁发的"科技英语培训班结业证书"后，国家狠抓各行各业的产品质量与标准化工作，需要引进并吸收许多国外先进的技术标准、规范。我就趁热打铁，利用刚学到的英语知识，马上配合由王昌庆所长夫人——张瑛任主任工作的合肥通用机械研究所标准化室，翻译了许多美国 ANSI、美国 API、英国 BS 等国际阀门标准。标准化室把这些国外阀门标准译文汇编成册，印刷发行，供全国阀门行业阀门研究设计院所、制造厂、用户使用单位参照使用，对推动当时全国阀门行业的标准化工作与行业技术进步起到了重要作用。

仅学习 4 个月的英语，要翻译国际论文与标准，难度可想而知，但我咬紧牙关，克服困难，坚持继续翻译英文文章不动摇，最终使我掌握的英语单词越来越多，英语语法知识越来越丰富、全面，英文翻译技巧越来越成熟、灵活、熟练，从而大大提高了我的英文翻译水平、速度，为我后来翻译英文专著打下了坚实基础。

1986 年 5 月，我调离合肥通用机械研究所时，我的英文阅读与翻译能力已经达到了较高的水平。可惜，之后我来黄山办厂，近 30 年不常用英语，又忘记得差不多了。

8. 我的第一部译著，是英国著名阀门专家 G.H. Pearson（皮尔逊）编著的《阀门设计》一书，该书译后中文有 30 万字，是当时直至现在我国阀门行业阀门科技工作者的重要参考书之一。由我与合肥通用机械研究所阀门研究室同事袁玉球、陈元芳、章加炎、张洪文五人译著，于 1983 年 7 月，由安徽科学技术出版社出版，全国各地新华书店发行。

该书英文原版书，是我在天津的"连襟"，从事中学教学工作的天津解放南路中学李长立副校长，于 1974 年夏，在天津市滨江道上的外文书店里发现的。李校长告诉我后，我立马把该书买了下来带回合肥，与几位同事商量后，大家一致同意，决定翻译出版此书。

1981 年秋，该书翻译稿出来后，正好赶上一件大事：一机部通用机械研究所"双北户口"职工回北京，即 1969 年，一机部通用机械研究所从北京搬迁合肥时，夫妻双方都是北京户口的员工，可以全部回北京，去新成立的"中国通用机械工程公司"工作。在回京的同事里，就包括袁玉球、章加炎两人，他们回京前与我商定：该书后续出版、校审工作由我来完成。

该书整个编辑、审核、出版工作都是由时任安徽科学技术出版社科技图书编辑室主任孙述庆先生负责的，在孙述庆先生的精心策划、周密安排、努力工作下，我给予了积极配合，尽我之能，协助孙述庆先生把该书出版工作做好。

孙述庆先生后来荣任安徽科学技术出版社总编辑一职。但在《阀门设计》一书的出版过程中我与孙述庆先生建立的深厚友情，一直延续到今天。2018年春天，他们夫妻老两口（夫人吴老师是歙县人），80 多岁的高龄，专程从合肥来黄山看望我，可见我们的友情之深厚。

孙述庆先生非常相信我，1993 年黄山良业创办之初，就把他在池州的外甥汪胜勇托付给我，让汪胜勇来黄山良业工作。这是黄山良业公司唯一一个通过我的关系进厂的员工。汪胜勇到黄山良业后，也不辜负他舅舅孙述庆先生的期望，从 1993 年来黄山良业公司，到现在工作将近 30 年，任劳任怨，表现很优秀，不仅入了党，还是屯溪区五一劳动奖章获得者。

9. 我翻译出版的第二部译著是由美国著名阀门专家 J.L. Lyons（莱昂斯）编著的《阀门技术手册》一书。该书中文译文有 112.4 万字，于 1991 年 5 月由机械工业出版社出版，全国各地新华书店发行。

该书的英文原版书是由合肥通用机械研究所阀门研究室老主任樊力先生于 1981 年初在北京发现的，樊力先生当时已任机械工业出版社副总编一职，他告诉我们五位，英国皮尔逊《阀门设计》一书的译者说：该书内容十分丰富，希望我们翻译"阀门设计"原班人马袁玉球、陈元芳、项美根、章加炎、张洪文继续合作，完成该书翻译任务。不过，因该书涉及阀门填料垫片以及"有限元分析技术"等内容，故后来又特邀了吴树济以及合肥通用机械研究所强度室李建国工程师，来完成相关章节的翻译任务。

在译者们的共同努力下，1987 年末全书译稿陆续完成。全书译稿都集中于合肥通用机械研究所编辑部，委托编辑部完成对该书的审编组稿，并配合出版社完成该书出版工作。考虑到当时樊力先生已任职于机械工业出版社副总编，因此与编辑部的邓立文、宋东岚两同志商量后决定将该书安排在机械工业出版社出版。

由于此时的出版社已经走出了计划经济时代，按市场经济模式运行，谁想要出书，都必须要花钱。所以，在之后的近两年时间内，尽管编辑部已经完成了该书译稿的审编工作，但苦于缺少资金，机械工业出版社迟迟没能落实该书的出版计划。

1986 年 5 月 26 日，我从合肥通用机械研究所调天津第二通用机械厂工作。1990 年初，我正在给天津新力机械厂开发新产品时，编辑部宋东岚先生从合肥专程赶来天津，与我商量解决出书的资金问题。当时，我正好收到了中国机械工程学会流体机械分会关于 1990 年秋在四川乐山召开"全国第三届阀门学术研讨会"的通知，我考虑后告诉宋东岚：咱们俩同时去出席四川乐山的这次会议，在会议上我带你去向出席会议的专家代表请求：请专家代表所在单位，对该书出版经费提供赞助。

功夫不负有心人。凭我在阀门行业工作几十年的资历与良好的人际关系，在1990年秋的四川乐山会议上，我请求专家代表所在单位对该书出版经费提供赞助一事，取得圆满成功。共有东方电站成套公司阀门成套部、温州市精铸阀门厂、上海良工阀门厂、广州阀门厂、四川省自贡市高压阀门总厂、安徽省白湖阀门厂、河北省宁晋县阀门厂、天津市大站阀门厂、浙江省瓯海县耐腐蚀阀门厂、浙江省玉环县飞环阀门厂、地方国营玉环阀门厂三分厂、杭州振华锅炉辅机配件厂、福建省三明高中压阀门厂、安徽省屯溪高压阀门厂、石家庄市阀门三厂、北京海通传热技术公司、浙江湖州第二阀门厂、浙江永嘉引配阀门厂、沈阳市第一阀门厂、大连高压阀门厂、兰州高压阀门厂、辽阳电子通用仪表厂、上海阀门七厂、鞍山阀门总厂、苏州高中压阀门厂、辽阳市给排水设备公司、浙江高中压阀门厂、扬州阀门厂、广州球阀厂、瓦房店铜阀门厂、国营苏州五二六厂、长春高中压阀门厂、天津市阀门厂阀门管件研究所、湖北高中压阀门厂、重庆低压阀门厂等37家阀门厂同意赞助，合计出资近40万元。这在当年，是一笔巨款。这笔资金为J.L.莱昂斯《阀门技术手册》一书在机械工业出版社顺利出版铺平了道路。

由于该书汇集了有关阀门设计的大量文献、标准规范及技术数据，内容包括阀门设计原则、流体流动特性、水击与汽蚀、材料性能、噪声控制、管道系统设计、阀门试验、阀门安装与维修等，还重点介绍了具有现代水平的高温、低温、核工业、宇航装置等特殊工况用阀门的设计要点，以及有限元分析和疲劳设计方法在阀门设计中的应用，拥有大量图、表等广泛内容，本书内容丰富，是阀门设计师的必备参考书，也可供石油、化工、电力、核工业及宇航工业等部门从事阀门设计工作的人员参考，还可供大专院校的师生参考，因此该书于1991年出版并在全国发行后业内反响强烈，第一版印数4500册，很快就销售一空。该书市场脱销后，读者要求再版的呼声很高，我也曾多次向出版社反映，要求再版。但由于国内出版社对版权控制要求越来越严，这是一本版权属于美国的译著，难以在中国再版。

由于该书内容非常全面、实用，所以后来有不少同行朋友，要求我给他们全书复印，以供急需。2021 年 3 月 20 日，我的老朋友、我国著名阀门制造厂、上海电气阀门公司（原上海耐莱斯）蔡守连总工程师，还特地来电话，要我为他复印此书呢！但这本 112.4 万字的书，复印实属不容易！

十分幸运的是 2021 年 11 月 26 日，我在上海出席《阀门》杂志第六届技术委员会工作会议时，有缘结识了中广核的周犊先生，这小伙子非常聪明能干，26 日当晚我给他介绍《阀门技术手册》这本书后，他连夜帮我查找，第二天一早就把他找到的该书电子版发到我手机上了。从此，解决了阀门业内的这本优秀图书的"绝版"问题，使我非常高兴。

本书出版发行 30 多年来，已经为我国阀门行业的技术进步与提高阀门产品产量做出了重要贡献，并将继续做出贡献！

10. 我的第一项专利是 20 世纪 80 年代初，我应聘在江苏常州武进阀门控制厂任技术顾问时，成功研发的"QQ 型摆动式部分回转气动装置"产品技术。该技术于 1987 年成功申报了国家专利，专利号：87200435。该项目还荣获 1986 年江苏省武进县科技进步奖一等奖。

11. 我的大部分论著与专利技术，都来源于我干了一辈子、58 年没改行的主业：阀门电动装置产品的研究、设计、标准、质量监督检测等工作成果与经验的总结。这主业方面的论著约占全部论著的 58%，专利约占全部专利的 69.2%。俗话说：只要功夫深，铁杵磨成针！功夫用得深，时间久了，自然会多出经验，多出成果。我所主持研发的产品，获得的省、部级奖项有：

获奖情况（国家科技进步奖、省（部）级奖及专家类别等）

序号	获奖名称	等级	排名	角色	年份
1	吴泾年产 30 万吨合成氨完善化装置	一等		骨干	1991 年国家重大技术装备成果奖
2	阀门电动装置系列设计	三等	1	主持	1980 年一机部科技成果奖
3	XZ 系列阀门电动装置	三等	1	主持	1991 年天津市科技进步奖
4	HZ 系列阀门电动装置	三等	1	主持	1993 年安徽省科技进步奖
5	阀门电动装置形式、基本参数和连接尺寸	四等	1	主持	1983 年机械部标准成果奖
6	FS-0 型阀门寿命试验机	四等	1	主持	1985 年安徽省科技进步奖

12. 我有部分论著是根据 20 世纪 80 年代，我在合肥通用机械研究所，研究阀门寿命测试、研发阀门寿命试验机以及制定阀门寿命测试规程标准的成果编著的。

值得一提的是，在我进行阀门寿命试验时，对阀门寿命试验结束后，阀杆螺母梯形内螺纹的磨损量无法测定。对此我进行了深入的分析与理论研究，最终提出了一个测量与计算办法，并把这一办法写成了论文《阀杆螺母磨损量的测量与计算》，发表于 1985 年 1 月第 1 期《流体机械》杂志上，为我国阀门寿命试验中，阀杆螺母梯形内螺纹磨损量的测定提供了依据。

13. 我还有部分论著与专利，是 1992 年我到黄山办厂以后，长期坚持研究阀门启闭操作扭矩测试标准、研发阀门启闭扭矩连续测试装置中取得的成果与经验。我研发的 NS 型阀门启闭扭矩连续测试装置是国内乃至国际首创，荣获 2008 年国家科技部科技型中小企业创新基金项目立项，获得国家无偿补助 115 万元。我主导制定的行业标准"阀门启闭扭矩测试规程"也于 2020 年 5 月由国家工业信息化部发布执行，标准代号及名称是 JB/T13884–2020"阀门启闭扭矩测试规程"。

14. 我发表的《阀门启闭扭矩连续测试装置的试验与研究》一文，荣获 2008 年第二届中国国际阀门论坛优秀论文称号；《阀门启闭扭矩测试标准的研究》一文，该文可以说 40 年磨一剑，是历时 40 年对阀门扭矩测试研究成果的结晶，荣获 2020 年全国阀门优秀论文二等奖。

15. 我的大部分专利，是我到黄山办厂以后申报成功的。特别是 2004 年，发生郑 × 等人的"商业秘密剽窃案"后，黄山良业公司与我个人加强了知识产权与商标注册保护力度，加快了国家专利与企业商标申报速度。从 2004 年开始，黄山良业与每位员工在签订劳务合同的同时，都必须签订保密协议，公司每月还给员工发保密费 3 元，以警示每位员工，必须时刻承担保护黄山良业公司商业秘密的责任。鉴于黄山良业公司在企业专利工作中的突出表现，2008 年 4 月公司荣获"黄山市第一批专利试点企业先进单位"称号；2009 年 1 月又荣获"黄山市企业专利试点示范单位"称号。

与此同时，于 2004 年由国家工商行政管理局批准注册了"良业"牌商标；2010 年，又批准注册了智能型电装使用的"LIMEK. 立美克"牌商标。

16. 由我参加编写，最早出版的两本中文阀门著作是《赴日阀门考察报告》与《赴日阀门考察技术资料》。这是 1977 年 10—11 月，由我参加的我国首个赴日阀门考察小组成员，根据考察记录编著的，于 1978 年由一机部通用机械研究所出版，在全国阀门行业发行。

这两本书内容十分全面、丰富，全面反映了当时国际阀门技术的先进水平。

这两本书的出版发行，受到了全国阀门行业工程技术人员的热烈欢迎。在闭关锁国的年代，这两本书成了畅销书，很快就抢购一空，可见当时业内工程技术人员对阀门新技术的渴望。后来，业内开发的不少新产品，都引用了这两本书中介绍的技术。这两本书中的某些内容，至今对行业技术发展仍有参考价值。

17. 我最近编著完成的著作是《黄山良业智能控制股份有限公司大事记》一书。

从 2010 年开始，我每年都安排技质部严少强工程师，平时注意汇集记录公司发生的大事，到年底汇总成文后，发各部门征求意见、修改补充，最终由我审查定稿当年的大事记。此项工作一直坚持到现在。

可惜从公司成立的 1992—2009 年，这 18 年的大事记一直都是空缺，令人十分遗憾！

2019 春节后，我下决心要补上这 18 年大事的空缺。后经我在公司档案室查阅了大量文字资料，以及我自己的工作日记、自存文件资料，经过整整三个月的努力，终于把 1992—2009 年这 18 年公司大事记补齐了。

如今已经形成了 1992—2021 年共 30 年的《黄山良业智能控制股份有限公司大事纪》一书，该书可以作为向公司成立 30 周年献礼的重要礼物。

该书详尽地记录了公司发展的历程，是了解与研究黄山良业公司发展历史的重要史书。

18. 论文《中国阀门电动装置行业发展史》，发表于《阀门用户》杂志 2021 年第 3、4 期，这是我的一篇回忆文章，从 1964 年到一机部通用机械研究所参加工作到今，58 年了，从没有改行，做好了阀门电动装置这一件事，这篇论文是这段历史的真实写照，把它奉献给后人，使我内心非常欣慰！

该论文发表后，在业内引起了强烈反响，并荣获该杂志 2021 年度 "优秀论文" 称号。在优秀论文评选中，阀门业内资深专家对该论文评价说：

作者是我国阀门驱动装置设计的鼻祖之一，为我国阀门驱动装置技术水平的提高做出了重大贡献。他回顾总结了分阶段研发过程，以及研发的艰辛历程，读来使人肃然起敬。近 80 岁高龄仍奋斗在科研生产一线实在难能可贵。特别是作为标准主要研制人员起草了我国主导的第一个阀门国际标准 ISO22153–2020《工业用阀门 电动装置 一般要求》，为中国阀门行业赢得了荣誉，引领了世界阀门驱动装置的技术方向。这在我国阀门电动装置发展史上具有划时代意义。

本文全面系统地介绍了我国阀门电动装置从无到有、从小到大的发展过程，从理论到实践剖析了阀门电动装置的设计原理和结构特点。他带领的科研团队将国外先进阀门电动装置进行认真的分析研究，消化吸收，结合国内实际情况，研制了多款具有国际先进水平的阀门电动装置，解决了我国关键阀门电动装置长期依赖进口的问题。

作者以半个多世纪的亲身经历和实践，记录总结并凝练成此文奉献读者，它不仅有助于相关人员全方位了解认识阀门电动装置的现在和以往，同时也具有相应的参考和史料价值。作者对阀门电动装置技术、标准、制造、试验、应用等方面不断追求探索的精神更值得电动装置技术从业者学习。

该文系统地介绍了我国阀门电动装置的产生和发展过程，记载了不同时间节点上所取得主要成就并给予重点说明。文中内容涉及早期的多方协作，知名电动装置厂家的成长壮大、各类产品的不同特点、技术研发的艰辛过程、标准体系的建立完善、工艺装备的更新进步，等等。文章的主题明确、内容丰富，读后印象较深。

本文叙述了我国阀门电装行业半个多世纪的发展历程，针对起步到发展，直至不断提高的各个阶段，分别进行综述性回顾与分析，对回望行业发展历程具有较好的参照作用，同时对进一步展望未来、提高民族自信具有现实意义。

作者以其自身经历详细介绍我国阀门电动装置的发展历程，介绍了我国阀门电动装置从无到有先后经历的起步、发展和提高三个阶段，文章针对阀门电动装置发展的历史阶段，从生产企业、产品状况、技术水平、行业发展等各个方面，全面记载了我国阀门电动装置发展的历史进程，总结了各个历史时期阀门电动装置的发展特点和经验教训，是一篇全面反映我国阀门电动装置近60年发展历程的好文章。

还有读者评语：该文将历史予以记录，比较全面地叙述了我国阀门电动装置的发展史，对现在的中、青年技术人员来说是非常宝贵的一笔财富。

19. 新编《阀门设计手册》一书，是我参加编著的一本已完成的书稿，但尚未出版的书。

2018年初，我接到现在阀门行业知名专家，时任江苏神通阀门股份有限公司总工程师张清双先生的电话，邀我参加新编《阀门设计手册》一书，具体负责编著书中的"阀门驱动装置"这一部分。电话里，我没有推辞，愉快地接受了这一编书任务。之后，张总还给我转来了许多阀门选配电装的选型资料供我参考。

我接受了编书任务后，不敢怠慢，马上查找、阅读、研究了大量有关的书籍与资料，在公司汪国建总工程师与严少强工程师的帮助下，经过半年时间的努力，终于在2018年8月31日，将我承担编著该书的"阀门驱动装置"部分完稿，交给了张清双先生。

该书原定2019年在化学工业出版社出版，但当时因为某种原因暂时搁置。可喜的是2021年11月26日，我与张清双先生在出席上海南翔召开的《阀门》杂志第六届技术委员会工作会议时，张清双先生告诉我明年（2022年）该书一定出版。我期待着该书早日出版，与读者见面。

20. 编著《回眸八十春》一书。这是我从2019年开始，用近三年时间写成的一部描写我一生经历故事的著作，2022年由中国出版集团现代出版社出版。

我今年八十岁了，我走过这八十年的人生感悟是：做人必须具备一种"刻苦学习，吃苦耐劳，坚韧不拔，不断创新，抓住机遇，奋力拼搏，不达目的，誓不罢休"的精神！这种精神不断激励着我，创造了我的充实、美好的人生。任何人只要具备了这种精神，就什么人生目标都能达到！

我写本书的目的就是要把这种精神传承给后人，激励后人都能在不同的工作岗位创造自己最美好的人生。

三十一　财产分割纠纷案与商业秘密剽窃案

我从大学毕业走出校门后一直是一名科技工作者，由于工作单纯，所以从来没有与公检法打过交道。没想到下海办厂后，竟发生了多起涉及法律的案件，最重大的是"财产分割案"与"商业秘密剽窃案"。

（一）财产分割纠纷案

自 1992 年 2 月 17 日我正式到黄山市屯溪仪表厂开发电装产品开始，由于人生经历上的差异，加上办厂理念上的区别，我与当时仪表厂陈重庚厂长的分歧较多，发展到后来，严重影响工作。因此我多次向上级党委如实汇报情况。

在上述情况下，阳湖镇政府于 1994 年 1 月 24 日，下发阳政字（94）第 6 号《关于组建新安机电股份（集团）公司决定的通知》：经研究决定，以黄山特种阀门控制设备有限公司与黄山市屯溪仪表厂为基础，组建黄山市新安机电股份（集团）公司。新组建的集团公司为股份合作制的法人企业，实行独立核算，自负盈亏。其下属二级法人企业有黄山特种阀门控制设备有限公司、黄山市屯溪仪表厂、黄山市新安机械器材厂。公司内部经营管理办法、机构设置以及与下属企业的相互关系，由集团章程作出决定。为使该公司的组建工作迅速顺利进行，决定暂由陈啸鹤同志兼任董事长，汪志平同志兼任监事会主任，陈重庚同志任总经理，余虎卿同志任副总经理，项美根同志任阀门公司经理，凌顺禧同志任仪表厂厂长，器材厂厂长人选待定。

根据上述决定，黄山特种阀门控制设备公司虽然名义上是二级法人企业，但实际上仅是个生产车间，没有财权、人事权等影响企业发展的基本权益。因此我继续多次向上级党委反映，要求黄山特种阀门控制设备公司成为独立的法人企业。

最后，我的要求得到上级政府允许，于 1994 年 5 月 4 日，阳湖镇政府下发阳政字〔1994〕第 22 号《关于阀门公司为独立法人企业的通知》。通知指出：为便于总公司与阀门公司各自的管理与发展，根据总社提议，经研究决定从即日起"黄山特种阀门控制设备公司"作为独立的法人企业从新安机电总公司划出。自筹建阀门公司始，属于阀门公司项目发生的债权、债务及经营效果均由黄山良业公司独立承担责任。有关分割事宜由合作总社负责牵头妥善处理。

5 月 23 日，镇党委召开新安机电公司财产分割会议，从移交表中发现我公司欠机械器材厂 31 万余元，但该款来历不明，本公司无法确认此笔债务。

1995 年 1 月 20 日春节前夕，陈重庚以我公司不还 31 万元欠款为由，事先没有通知任何人，趁阀门公司放假期间、法定代表人项美根回天津过春节不在厂之际，擅自将我公司供销科室、传达室和职工食堂管理员办公桌在内的多个办公室，用防盗铁门封闭办公室大门，严重影响我公司节后正常生产经营活动。

1995 年 2 月 24 日，经我公司汪棣柏、毕凤蓉等财务人员全面核对机械器材厂（当时已改名为昱兴机电公司，法人陈重庚）移交我公司的账目及全部单据、凭证（包括发票、收据、白条）后，机械器材厂尚欠我公司债务 112946.92 元。机械器材厂与阳湖经济合作总社签订"民营协议"中所列我公司欠器材厂 311310.72 元，既无事实根据，也未经我公司认可，是子虚乌有的。

企业从 1994 年 5 月分割后矛盾突出，扯皮没完没了。陈重庚经常跑到我办公室，催要那毫无根据的 31 万多元"欠款"。消耗公司领导主要精力，干扰了企业工作。

我公司对昱兴机电公司（机械器材厂）的"催款"忍无可忍，于 1995 年 4 月 24 日上诉黄山市中级人民法院，请求判令：1. 被告昱兴机电公司通过分账后欠我公司债务 112946.92 元，偿还本金，并承担债务利息。2. 本案的全部诉讼费、审计费由被告承担。

对于我司的诉讼，被告昱兴机电公司于 5 月 1 日向市中级人民法院递交了"民事答辩及反诉讼"，反诉讼我公司应支付其债权人民币 31 万余元，并承担欠款利息。其理由是：1994 年 9 月 7 日，阳湖经济合作总社与陈重庚签订的《关于原机械器材厂转民营的协议》中，明确列入阀门公司欠款311310.72 元。我公司对以上反诉讼答辩认为《关于原机械器材厂转民营的协议》所列欠款 311310.72 元，既无事实依据，又无阀门公司认可，因此是非法的，无效的。后来，可能是因为昱兴机电公司对自己没有信心，竟以没钱交诉讼费为由而撤诉了。

1996 年 7 月 7 日，黄山市中级人民法院就我公司告昱兴机电公司欠特种阀门公司 112946.92 元债务一案下发"民事裁定书"，主要内容如下：

本院认为，黄山特种阀门公司从昱兴机电公司划出成为独立法人企业，双方在账务分割上发生债务纠纷，在此期间原阳湖镇经济合作总社又将昱兴机电公司（原屯溪机械器材厂）转为民营企业。为此，原告黄山特种阀门公司于 1995 年 4 月 24 日向本院起诉，请求判令被告偿还其债务 112946.92 元及该款利息。本院在审理中，委托黄山市屯溪审计事务所审计为：原机械器材厂共欠黄山特种阀门公司 117147.46 元。后经双方的主管部门主持调解，并于1996 年 6 月 24 日达成调解协议。为此，原告黄山特种阀门公司向本院申请撤回起诉，并承担了审计费 3000 元。依据《中华人民共和国民事诉讼法》第一百三十一条第一款、第一百四十条第一款（五）项之规定，裁定如下：准许原告黄山特种阀门公司撤回起诉。案件受理费 3770 元，其他诉讼费 1300元，合计 5070 元，均减半收取计 2535 元，由原告黄山良业公司负担。

我们之所以同意调解，撤回起诉，其根本目的：一是"以金钱换取和平"，以我公司放弃 112946.92 元债权，来取得今后安定的企业经营环境；二是原来我与陈重庚是老朋友，将来低头不见抬头见，所以选择"和为贵"。

（二）商业秘密剽窃案

我作为一名从事科研工作出身的工程技术人员，深知培养人才对办好企业的重要性，因此在 1999 年企业改制前后，陆续录用了郑×、陈××、凌×、张×等多名分别为机械制造与电气自动化的大专毕业生，充实公司技术力量。

从 2002 年春节后开始，由我亲手培养并委以重任的郑×、陈××、凌×、张×等人先后以各种借口离开我公司，并先后成立"合肥奥马阀门控制技术有限公司"和"黄山奥马阀门有限公司"，利用窃取我公司的图纸技术资料和供销渠道，生产并低价销售同样的电装产品，还扬言要挖走我公司除个别人外的全部骨干人才，要置我公司于死地。我公司忍无可忍，于 2004 年 1 月 18 日，向黄山市公安局报警称：我公司原职工郑×等五人窃取公司的商业秘密，给公司造成 200 余万元的经济损失，要求立案侦查。

我公司报案后，黄山市公安局党委非常重视，副局长钱丰批示：要立即侦办。经市公安局经侦人员的努力，破案时机成熟，2004 年 4 月 7 日在合肥经侦支队的配合下，将陈××、张×抓获归案，并查封了合肥奥马公司。随后又通过做工作，迫使郑×、凌×相继投案自首。之后，郑×等犯罪嫌疑人如实交代了利用在良业公司工作的便利，通过密谋窃取了良业公司的技术资料，并利用该资料，在合肥生产同类产品低价销售的犯罪事实，与搜查所得的证据印证。

2004 年 3 月，黄山市公安局委托安徽省质量检验协会，对良业公司生产的 HZ 系列阀门电动装置与奥马公司生产的 AMZ 系列阀门电动装置相似程度进行鉴定，2004 年 4 月 2 日省质检会做出皖质检字〔2004〕9 号《鉴定报告书》，结论为：结构形式相同，关键零部件可互换。

之后，黄山市公安局又委托合肥通用机械研究所，对良业公司生产的 HZ 系列阀门电动装置与奥马公司生产的 AMZ 系列阀门电动装置的图纸进行鉴定，

2004 年 4 月 9 日合肥通用机械研究所做出鉴定报告，结论为：图纸相同。

2004 年 5 月 21 日，黄山市公安局根据市人民检察院批准，正式逮捕了郑×、陈×× 二人，张 ×、凌 × 依法取保候审。之后，此案即进入诉讼程序。

为了进一步取证，6 月 28 日，受黄山市公安局委托，上海科华资产评估有限公司对郑 ×、陈 ××、凌 ×、张 × 等涉嫌非法获取和使用商业秘密权利人黄山良业阀门有限公司造成经济损失的价值进行了评估，并出具了评估报告。评估结论是给我公司造成经济损失人民币 1370497.78 元。

2004 年 7 月 16 日，安徽省民协与安徽省政府法制办法律咨询服务中心联合主办了"民营科技企业维权与发展"沙龙。省民协所属 30 家会员单位主要负责同志和安徽省有关部门领导参会。沙龙就黄山良业阀门有限公司商业技术秘密被盗案件，对民营科技企业知识产权、商业技术秘密保护工作的重要性，健全完善维护民营科技企业知识产权、商业秘密和政策环境的必要性和紧迫性，民营科技企业自身加大学法、用法力度，增加保密意识、强化保密措施、提高防范能力等维护民营科技企业权益、促进民营科技企业健康发展等内容进行探讨和交流。与会各部门领导和负责侦破黄山良业阀门有限公司商业秘密被盗案件的黄山市公安局、检察院部门负责同志分别在沙龙上发表了讲话。我以"一个外来投资者的呼吁"为题也在沙龙上发言。

为维护公司合法权益，防止不法分子恶意侵害，8 月 28 日，公司下发良阀字〔2004〕第 15 号《关于图纸等技术资料管理的补充规定》，要求全体员工知法守法，自觉维护公司合法权益，恪守《保密协议》，严格执行本补充规定。

为了进一步取证，2005 年 9 月底，公诉机关委托北京司法鉴定中心对良业公司的 HZ 系列阀门电动装置技术图纸是否属于技术秘密进行鉴定。北京司法鉴定中心于 2005 年 10 月 13 日作出京九鉴字第 18636 号《报告书》，结论为：良业公司的 HZ2、HZ2B 型阀门电动装置及 HZ1、HZ1B 型阀门电动装置图纸的技术信息属于该公司的技术秘密。

2005 年末，黄山市屯溪区人民法院作出〔2005〕屯刑初字第 105 号刑事判决书指出：本院认为，被告人郑 ×、陈 ××、张 ×、凌 × 采用非法手段，获取企业的商业秘密，给权利人造成重大经济损失，其行为已构成侵犯商业秘密罪，且属共同故意犯罪，依法应予惩处。屯溪区人民检察院起诉指控被告人郑 ×、陈 ××、张 ×、凌 × 侵犯商业秘密罪名成立，本院予以支持。判决如下：

一、被告人郑 × 犯侵犯商业秘密罪，判处有期徒刑一年零六个月，并处罚金人民币 15000 元。

二、被告人陈 ×× 犯侵犯商业秘密罪，判处有期徒刑一年零六个月，并处罚金人民币 15000 元。

三、被告人张 × 犯侵犯商业秘密罪，判处有期徒刑六个月，缓刑一年，并处罚金人民币 10000 元。

四、被告人凌 × 犯侵犯商业秘密罪，判处拘役六个月，缓刑一年，并处罚金人民币 5000 元。

之后，被告不服判决，上诉到黄山市中级人民法院。2006 年初，黄山市中级人民法院以〔2006〕黄中法刑终字第 00021 号判决书作出终审判决，维护了黄山市屯溪区人民法院的刑事有罪判决。

继黄山市中级人民法院的刑事有罪判决，我公司有权向法院对被告提起经济赔偿诉讼，但我考虑到郑 × 等被告人都是年轻人，并已经服罪认罚，就放弃了索取经济赔偿的权利，使处理更加人性化，以求得在黄山更加平安的经营环境。

在两案审理中，给我留下印象最深的是黄山市中级人民法院经济庭胡永贞庭长，以及屯溪区人民检察院的谢一鸣检察官，这两位同志热情、认真、负责的工作作风，至今难忘。

三十二　我的周游世界旅游梦

我从小就爱好旅游，渴望有机会常去看看外面的世界，增长见识。因此，从学生时代起，只要学校组织春游，我都会非常高兴，积极参与，到现在80岁了，我可以说基本上游遍了全中国，周游了大半个世界。

（一）国内游

我大学毕业到通用机械研究所工作后，因为工作需要经常出差到全国各地，所到之处，我都会在百忙之中抽空去参观当地的名胜古迹、著名公园、博物馆、历史陈列馆等。几十年下来，我已经游遍了国内（除新疆外），包括港、澳、台、西藏在内的所有省、直辖市、自治区、特别行政区。

在这几十年的国内游中，让我记忆最深刻的景点有：

北京故宫博物院、颐和园、天坛，承德避暑山庄，台北"故宫博物院"，沈阳故宫，拉萨布达拉宫，吉林伪满洲国皇宫，南京民国总统府；

内蒙古呼伦贝尔大草原、北国边陲满洲里通往俄罗斯的"国门"、南国广西东兴通往越南的"镇南关"（现"友谊关"）；

乘坐贯穿青藏雪域高原的青藏铁路，从西藏拉萨贡嘎机场乘飞机到西安；

从东边渤海之滨的"天下第一关"——山海关，经过黄崖关、居庸关、八达岭到西端"天下第一雄关"——嘉峪关等边关隘口的万里长城，西安秦始皇陵兵马俑、福建土楼、洛阳龙门石窟、南京古城、西安古城、湖北荆州古城、崖州古城；

佛教名山浙江普陀山、安徽九华山、四川峨眉山，道教著名四川成都青城山、安徽齐云山、湖北武当山；

北起大连星海公园沙滩，一直沿海南下到广西北海银滩、海南三亚湾沙滩；

从上海黄浦江十六铺码头，到重庆朝天门码头的长江；

五岳泰山、嵩山、衡山，黄山归来不看岳的黄山，江西庐山、井岗山、东北第一山"千山"，浙江雁荡山，福建武夷山，天津京东第一山——盘山、云南大理苍山、丽江玉龙雪山、台湾阿里山，桂林象鼻山，海南五指山，浙江浦江仙华山，广东肇庆七星岩、鼎湖山，浙江天目山、莫干山；

郑州二七纪念塔、开封开宝寺塔（铁塔）、杭州六和塔、高邮镇国寺塔、苏州虎丘塔、湖州飞燕塔、浙江浦江龙德塔；

四川成都著名古代水利工程"都江堰"、安徽歙县古代水利工程渔梁坝、南岭山脉崇山峻岭中连接湖南湘江与广西漓江的古代人工渠"灵渠"、现代世界最大水利工程葛洲坝、青海李家峡水电站；

太湖、鄱阳湖、洞庭湖、巢湖、洪泽湖、青海湖、昆明滇池、大理洱海、东北长白山中的火山湖镜泊湖、安徽太平湖、浙江千岛湖、台湾日月潭、无锡鼋头渚、杭州西湖、南京玄武湖、扬州瘦西湖、内蒙古呼伦湖、瑶琳仙境、宜兴张公洞、桂林山水、阳朔山水、浙江海宁盐官钱塘潮、内蒙古红花尔基国家森林公园；

浙江嵊泗列岛，浙江玉环岛、玉环大鹿岛，浙江温州洞头岛、南麂岛，海南三亚分界洲岛，厦门鼓浪屿；

毛主席纪念堂，秦始皇陵，武则天陵，南京中山陵、明孝陵，山东孔府、孔庙、孔林，沈阳北陵、东陵；

扬州大明寺、平山堂，洛阳白马寺，杭州灵隐寺，嵩山少林寺，苏州塞山寺，北京卧佛寺，青海塔尔寺，拉萨大昭寺，镇江金山寺，陕西法门寺，天台清国寺，南京西霞寺，福建普陀寺，天津大悲禅院，乐山大佛，南阳医圣祠，柳州柳侯祠，开封相国寺，江苏高邮镇国寺，开封龙亭、禹皇台，成都杜甫草堂，武侯祠，天津蓟县独乐寺，上海城隍庙；

湖南岳阳楼、湖北黄鹤楼、嘉兴烟雨楼、南昌滕王阁、山东蓬莱阁、长沙爱晚亭、安徽醉翁亭；

上海古猗园，苏州拙政园、留园、怡园，无锡梅园，扬州个园、何园，天津杨柳青赵家大院；

浙江浦江上山万年稻谷文化遗址、浙江余杭良渚文化遗址、浙江余姚河姆渡遗址、湖州南浔嘉业堂（藏书楼）、宁波天一阁（藏书楼）；

井冈山红军旧址、八一南昌起义旧址、南京雨花台、上海嘉兴南湖中共一大旧址、安徽泾县云岭新四军旧址、河北西柏坡中共中央旧址、抚顺战犯管理所、侵华日军南京大屠杀同胞纪念馆；

香港迪士尼乐园、澳门赌场、天津滨海航母主题公园；

上述所有旅游景点中，最让我震撼的：

一是被联合国列入世界文化遗产的万里长城。万里长城是中华民族智慧的结晶，从春秋战国时代各国为了设防开始修建，到明代历代所建长城总长度达 2.1 万公里。最后建成保存较完好的明代长城也有 8851.8 公里。现存长城文物本体包括长城墙体、壕堑 / 界壕、单体建筑、关堡、相关设施等各类遗存，总计有 4.3 万余处（座 / 段）。

整个长城都是沿着山脉走向，建在山脉最高处的山脊上的，古代没有起重运输设备，那么多建筑材料，那么多建设人员的生活物资要送到每座山的最高点，要付出多么大的人力，甚至鲜血与生命的代价啊！

二是参观了满洲里通往俄罗斯的国门与广西东兴通往越南的镇南关后，非常敬仰中华民族的代代先祖们，为了开拓我国疆域流血牺牲，前赴后继所做的艰苦努力。深深体会到我国的神圣领土永远一寸都不能丢！更深刻体会到要捍卫我们伟大祖国的领土，唯一的办法是必须把我们的祖国建设得强大，强大，再强大！

三是 2010 年 8 月我去西藏拉萨，进藏时乘坐的是从兰州到拉萨的青藏铁路。青藏铁路是世界铁路建设史上的一座丰碑，青藏铁路推动西藏进入了铁路时代，密切了西藏与祖国内地的时空联系，青藏线大部分线路处于高海拔地区和"生命禁区",青藏铁路建设挑战了三大世界铁路建设难题:千里多年冻土的地质构造、高寒缺氧的环境和脆弱的生态。一路看着铁路两侧青藏高原上的草原、牛羊、雪山等风光,特别是途经可可西里无人区时的情景,真把自己感动到流泪,中国铁路工人建造这条天路太不易了,对此自己内心深处深感作为一个中国人由衷的高兴!

四是我离开拉萨时,乘坐的是从拉萨贡嘎机场飞往西安的飞机。拉萨贡嘎机场是建在雅鲁藏布江边河滩上的一座机场,飞机沿着跑道向东起飞后,一直在雅鲁藏布江的河谷里向上爬升,飞机两侧都是高耸入云的巍巍群山,飞机经过几分钟飞行,爬高到超越两侧的高山的高度后,才拐往东北方向飞往西安,此时从飞机窗户往下看,映入眼帘的全部是连绵不绝的雪山,飞机几乎在雪山顶上擦山而过,我的手如果可以伸出飞机,似乎随时可以触及雪山。整个飞机的起飞过程,真是太刺激了,那情景令我终生不忘!

(二) 国外游

我早在 1977 年就随赴日阀门考察团到过日本,改革开放后国门敞开了,让我有了更多的出国机会,特别是从 2012 年,我应聘为国际阀门标准化委员会 ISO/TC153 注册专家后,连续七年出席国际标准化委员会 ISO/TC153 工作会议,更为我有更多时间走出国门,去认识世界,欣赏世界风光创造了条件。因此,到目前为止我已经到达过的国家有日本、韩国、马来西亚、新加坡、美国、加拿大、古巴、澳大利亚、新西兰、瑞士、意大利、法国、德国、英国等。

我虽然去了不少国家,但离我的既定目标相差甚远。影响我完全实现周游世界旅游梦的主要障碍,是我老伴胡玉兰身体:一是她易晕车,特别怕长时间乘坐汽车或旅游大巴;二是她心肺不好,坐飞机时经常憋气。因而,她不能经常陪伴我去周游世界。

如 2012 年夏天,我已经与旅行社签好合同,付完款,计划去俄罗斯、芬兰、瑞典、挪威四国旅游，后来被胡玉兰活生生地注销合同，让此次四国游泡汤，真是遗憾啊！但我也很无奈。

还有一次是 2018 年 10 月她跟我去英国旅游时，从北京一上飞机就感到憋气，当时乘坐的是英国航空公司班机公务舱，飞机上的服务员见到她憋气后非常重视，乘务长亲自找来氧气瓶给她吸氧后，情况才有些缓解。下飞机时，英国航空公司还特地安排专人，推轮椅让她顺利下飞机。

下飞机出了机场后，就在我们打的去宾馆的半路，胡玉兰就开始晕车，逼着司机停车后下车休息，休息好了再走，走一段路后又晕车……就这样走走停停，花了两个多小时才到宾馆。当天晚上，她躺在床上，还跟我闹着要放弃旅游计划，第二天就回中国呢……真把我折腾得够呛！苦口婆心，好说歹说，才把她的心情稳定下来，我心里想下次再也不带她出门旅游了！可是少年夫妻老来伴，不带她，我一个人去旅游还有什么意思呢？

总之，每一次出门旅游都要给她说好话，哄着她答应为止。这两年我向胡玉兰提出了许多国外旅游目的地的建议，都被她一一否决了。这就是我实现周游世界旅游梦的重大阻碍。现在，我都 80 岁了，看来，我的这个梦想是无法实现了。

下面，来叙述一下我对我所去过国家的印象：

1. 我曾于 1977 年、2005 年、2016 年、2018 年、2019 年，五次去过日本。

第一次是 1977 年赴日阀门考察。

第二次是与胡玉兰一起去她外甥女徐媛在日本的家里过 2005 年春节。春节前我们跟当地旅行社去了日本东京、箱根、京都、大阪等地旅游；春节后，徐媛带着她女儿秀秀以及我、胡玉兰、徐家吉、胡香兰开专车去了福冈、别府、鹿儿岛等地温泉游。

第三次是 2016 年去日本出席国际阀门标准化技术委员会 ISO/TC153 工作会议。

第四次是 2018 年 11 月 8 日出席安徽省民协活动，乘"海洋量子号"邮轮从上海出发去日本长崎旅游。

第五次是 2019 年 7 月 10 日带胡玉兰乘"海洋量子号"邮轮从天津出发去日本福冈旅游。

前两次去日本时，去旅游的地方较多，几乎走遍了除北海道以外的日本各地。留下印象最深的有日本著名景区箱根、富士山以及九州别府、鹿儿岛的温泉。还有是日本高铁"新干线"，以及日本原子弹爆炸遗址——广岛与长崎的和平公园。

2.1993 年 3 月，我应邀出席湖北沙市阀门厂主办，在广西钦州召开的阀门产品订货会。会后，会议专门组织我们去了一次越南旅游。那次我们去越南是从广西东兴口岸，经过越南芒街进入越南的。芒街是紧挨着东兴的越南口岸，满街卖的都是中国货。进入越南境内后，旅游大巴把我们拉到一个越南的海滨沙滩去玩了半天，没有什么特色，也没有留下什么深刻的印象。

3. 我曾于 1995 年、2011 年、2016 年、2018 年四次去过马来西亚。除 2016 年是我一个人去马来西亚外，其余三次都是带胡玉兰去马来西亚的。多次去马来西亚的原因是，那里有我做阀门生意的老朋友谢顺全先生。

第一次是谢先生给我与胡玉兰买好从北京到吉隆坡的往返机票，请我带电动阀门（福州阀门厂的闸阀配上了我们的 HZ1 电动装置）去吉隆坡国贸中心参展，并给谢先生公司员工上阀门技术课。其他三次都是应谢先生邀请去马来西亚度假的。其间，多次参观了谢先生的 INTRACO 公司与他的工厂，早先到的是一家上市公司瓷器厂，后来多次去的是两家分别位于新山市及白沙的托盘厂。

我第一次去时，对马来西亚的印象是很好的，认为马来西亚比中国富有、先进。但后面再去，深感马来西亚变化不大，现在中国早就全面超过马来西亚了。

我对马来西亚留下印象最深的是云顶高原的赌场、中国航海家郑和到过的马六甲、孙中山依靠华侨捐款的滨城以及位于新加坡对岸的新山。

我每次去马来西亚都受到了谢顺全夫妇的热情接待，并专门抽时间开专车陪我们去滨城、美罗、冷水河、怡宝、马六甲、新山等地度假、游玩、参观他的工厂，或探亲访友。

4. 我曾于 2007 年带胡玉兰一起去过韩国旅游。在韩国，除了参观离首尔不远的"三八线"和首尔韩战纪念馆留下印象外，其他真没有什么值得看的。包括济州岛，风景一般。

5. 2011 年，我带胡玉兰去了一次意大利旅游。意大利留下的最深刻记忆是罗马大教堂、佛罗伦萨大教堂（现在是佛罗伦萨市政府所在地），米兰大教堂、斜塔与水城威尼斯。

2017 年我又一次去意大利米兰西北部几十公里处的古城贝加莫市，是出席国际标准阀门技术委员会 ISO/TC153 工作会议的。

在这座古城里的一个夜晚，出席会议的各国专家聚餐，吃到了一次地道西餐，那一块烤牛肉又厚又大，仅这一道菜一个人都吃不完。对此留下了很深的印象。

我们每次出席 ISO/TC153 会议，都会有这样一次聚餐，但餐费都是 AA 制，各国参会专家自掏腰包，这是国外聚餐餐费的付费常规。

令人吃惊的是在 2020 年这场新冠肺炎疫情中，贝加莫市成了意大利的疫情重灾区，新冠肺炎的确诊人数和死亡人数都居意大利之首。

6. 2010 年，我带胡玉兰去了一次瑞士旅游。留下的印象是这里环境优美，山川秀丽，特别是坐带齿导轨的小火车，上阿尔卑斯山的少女峰，雄伟壮丽，印象深刻。少女峰还与咱们黄山结为姐妹山，友好往来。

还有值得一提的是我在瑞士卢赛恩买了一块"劳力士"瑞士表与一款谷谷挂钟。

7. 我曾三次去法国，2010 年那次是带着胡玉兰去旅游的，游览了巴黎所有景点，还观看了"红磨坊"的演出。之后，2015 年、2018 年又两次去巴黎，出席国际标准阀门技术委员会 ISO/TC153 工作会议。2018 年还与通用机械研究院胡军一起在巴黎又一次观看了"红磨坊"与"疯马"的演出。2018 年去法国时，还赶上了法国地铁工人罢工，我们从驻地宾馆去市中心，是地铁公司安排大巴免费接送的。

2010 年那次去法国，我们是法、意、瑞三国十日游，全程交通工具是大巴，因此我们对法、意、瑞三国的城乡风貌有机会进行全面了解与观摩，至今还铭记在心中。

8.2012 年、2017 年我两次去德国柏林，出席国际标准阀门技术委员会 ISO/TC153 工作会议。游览过柏林的全部景点，包括"柏林墙"遗址。2012 年那次还从柏林坐火车去了纽伦堡与慕尼黑旅游，还参观了地处纽伦堡市郊的"西博斯"电装厂。我公司露天电动阀门寿命试验系统，就是我去"西博斯"参观后受到启发而建立的。

在纽伦堡印象最深的是那天中午喝德国著名的黑啤酒，还有每人一个大猪肘子与一个大土豆泥球，量太多，没吃完。

2012 年我们从柏林途经莱比锡去纽伦堡、慕尼黑，往返坐的都是火车，穿越了德国的广大乡村，对德国的美丽乡村、整洁的景色与村民们的悠闲生活印象深刻。

9.2018 年，我出席了在英国伦敦召开的国际标准阀门技术委员会 ISO/TC153 工作会议。顺便带胡玉兰去英国旅游。包了一辆车，东北籍华人程实是司机兼导游，进行了一次英国环岛游。留下印象深刻的是英国的古堡与教堂，特别是爱丁堡，印象最深。还有约克古城，大学城牛津、剑桥等。

在英国伦敦期间，我们还专程前往已经调到伦敦工作的胡玉兰的外甥女徐媛家中做客，并享用了她美国老公做的西餐。

这次去英国我们是租专车环岛游，因此我们走遍了英国全境的城市和乡村，对英国城乡风貌有了全面了解，深感荣幸！

10.2011 年，我带胡玉兰去了一次澳大利亚旅游。行程是胡玉兰外甥女徐媛安排的，几乎游遍了悉尼、墨尔本、黄金海岸、凯恩斯、珀斯等地区的所有景点。胡玉兰另一外甥女林青，在世界最孤独的城市珀斯，我们到珀斯后，是他们夫妇俩请了 5 天假，专门陪我们玩的。那次是我第一次面对印度洋观看日落，胡玉兰外甥女的家，就离印度洋东海岸不远处。外甥女婿周明，还专门陪我们去了赌场游玩。

在澳大利亚留下最深刻的印象是袋鼠，还有悉尼歌剧院、墨尔本的小企鹅与乘直升机观看的十二使徒岩以及坐船出海游的凯恩斯大堡礁。可惜那天胡玉兰怕坐船晕船，没有去大堡礁，她自己一个人在宾馆度过了一天，傍晚才去码头接我，从大堡礁回返。因我孤身一人去大堡礁，所有照片都是一位日本姑娘给我拍摄的。

11.2011 年我还带胡玉兰旅游了世界上最孤独的国家新西兰全境：北岛与南岛。留下印象深刻的是新西兰发达的畜牧业、位于北岛世界最大萤火虫溶洞、奥克兰附近的火山口以及南岛的皇后镇。

12.2013 年、2015 年，我带胡玉兰两次到达加拿大。都是去看望大儿子项晓壮一家。两次游遍了加拿大东西部全境，留下印象深刻的是西部落基山脉里的班夫国家公园，那里的古堡酒店、雪山、冰川很有特色。还有加拿大东部地区的圣劳伦斯河（有一段是千岛湖）、魁北克的古堡酒店（我们住了一夜）、蒙特利尔的奥运会场馆、渥太华的很像古堡的加拿大国会大厦等。

2013 年我去加拿大另一个目的，是出席在蒙特利尔市郊召开的国际标准阀门技术委员会 ISO/TC153 的工作会议的，地处蒙特利尔市郊的会议宾馆环境非常优美，开会时正值初秋，火红的枫树随处可见。熟透了的苹果，挂在树上可以随便采摘。利用会议时间空档，我还租了一辆中巴，带我们出席 ISO/TC153 会议的中国代表团全体成员，游览了闻名世界的尼亚加拉大瀑布。

2013 年深秋由大儿子项晓壮开车，带领我们全家参观了位于加拿大多伦多北部小镇的白求恩大夫旧居。

13.2013 年、2015 年，我带胡玉兰两次到访美国。第一次是 2013 年 10 月，由家住温哥华的原安徽省民协秘书长、老朋友靳展老总开车，带我们俩从温哥华出发去美国华盛顿州游览的。这次留下最深刻的印象是美加边境上的"国门公园"，非常有特色。

2015年6月第二次去美国时由大儿子项晓壮开车，带我们俩，加上于红、项旖昕，从多伦多出发去美国休斯敦，送孙女项旖昕去哈佛大学上暑期课的。

这次带胡玉兰游览了美国华盛顿、纽约、费城等地。留下深刻印象的是美国首都华盛顿的国会大厦、白宫、国家公园等，其中对位于美国国家公园的"韩战""越战"两个纪念馆记忆尤其深刻。另外，让我很吃惊的是纽约时代广场，名气很大，但面积很小，与天安门广场相比差远了。

对美国的总印象是基础设施陈旧落后，开车从纽约过境或进入市区，堵车是常态。

14.2015年，我带胡玉兰去了一次位于大西洋南岸、加勒比海北岸的古巴旅游。在古巴期间，我们住在位于著名风景区"巴拉德罗"半岛上的黄金海滩俱乐部酒店，酒店的后院就是大西洋的沙滩，环境优美，吃住条件也非常棒，是我这一生中住过的最好宾馆。在酒店后院，我还多次下海游泳，畅游大西洋。

对古巴留下深刻印象的是名扬世界的雪茄烟、朗姆酒以及热带水果，在乡村公路边，大芒果才1元人民币一个。还有，我们坐游船去加勒比海，现捕大龙虾，在游船现烧了就吃，那鲜美味道终生难忘。另外，受美国长期的经济封锁，马路上开的是"万国牌"汽车（旧车），住房也很陈旧，人民生活比较艰苦，据说老百姓的粮食、鸡蛋等都是定量供应的，总之相当于我国20世纪70年代的生活水平。

但古巴的医疗保障很好，我们因胡玉兰在宾馆泳池游泳时不慎摔倒，后脑着地，怕她脑震荡，特地叫出租车送去当地医院就诊，在那里体会了医生们的热情服务，以及他们的医术、医药水平。

（三）感想

经过我的国内外旅游，得到了许多深刻体会，主要有：

1. 旅游应该是人生生活的组成部分。我的一生几十年，都是在繁忙的工作中度过的，是百忙中抽空去旅游，让我将紧张的工作情绪得到了缓解与释放，恢复了体力，维持着很高的工作效率。

2. 中华民族是伟大的民族，有着五千多年的文明历史。是这些光辉灿烂的历史文化，造就了我国无数著名的旅游景点，世界上没有任何一个国家有像中国这样延续几千年的历史文化，我为我是中国人深感自豪。

3. 中国有960万平方公里的国土面积，有山河湖海各种各样的地形地貌，有世界上最丰富的旅游资源，这是任何一个国家无法超越的优势。在这片辽阔的土地上，生活着勤劳勇敢的56个民族，14亿人口，中国人民正在中国共产党的领导下努力奋斗，实现中华民族的伟大复兴，我为我是中国人而骄傲！

三十三　感恩

我的一生是"感恩、报恩"的一生，是"感恩、报恩"之心，树立了我安乐幸福的心态。懂得感恩报恩的人，一定是一个心态好的人，没有怨气的人。

1. 感恩父母

我的童年与少年时代，也就是说我在父母身边生活成长的时代，是我这一辈子吃苦最多，最饥寒交迫的时代。从我懂事的那天起，父母给我过的都是苦日子，但那是社会贫困的产物，我并不责怪父母。我始终认为，这辈子最值得感恩报恩的是父母。父母养育之恩，恩重如山！我一辈子也难以报答，我是这样想的，也是这样做的。

从 1964 年 9 月参加工作，我发第一个月工资那天起，到 2005 年 12 月 18 日我母亲去世，我一直每个月都给父母生活费，总共延续了 41 多年。为了有更多的机会、时间看望、陪伴母亲安度晚年，我 1992 年下海办厂地点，特地选择了离我母亲家浙江昌化不远的黄山，使我有幸近距离再次享受母爱 14 年。在这 14 年里，每次我回昌化，母亲都要做我最爱吃的饭菜，甚至她每年下地耕种的农作物，都是我最爱吃的瓜果蔬菜。这 14 年母亲对我所有点滴之爱，都永远甜蜜地记忆在我的心中。

在母亲走前一年里，她老人家连续犯了三次脑梗，每次我都立马赶到她跟前陪伴、治疗。前两次症状较轻，医治不久就好了，后一次症状较重，犯病时间较长，我特别安排小妹妹项月仙停工请假（工资我发），24 小时专门陪护。另外，我还承担了母亲生病、住院期间的所有医疗费用。母亲去世后，我亲自主办丧事，送母亲火化、上山"安居"。

毫不夸张地说，我从 1964 年参加工作那天起，绝不从父母那里索取，而只有我对父母赤诚的奉献，对此感到非常满足、幸福与自豪。

令我十分欣慰的是我母亲干了一辈子活，从没想过旅游，在她人生最后阶段，我给她老人家安排了三次旅游活动：

第一次是 1995 年春节，我们一起回浦江老家，我们母子俩共游浦江名胜仙华山，当时我母亲已经 77 岁高龄，但她老人家身体很好，一直走在我前面给我开路。我们从山下一口气登上了仙华山主峰，共享"无限风光在险峰"的美妙时刻，终生难忘！

第二次是 1995 年 5 月，我母亲与我二妹妹项月娥、三妹妹项月花三人，从浙江昌化专程前往天津参加项晓壮的婚礼。婚礼结束后，我专门陪同母亲、妹妹们前往北京旅游。在北京参观故宫那天，母亲显得格外高兴，在参观到金銮殿时，我告诉母亲这是过去皇帝坐的龙位，没想到母亲应声跪在皇上的宝座前，可见老人心中对皇上仍有崇高敬畏！

第三次是 1997 年夏，我专门安排我二妹夫董福陪我母亲来屯溪上黄山旅游。原定我给他们俩安排的是两日游，谁知他们当天下午就回来了。原来，他俩从前山坐缆车到玉屏楼后，二妹夫董福被黄山的险峰吓坏了，不敢继续爬山旅游，故折返屯溪了。为此，我多次责怪妹夫胆小，没有尽到孝敬老人的责任。但我母亲对这次黄山旅游却显得特别开心，向我绘声绘色地描述了像飞鸟一样坐缆车上黄山的情景。

由于我父亲的职业是专门给别人编制竹制家庭器具，农具的竹匠，经常在外干活（相当于做竹制品的手工艺匠），所以我从小与父亲分多聚少，而且他英年早逝，1969 年 58 岁时就因患肺结核病逝了。我是 1960 年 12 月，上大学一年级体检时发现患上肺结核的，症状轻。我父亲是 1961 年暑期，因咯血我送他去医院检查后，才发现患肺结核的。父亲当时肺上已有孔洞，症状较重，所以根据时间推断，我的肺结核病，很可能还是父亲传染的。但因我是大学在校学生，公费治病，免费医疗，父亲户口在农村，看病自费，所以没有得到及时治疗，况且发现肺结核时，病情已十分严重，故一直没有治愈。

只要我寒暑假一回到家，就会马上陪他去医院，用我勤工俭学挣的钱为他治疗，可惜病情太重，又限于当时的医疗条件，终究无力回天。

2. 感恩哥哥妹妹

除了感恩我哥哥，在我童年、少年、青年时代对我无微不至的关心、关怀和帮助外，要特别感恩我的兄妹们对我们家生活与建设所做的贡献。因为我从小学到大学，长期在外面求学，无暇顾及家务劳动，全部田间地头的劳作都是由兄妹们完成的，所以我永远感恩哥哥妹妹们为家庭建设劳作所做的贡献，使我安心读书，完成学业。为了感恩，这些年我对妹妹们以及我哥哥的孩子们尽量在经济与精神方面给予更多的帮助。

我这辈子最对不起的是三妹妹项月花，好心让她小儿子潘志平在我公司里工作，却不幸在 2014 年 8 月一次晚间酒后，不慎摔落在"元一"小区地下车库进出车道的地面上，不治身亡。

3. 感恩母校

我的一生经历让我体会到：对于一个国家，教育最重要，教育是立国之本；对于一个人，拥有知识最重要，因为知识是一个人生活工作之本。

学校孕育了人才，学校让我拥有了知识，因此，我的两所母校：浙江浦江中学与浙江工业大学是我除父母之外，最值得感恩的单位。

从 20 世纪 90 年代开始，我就分别给两所母校多次捐款捐物。2019 年 6 月 11 日，我又给浙江工业大学捐资助教 20 万元，并在学校举办的"项美根基金"捐赠仪式暨深兰校友讲堂上，为浙江工业大学机械工程学院师生做了题为"努力拼搏，积极创新，创造美好人生"的主题报告，受到了与会 400 多名师生的热烈欢迎。我还被学校聘请为浙江工业大学机械工程学院"校友导师计划"特聘导师，要求每年回校一次，给在校师生讲课。

我的母校浙江浦江中学是浙江省特级重点中学，为国家培养了大批人才。这几年，学有所成的优秀校友常有慷慨解囊，给母校捐款助教，支持母校工作。为规范校友对母校的捐赠行为，更好地支持母校的教学工作，我们几位校友于 2019 年 10 月，母校八十周年校庆之际，共同发起、成立了"浙江浦江中学教育基金会"，我作为基金会发起人之一，当场就给"浙江浦江中学教育基金会"捐款 20 万元，支持母校教育工作。

早在 2009 年 11 月，浦江中学七十周年校庆时，我也给母校捐款一万元。当时，还给高中生们做了为题为"奋力拼搏，努力创新，创造美好人生"的专题报告，受到了同学们的热烈欢迎。报告完毕，同学们纷纷拥上讲台，让我签名、合影留念，那热烈的场面十分感人，让我终生难忘。那次回浦江中学时，还见到了我于 1999 年 12 月，出席浦江中学六十周年校庆时，赠送给母校的一尊著名黄山根雕"仙鹤"赫然陈列在学校会议室里，使我内心非常开心。

我于 1999 年、2009 年、2019 年连续三次出席浦江中学成立六十、七十、八十周年校庆，不知道是否有幸还能参加 2029 年的九十周年校庆？十分期待！

4. 感恩合肥通用机械研究所（院）

是通用机械研究院，在我参加工作后给我提供了学习、工作的大舞台，我在通用所（院）工作 22 年间，在历届各级领导的关爱下，在阀门室全体同事的帮助下，不仅使我出色地完成了各项任务，更使我茁壮成长。我的工作经验与工作能力都是通用所（院）对我培育的结果，所以我永远感恩通用所；我于 2006 年、2016 年百忙之中去合肥出席通用所成立五十、六十周年庆祝活动，两次都撰写了纪念文章，分别发表在当时名为"回眸"与"使命"两本五十、六十周年大庆的纪念册上。

在我离开通用所这三十多年时间里，我始终与通用所保持着工作联系与同事间的友情联系，是通用所工作的积极支持者，近 20 年来，我都坚持在《流体机械》杂志上发布黄山良业公司产品广告，以示对通用所办刊的支持与爱护。

5. 感恩天津第二通用机械厂与天津新力机械厂

我的电装研发技术，开创于天津第二通用机械厂，成长于天津第二通用机械厂。我创办电装工厂的能力与经验，也是天津二通与天津新力给予的。所以，没有 1986 年到 1991 年这两个厂给我锻炼学习的机会，就不会有我项美根的今天，更不会有黄山良业公司的今天。所以我对天津二通与天津新力永远都有感恩与怀念之情！

6. 感恩朋友

人生在世离不开朋友，特别是像我这样下海办厂的人。我之所以敢下海，首先是因为全国阀门行业里，我有众多的朋友，这是我的底气所在。办厂，对内涉及产、供、销、人、财、物，对外涉及客户、供应商、各级党政机关、财政、银行、税务、公安局、检察院、法院、派出所……方方面面都需要朋友的帮助，因此，通过办厂我结识了许多朋友，对于他们给我的帮助，我永远怀着感恩之心。我保存着几十本名片夹，并按各省、直辖市、省辖市顺序编排了一本有几千人的通信录，凡有过交往、帮过我的人都名列其中，其目的就是使感恩永远铭记在我的心中，并随时准备感恩。

这些年，我邀请过许多老同事、老朋友、老同学、亲属、客户、供应商，前来黄山分享我下海的成果与喜悦。有机会让我感恩朋友，是我最大的快乐！

在这里特别值得感恩的有：

（1）1992 年 12 月 26 日，在黄山市委书记季家宏出席 "HZ 系列电装产品鉴定会" 的亲切关怀下，由合肥通用机械研究院阀门室主任方本孝、核工业第二研究设计院沙泽（王枵天夫人）、南昌阀门厂总工程师程伯恭、安徽白湖阀门厂总工程师华仁德、上海南市电厂高级工程师顾倚云、上海良工阀门厂高级工程师李汉武、上海通用机械技术研究所徐永杰工程师、黄山市产品质量检验所张少敏所长、江苏吴江阀门厂总工程师章鸿宝组成的鉴定委员会，通过了 "HZ 系列阀门电动装置产品安徽省级鉴定"，为我在黄山成功创业打下了基础。感恩以上专家对我创业的支持，他们都是我的老同学，老同事，老朋友。他们的帮助，我永远铭记。

（2）感恩以下单位与朋友，他们都是黄山良业最早的客户，这些客户为黄山良业的成功创业做出了重要贡献，将永远载入黄山良业公司发展史册：沙市阀门总厂王洪运、张忠浩，桂林银河蝶阀厂黄本强、李弘，启东阀门厂（现神通）吴建新、黄高杨、张逸芳，上海阀门厂毛家丰，上海阀门五厂郑超坤、丁健康，武汉阀门厂彭修德、黄斌，武汉亚美蝶阀厂李锦华，岩寺自来水厂姚兆毅、汪国周，太平自来水厂王国炯、李团结，广州阀门总厂林景楠、陈元芳、张兵，南昌八一阀门厂陈庚，上海公用事业研究所王师熙，原上海阀门三厂徐鸿钧，等等。

1993年，老朋友启东阀门厂吴建新还亲自安排马鞍山钢铁公司设备处处长徐競、张士棠、刘家禄等来黄山参观我公司，使马钢很快成为我公司的重要客户。之后马钢设备处的徐复生、丘叶飞等同志，也给了我公司极大的支持与帮助。

1993年夏天，烈日当空，老朋友上海阀门厂毛家丰副厂长亲自开车来我公司提走4台HZ2防爆电装。回到上海后还因此病倒，上吐下泻不止。

1993年夏天，桂林银河蝶阀厂黄本强厂长，还特派他儿子黄俊专程来我公司看望。后来，在郑×等人的"商业秘密剽窃案"审理过程中，桂林银河蝶阀厂也给了我公司很大的帮助。

黄山良业的销售工作开始只靠我一个人，1995年开始增加了程翠红科长，是她走南闯北，帮我度过了公司（也是整个国家）最艰难的"三角债"时期。自1999年，项晓明来黄山介入销售工作，2002年招收了一批业务员后，我们公司的市场才渐渐进入有序发展的轨道。

是以上朋友们、同事们的共同努力，谱写了黄山良业市场的发展史！深表忠诚谢意。

（3）感恩1992年，我来黄山创业初期受到众多供应商朋友的帮助，使我顺利、快速地完成了电装试制任务，并形成了批量生产能力。做出突出贡献的有：咸宁电子仪器厂孟卫、李尼，浙江鄞县商业精密铸造厂杜连芳，湖北应城长江埠阀门厂许甫仁（夫人甘望秀），湖北应城长江埠广州军区9045工厂机修车间雷道成、平桥，湖北应城冷剂压厂刘幺苟，南阳阀门电机厂赵月仙、潘星良、张岩吉、栾秋丽、吴艳荣，南阳防爆研究所周元昌、郭建堂，天津锻造厂刘荫蒲，安徽天长电气实验厂李广森，河南长葛新合金材料厂扬子钦，浙江慈溪长河塑料厂姚利明，桐城肯特橡胶厂华晓峰等。

（4）2002年以前，由于公司还没有形成完整的管理团队，因此公司生产方面的事，主要由我自己操心的。但要感恩当时赵立新、王林、陈先稳、张仰光、汪兆顺等同志给予的帮助。

公司成立时生产由竺兴法负责，后由郑×任生产科长，郑×等人陆续离厂，发生"商业秘密剽窃案"后，由李玉川负责管生产，使生产管理逐步走向正常轨道。

（5）公司创办初期，1992—1999这8年间，虽然后期培养了程振利，还得到过屯阀汪皖平的帮助，但公司技术科长、科员工作多是由我一个人担当的。1999年夏，招聘了陈××、凌×、顾凤新等5位大专生，以及中专生赵年霞后，从2000年开始，我在技术工作方面逐步转入以"想点子"，出谋划策，提供研发技术方案为主，具体工作多由年轻人完成。特别是2002年后，陆续聘请了汪国健总工与孟卫厂长来厂工作后，我更着重于提供技术质量方面的工作方案与工作要求，具体的技术与质量工作都由他们两人，或由他们领导下属员工完成。汪总与孟厂长是两位训练有素的高水平、高素质工程技术人员，有扎实的理论知识与丰富的实践经验，我与他们一起工作20年，配合默契，合作愉快。这辈子有幸能与他们两人合作共事，非常高兴，真是我的造化。在此感恩不尽！

7. 感恩亲人

我的一生，除了在天津工作的六年生活相对平静外，其他时间出差较多，特别是到黄山办厂这 30 年期间，远离家庭，照顾不上家庭。因此，我特别要感恩夫人胡玉兰，她长期操劳家务，洗衣，做饭，照顾孩子。而且为了使我在黄山安心创业，特地提前放弃天津市经济协作办公室的工作，不到 50 岁就办理了退休手续，全心全意在家操劳家务。自从我全家 1986 年 5 月从合肥迁居到天津后，一直到现在，这 36 年，我基本上没有为家里做过饭，洗过衣，都是夫人胡玉兰的功劳。另外，我还要感恩夫人胡玉兰在我创业办厂期间，从不插手干预厂里的工作，让我始终保持清晰的思路，清醒的头脑，攻克了创业中碰到的一个又一个难关。

也感恩大儿子项晓壮在我决心下海办厂时对我的鼓励，增加了我下海创业必胜的信心。可惜晓壮自己科班毕业的牙医，没有坚持下去，特别是他们去加拿大后，按我原意是我希望他们两口子在多伦多开个牙科诊所，但非常遗憾，没能如我所愿。

我也非常感恩小儿子项晓明，在 1999 年企业改制的关键时刻，放弃天津证券交易中心的高薪白领工作，刚刚新婚之际，离开大城市，远离家乡，来黄山这座小城里的自家小厂工作。我奋斗一生所创立的事业能被儿子接手，使我深感欣慰与幸福！

我还要感恩项晓明，来到黄山后推动了黄山良业的发展：从项晓明刚来黄山的 1999 年到 2021 年，黄山良业的不含税销售收入增加了 16 倍，给国家上缴税金增加了 12 倍，总资产增加了 11 倍，现在公司一个月生产的阀门电动装置产品产量，都超过了当年全年的产量。取得如此傲人成绩，是项晓明付出艰苦奋斗的结果！

由于我与我小儿子项晓明家人都不在黄山，我们一直没有去追求发展企业规模，使黄山良业公司目前的规模还不算大，但现在的黄山良业公司是一个有自己的生产经营场所，有完全自主知识产权的产品，有自己的产品研发与生产团队，有自己的品牌，并有 23 年历史、经国家反复多次认定的高新技术企业称号，是新三板上市企业，是典型的小巨人企业，具有很大的上升空间与良好的发展前景！

我从 2004 年郑 × "商业秘密剽窃案"开始，就彻底放手让项晓明搞销售，之后项晓明逐步接手管理黄山良业全面工作，至 2020 年 5 月 28 日我卸任董事长，更换营业执照上的法定代表人为项晓明，标志着项晓明全面接替我管理黄山良业公司。古人说"创业难，守业亦难"，要使黄山良业巩固、发展，项晓明肩上担子十分沉重，任重道远，需要做出超乎寻常的艰苦努力。

8. 感恩员工

感恩员工已经在"在黄山创业办厂"中有论述，在此不再重述。我特别感恩那些到黄山良业工作后，从没有离开过黄山良业的老员工。是这些坚定不移跟我干的老员工的努力，才使黄山良业走到今天。所以，前几天我还专门邀请跟我干了 20 年以上的老员工吴铁军、汪胜勇、江锦美、程建军、凌斌、龚宝南、聂秋发、徐华、赵年霞、项晓明等吃了顿饭，以表达我的感恩之情。席间，共叙辛勤创业的经历，鼓励他们继续努力，共创良业美好未来！

9. 感恩乡亲（老家项宅村项氏宗亲）

在我的童年与少年时代，得到过老家村里项氏宗亲们的许多帮助与爱护，包括在我最困难条件下，与我一起上学的同学们，他们对我的点滴恩情，都永远记在我的心中。更值得回顾的是，我的"三观"形成，除父母教育外，许多是在老家项宅那个生活环境，以及宗亲长辈们长期谆谆教导，打下的良好坚实的基础。为了感恩乡亲们，近 15 年来，我几乎每年都要回老家去看望乡亲。特别是每年清明节，都要回老家出席浦阳项氏祭祖活动，2018 年 4 月清明浦阳项氏祭祖时，我还代表全体项氏族人，在祭祖大会上宣读祭文，使我在全族人面前享受了最高荣誉。我还给老家项村老年协会，浦阳项氏宗谱编委会，七里村小学等公益事业多次捐款，以表达我的感恩之情。

这些年我每次回家乡，接待我最多的是我四叔的后代，有堂兄项长根，堂侄项流流、项晨阳、项长红，还有宗亲项锡斋、项文军父子。我的侄孙项鹏鹏还曾来黄山良业上班，晓明准备培养他为销售员，可惜他没有坚持下去。

这几年，我对家乡工作也十分关心：2017 年、2018 年两次应邀出席浦江召开的"浦商大会"。2020 年浦江县政府举办"百名专家入百企活动"，我作为阀门专家走进了浦江乐门阀业有限公司，为该公司阀门产品升级换代做贡献！

2017 年 4 月，作者出席第一届浦商大会，与夫人参观浦江新农村时的合影

10. 感恩黄山市政府黄山市市民

感恩黄山各级市政府与广大市民，三十年来对我在黄山创业办厂的支持与帮助。特别是在办厂之初，市委书记季家宏亲自组织有关部门落实了项目启动资金 200 万元（贷款），使公司项目研发顺利进行。1997 年春节屯溪区委区政府还特别委派汪德宝、叶晓明、陈寿宝等领导专程来天津我家慰问，鼓励我在黄山安心办好企业。1999 年企业改制前，我家人每次来黄山探亲，阳湖镇洪从新等党政领导都出面热情接待，使我内心深感无比温暖。进入新世纪，市委市政府还特别把我公司列为黄山市重点骨干工业企业，给了我公

司许多关怀与帮助。我本人曾多次应邀出席市委市政府的春节团拜会，各级政府还给了我和我公司许多荣誉，极大地鼓舞了我在黄山办好企业的信心与决心。

我始终以感恩之心，努力工作，力争以优异的办厂成果回报黄山市各级政府与市民。30 年来我公司平均职工 70—80 人，从 2002 年 12 月开始就为全体员工办理了养老保险与医疗保险，是黄山市办理这类保险最早的民营企业。30 年来，公司累计实现利润 3000 多万元，入库税金 3600 多万元，累计发工资 4800 多万元，极大地支持了黄山市的社会稳定与经济发展。

长期以来，我对国民教育的重要性有高度认识。教育让人获得科学知识，假如我没有 60 多年前所受到的教育，就没有我的今天。只有科学技术才能强国，实现中华民族的伟大复兴，实现中国梦。因此，2021 年 6 月我决定以捐资助学的形式，帮助当年参加高考的贫困生顺利入学，来回报社会，感恩黄山市政府与市民。

由于我不知道如何把捐资助学的资金发放到高考贫困生的手中，故决定求助市政府秘书长汪德宝先生。不久，汪秘书长告诉我：我的捐款可以通过黄山市红十字会办理。

6 月 9 日我拟捐资助学的消息，通过市政府秘书长汪德宝先生转达给黄山市红十字会后，红十字会高度重视。李瑜娟会长安排办公室刘珏主任与我对接，6 月中旬经过几次讨论，红十字会与我确定了捐赠的范围、对象、标准等事宜。7 月 3 日市红十字会与我签订了捐资助学协议书，约定我 7 月底前将助学款打到红十字会的捐赠专户，准备相关拨款流程。随后，红十字会向各区县下发了《关于开展项美根先生捐资助学活动的通知》；各区县红十字会闻令而动，根据通知的要求，通过摸底、上户，共上报助学申请 47 份，并按困难程度由高到低进行排序；8 月上旬市红十字会在每个区县抽取 2 个上报对象，组织工作人员或志愿者共到 15 户申报家庭进行现场复核（其中一户是未通过区县申报、自行到我会申请救助的对象），根据区县排序和现场复核的困难情况，产生 40 名拟受助学生名单；经与我沟通，审定了 40 名受助对象的拟救助金额为每人 4000—10000 元（其中 5 名同学 4000 元，34 名同学 5000 元，1 名同学 1 万元），合计 20 万元；8 月 18—20 日拟资助对象在市红十字会网站予以公示，其间无异议，并于 8 月 23 日下午，在红十字会三楼会议室举办了项美根捐资助学捐赠仪式，黄山市副市长张正竹、市红十字常务副会长李瑜娟出席了仪式并讲了话，各区县红十字会主要负责人及 40 名接受捐赠贫困生全部出席了仪式，两名学生代表也上台做了表态发言。我在仪式上以我自身经历，做了题为"不断学习探索奋力拼搏创造美好人生"的讲话，是给同学们送的一份"精神大餐"。

捐款于当天上午已经转至 40 名申请学生提供的账户，至此，圆满地实现了我的心愿，使我深感欣慰。

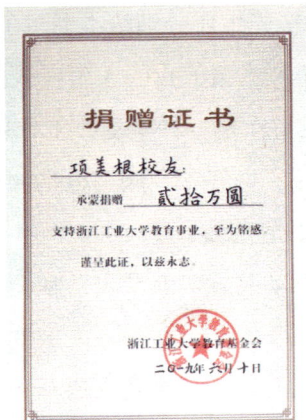

作者的部分捐款证书

后 记

编写这本《回眸八十春》始于 2019 年 4 月，止于 2022 年 2 月，前后历时两年十个月。

该书有 22 万多字，因为我操作电脑不熟练，所以全文都是我用手指在手机微信上完成的。手机上完成的初稿，发给我公司技术部赵年霞工程师后，经我们紧密配合，反复整理、修改而编成这本书。在此，对赵年霞工程师的帮助深表谢意！由于编写形式特殊，文中错误在所难免，敬请读者谅解。

本书编写过程中得到了合肥通用机械研究院副总工程师黄明亚先生，机械工业出版社原副总编、合肥通用机械研究所阀门室原主任樊力先生，安徽科学技术出版社原总编辑孙述庆先生，以及我公司汪国建总工程师的指导与帮助，黄明亚、樊力、孙述庆先生还分别给本书写了序，在此深表谢意！

通过编写《回眸八十春》总结了我的人生！我的一生是不断学习、刻苦钻研、勤奋工作的一生。视工作是一种享受，工作就是幸福，因此我从 1964 年参加工作至今，前后 58 年，做好了"阀门电动装置"这一件事：使我国阀门电装从 1965 年填补空白的零起步，到 2020 年由我国主导起草的国际标准 ISO22153-2020"工业阀门电动装置一般要求"在全世界发布实施，充分展示了我的完美人生！

我可以自豪地说："我这一辈子做了常人两辈子的工作，是工作在不断地延续着我的人生！"

本书虽然篇幅已达 22 万多字，但叙述的内容只能说是我一生经历的一部分，远不是我人生经历的全部。书中涉及的每一位人物、每一句话、每一件事，以及书中没有提到的人和事，都可能隐藏着许多经历过的美妙、动人的故事，但限于本人已 80 岁高龄，不能一一详尽描述，敬请各位同事、同学、朋友原谅。

　　由于本书叙述时间长，跨度大，加上本人年事已高，记忆力下降，因此本书所涉时间、地点、人物、情节等可能会有遗漏，或与事实稍有出入，敬请同学、同事、朋友们谅解并随时告知本人。

黄山良业智能控制股份有限公司终身名誉董事长

项美根

2022 年 3 月 8 日

附录一

我出席的国际标准化会议

完成制定国际标准 ISO22153-2020《工业阀门电动装置一般要求》，从 2012—2019 年八年间共举行了 9 次国际会议，前面 8 次都是我出席的，最后一次是由项晓明总经理出席的。

1. 国际标准化技术委员会 ISO/TC153/SC2 "阀门驱动装置" 第 1 届全体会议于 2012 年 6 月 26—27 日在德国柏林召开。我应邀出席本次会议。本次会议的主办方为德国标准化机构（DIN）。会议主要内容是修订两项国际标准 ISO5210 "多回转阀门驱动装置的连接" 和 ISO5211 "部分回转阀门驱动装置的连接"。我国代表团全体成员还应邀参观考察了位于纽伦堡市郊的德国著名电装生产企业西博斯（SIPOS）公司。

2. 我于 2013 年 9 月 23 日—27 日应邀出席在加拿大魁北克省 Bromont 城市举行的国际阀门标准化委员 ISO/TC153/SC1 "阀门 – 设计、制造、标志和检验" 第 29 届全体会议及工作组会议。本次会议的主要议题是：①国际阀门标委会主席作第 29 届年会的会议报告；②秘书处做关于延长 SC1 主席亚历山大先生的任命工作报告；③秘书处做讨论 ISO5209 标准系统复审；④技术管理局关于水务工作推进组（ITFWA）的决议。⑤今后的工作项目。⑥ CEN/TC69 技术委员会的资料。⑦与 ISO 相关联络委员会复审。⑧ 2014 年 9 月下一次会议的时间和地点。⑨各项决议的表决。

3.2015 年 9 月 9 日—11 日，国际标准化技术委员会 ISO/TC153（阀门）在法国巴黎举行了第 2 届全体会议，其下属的 WG1（驱动装置及其连接附件）、WG6（球阀）、WG7（化工过程及相关工业用阀门）三个工作组同时召开了会议。来自中国、德国、美国、日本、韩国、意大利、英国、法国、加拿大、西班牙、瑞士等 11 个国家 30 多名代表参加了此次会议。

全国阀门标准化技术委员会组织代表团参加了本次会议，代表团团长由黄明亚秘书长担任，我作为国际阀门标准技术委员会 ISO/TC153 注册专家应邀出席了这次会议。在本次会议上，中国代表团为我国争得阀门行业第一个国际标准《工业阀门电动装置一般要求》起草权。

4.2016 年 10 月 11 日—14 日，国际标准化技术委员会 ISO/TC153（阀门）在日本东京举行了全体会议，其下属的 WG1（驱动装置及其连接附件）、WG7（化工过程及相关工业用阀门）工作组同时召开了会议。会议由日本阀门制造协会（JVMA）承办，来自中国、德国、美国、日本、韩国、英国、法国、加拿大、西班牙、挪威等 10 个国家 37 名代表参加了此次会议。

全国阀门标准化技术委员会组织代表团参加了本次会议，代表团团长由黄明亚秘书长担任，共 9 名成员分别来自合肥通用机械研究院、扬州电力设备修造厂有限公司、特福隆集团有限公司、黄山良业阀门有限公司、苏州纽威阀门股份有限公司、江苏神通阀门股份有限公司、上海纳福希阀门有限公司、保一阀门集团公司等八家单位。本次会议对我国提出的《工业阀门电动装置一般要求》初稿进行了讨论，并同意立项。

5.2017 年 5 月 22 日—23 日，国际标准化技术委员会 ISO/TC153（阀门）下属的 WG1（驱动装置及其连接附件）工作组在意大利贝加莫举行了会议，会议由意大利标准化机构（UNI）承办，来自中国、德国、韩国、日本、意大利、挪威等 6 个国家的 24 位代表参加了会议。

全国阀门标准化技术委员会组织代表团参加了本次会议，来自合肥通用机械研究院黄明亚副总工程师、胡军高级工程师，特福隆上海（科技）有限公司的徐征部长和我参加了此次工作组会议。

根据 ISO/TC153/WG1 工作组的会议日程安排，本次会议主要讨论由我国主导起草的"ISO22153 工业阀门电动装置一般要求"以及"工业阀门用齿轮箱一般要求"国际标准预研项目。会上，我国和工作组召集人一起对各成员国关于 ISO22153 提出的意见进行了详细讨论。参加此次会议之前，我国专家共提出 20 余条意见，我国提出的意见基本全部得到了采纳。经过一天多的会议讨论，WG1 工作组完成了 ISO/WD22153 工作草案稿的讨论。我国将与工作组召集人和秘书处一起根据会议讨论达成的一致意见，整理稿件后提交 ISO/TC153 秘书处。将在所有成员国内征求意见，进入下一阶段 CD 稿的投票。

6.2017 年 10 月 11 日—13 日，国际标准化技术委员会 ISO/TC153（阀门）在德国柏林举行全体会议，其下属的 WG1（驱动装置及其连接附件）工作组同时召开了会议。会议由德国标准化机构（DIN）承办，来自中国、德国、美国、英国、法国、意大利、加拿大、韩国、日本、挪威、西班牙、埃及等 12 个国家 37 位代表参加了此次会议。

2017 年 10 月，作者在德国标准协会总部 DIN 大楼后院，出席国际标准阀门技术委员会 ISO/TC153 会议全体专家合影。作者在第二排左五

全国阀门标准化技术委员会组织代表团参加了本次会议，代表团团长由黄明亚秘书长担任，共 6 名成员分别来自合肥通用机械研究院、黄山良业阀门有限公司、纳福希（上海）阀门有限公司、扬州电力设备修造厂有限公司等四家单位。

7.2018 年 5 月 3 日—4 日，国际标准化技术委员会 ISO/TC153/WG1 "驱动装置及其连接附件"工作组在法国库尔布瓦召开了会议。会议由法国 UNM 承办，来自中国、德国、英国、法国、韩国等 5 个国家的代表参加了会议。

全国阀门标准化技术委员会组织代表团参加了本次会议，来自合肥通用机械研究院有限公司胡军高工和我参加了此次工作组会议。

ISO/TC153/WG1 工作组会议主要讨论了由我国负责的《ISO/CD 22153 工业阀门电动装置一般要求》评论意见以及"工业阀门用齿轮箱"预研项目。会上，我国专家和工作组召集人一起对各成员国关于 ISO/CD 22153 提出的 50 余条编辑性评论意见进行了详细讨论。经过一天的讨论，WG1（驱动装置及其连接附件）工作组完成了 ISO22153 CD 稿的讨论。会后，我国将与工作组召集人和秘书处一起根据会议讨论达成的一致意见，形成 DIS 稿，预计 6 月进入 DIS 稿的投票。"工业阀门用齿轮箱"国际标准项目由韩国人提出，由于欧洲标准化技术委员会 CEN 也在起草该标准项目，欧盟成员国需要对该标准草案的内容再详细讨论。齿轮箱是驱动装置的重要组件，欧盟成员国希望能推动该项目的立项，该 ISO 标准项目立项计划于 2018 年 7 月投票结束。如果成功立项，下一次 ISO 工作组会议期间讨论该项目，我国将参与该国际标准的制定工作。此次工作组会议期间，正值法国铁路公司间断罢工时期，波及法国地铁公司，对交通产生较大的影响。

8.2018 年 10 月 16 日至 19 日，国际标准化技术委员会 ISO/TC153（阀门）在英国伦敦举行了全体会议，其下属的 WG1（驱动装置及其连接附件）工作组、WG10（工业阀门型式试验）同时召开了会议。会议由英国标准化学会（BSI）承办，来自中国、德国、美国、英国、法国、意大利、加拿大、韩国、西班牙等 9 个国家 23 位代表参加了此次会议。

全国阀门标准化技术委员会组织代表团参加了本次会议，代表团团长由黄明亚秘书长担任，共 5 名成员分别来自合肥通用机械研究院有限公司、黄山良业智能控制股份有限公司、扬州电力设备修造厂有限公司等三家单位。

本次 ISO 国际会议的主要内容如下：

1）10 月 16 日，ISO/TC153/WG10 召开了工作组会议，会议主要讨论了新立项的 ISO/NP23632《工业阀门型式试验》国际标准，该标准由加拿大 Velan 公司负责。

2）10 月 17—18 日，ISO/TC153/WG1 召开了工作组会议，我国主导的 ISO22153《工业阀门电动装置一般要求》DIS 稿目前还在投票中（2018 年 12 月 4 日截止），工作组会议讨论了会前收到的部分国家提出的意见。会议同时讨论了新立项的 ISO/NP22109 "工业阀门用齿轮箱" 国际标准的意见，由于欧洲标准化技术委员会 CEN 正在起草该标准项目，欧盟成员国希望加快制定进度，经会议讨论，该标准将根据 ISO 各成员国讨论的意见形成的稿件进入 DIS 阶段投票。

3）会议同时讨论了 ISO/NP5209-2018《工业阀门一般要求标志》以及中国主导修订的已通过立项的国际标准 ISO/NP6002-2018《螺栓连接阀盖钢制闸阀》。另外，由于 ISO5752-1982 "法兰连接管道系统用金属阀门 – 结构长度" 年代久远，会前 ISO/TC153 秘书处在各成员国征集了修订意见，会议期间讨论了该标准，根据计划将于会后发起投票，修订该标准。

10 月 19 日召开了第 5 届 ISO/TC153 全体会议，会议由主席 Mr.Jacques-PETERSCHMITT 先生主持，秘书长 Ms.Helene Cros 向大会提交了第 5 届工作报告等文件；WG1、WG10 工作组对各自负责的标准讨论情况进行了汇报；经过参会成员国的仔细讨论，ISO/TC153 决定修订多项国际标准（具体如下），并将成立新工作组开展相应标准制修订工作。包括：

—ISO10434:2004 石油、石化及其相关工业螺栓连接阀盖的钢制闸阀；

—ISO10631:2013 金属蝶阀一般要求；

—ISO15761:2002 石油和天然气工业用公称尺寸 DN ≤ 100 的钢制闸阀、球阀和止回阀；

—ISO10497:2010 阀门试验——耐火型式试验；

——ISO28921-1:2-2013 工业阀门低温隔离阀第 1 部分设计、制造和产品试验。

会议期间，黄明亚副总和胡军高工积极与参会成员各国代表进行交流沟通，特别是与加拿大、美国、西班牙等国的专家代表就阀门标准等事项进行了深入交流。本次会议期间共达成了 14 项决议，其中第 N55/2018 号决议一致通过成立 WG13"钢制闸阀"工作组，工作组召集人由我国的胡军高工担任。这是继我国取得国际标准的主导制修订权后的又一突破，也是中国阀门行业在阀门国际标准领域的又一实质性进步。

9.2019 年 5 月 15 日——16 日，国际标准化技术委员会 ISO/TC153/WG1（驱动装置及其连接附件）工作组在德国柏林召开会议。会议由德国标准化 DIN 承办，来自中国、德国、英国、法国、韩国、意大利、印度等 7 个国家的 20 位代表参加了会议。

全国阀门标准化技术委员会组织代表团参加了本次会议，来自合肥通用机械研究院有限公司副总师黄明亚和胡军高工以及黄山良业智能控制股份有限公司的项晓明总经理参加了此次工作组会议。

ISO/TC153/WG1 工作组会议主要讨论了由我国负责的"ISO/DIS 22153 工业阀门电动装置一般要求"评论意见以及"ISO/DIS 22109 工业阀门用齿轮箱"评论意见。我国专家和工作组召集人一起对各成员国关于 ISO/DIS 22153 提出的 60 余条技术性评论意见进行了详细讨论。WG1 工作组完成了 ISO/DIS 22153 稿的讨论。会后，我国将与工作组召集人和秘书处一起根据会议讨论达成的一致意见，形成最终国际标准版草案（FDIS）文件进行投票。

"ISO/DIS 22109 工业阀门用齿轮箱"国际标准项目由韩国人提出，由于齿轮箱是驱动装置的重要组件，许多技术要求与 ISO/DIS 22153 一致，由 WD 阶段直接进入 DIS 进入投票。ISO/DIS 22109 提出的 130 余条评论意见进行讨论，达成共识。我国也积极参与该国际标准的制定工作，其中提出 10 余条意见绝大部分被采纳。

附录二

中国阀门电动装置行业发展史[*]

1965—2022 年（共 58 年）

（一）起步

1965—1973 年（共 9 年）

1965 年前，我国没有自行研发的阀门电动装置产品，更没有专业制造厂。当时，我国主要阀门用户电力、石油、化工、冶金、给排水等行业因企业普遍规模小，运行参数低，自动化水平不高，使用的多是手动阀门，所以仅个别像辽宁铁岭阀门厂、沈阳高中压阀门厂、哈尔滨锅炉厂这样的大厂，生产大型阀门时，自配一种由普通电动机带动蜗轮箱来启闭阀门的简易传动装置（引进苏联的技术），以解决人力无法扳动阀门的困难。

在阀门使用现场，人们为了启闭大阀门，就在手轮上绑上一条长杠杆，由几个或十几个小伙子一字排开，像推磨一样推动阀门开启或关闭。

1964 年 10 月，随着我国国民经济发展，阀门用户不断向高参数、大型化、自动化方向发展，对阀门产品品种、规格、参数、自动化水平等要求越来越高，需求量日趋增长。在此形势下，为适应我国阀门行业发展需要，一机部决定在通用机械行业归口所——通用机械研究所里，成立阀门研究室，来统一规划、设计、研究我国阀门行业的发展。

通用所阀门研究室成立后，对阀门电动装置产品的研究开发高度重视。1965 年 1 月，通用所阀门室委派洪勉成、李望舜同志赴天津考察调研后，决

---

* 本文曾分别发表在《阀门用户》杂志 2021 年第 6 月号、8 月号，以及《中国通用机械》杂志 2021 年第 6 期、2022 年第 1、第 2 期上。在编入本书时，作者对文中个别词语作了修改。

定将原来生产小型高压釜的天津第二通用机械厂，定点为我国第一家阀门电动装置专业生产厂。同时，决定成立阀门电动装置联合设计组，在天津开展设计工作（我国第一次阀门电动装置联合设计）。联合设计组由通用机械研究所李望舜任组长，化工部北京设计院徐育霞、姚定湘，石油部北京设计院朱孝先，石油部抚顺设计院赵振德，通用机械研究所项美根等同志参加。

1965 年上半年，联合设计组设计完成了 B 型、C 型、D 型三个型号，最大操作扭矩为 1200N·m 的多回转阀门电动装置设计任务。1965 年 12 月，天津第二通用机械厂完成了这三个机型的阀门电动装置试制任务。

1966 年 1 月，由通用机械研究所阀门室樊力主任在天津主持，通过了 B 型、C 型、D 型阀门电动装置的产品鉴定后，在天津第二通用机械厂正式投产，向用户供货。

1966 年 2—5 月，联合设计组继续在天津完成了 E 型，最大操作扭矩 2000N·m 的阀门电动装置设计任务。1966 年底，E 型阀门电动装置试制成功，并投产，形成了完整的 B 型、C 型、D 型、E 型，多回转阀门电动装置系列产品研发。

限于那个时代的条件，第一次联合设计的电装产品零部件全部都是由普通机床加工完成的。电装主要零件箱体毛坯为砂型灰铸铁件，由镗床加工完成。产品性能测试设备也很简陋，主要产品性能输出扭矩测试，采用的是"杠杆 + 磅秤"最原始办法。

该系列产品后改称为 ZD 系列多回转阀门电动装置。在当时的计划经济时代，ZD 系列多回转阀门电动装置产品，又扩散到天津新力机械厂、成都第二通用机械厂、湖北应城长江埠阀门厂等多家企业生产，以满足客户对阀门电动装置产品的需要。

1971 年，当时我国的友好邻邦——越南，也曾专门委派技术人员，来天津第二通用机械厂学习阀门电动装置生产技术，并无偿带走了 ZD 系列多回转阀门电动装置全套蓝图。

全国第一次阀门电动装置联合设计的历史功绩是实现了我国阀门电动装置零的突破；满足了当时国民经济各行各业、各部门（包括军工部门），对阀门电动装置产品的需求。为我国国民经济发展，做出了积极贡献。

但是，由于新中国成立后，西方国家对我国的技术封锁，使联合设计组没有参考资料，完全靠白手起家。当时，设计组手头仅有一台日本的阀门电动装置样机，单论当时我国的生产加工技术水平，也难以完全借鉴。

第一次全国阀门电动装置联合设计完成的 ZD 系列产品，尽管已经具备现代阀门电动装置的基本功能，但还存在以下不足：

（1）产品单一。只有普通型，无户外型以及爆炸型环境使用的产品。

（2）只有适用于闸阀、截止阀的多回转阀门电装，没有适用于球阀、蝶阀的部分回转阀门电装；

（3）采用的是普通电动机，不能适应阀门操作特性的要求；

（4）阀位及扭矩控制都采用凸轮机构，控制精度差；

……

因此，一机部通用机械研究所决心由阀门室重新组织力量，增加技术人员，由我任组长，刘厚福、李德禹参加的阀门电动装置研究课题组，进一步深入开展阀门电动装置的研究设计工作。

1967 年 9 月，课题组到达天津第二通用机械厂生产现场开展工作。课题组在深入阀门电动装置使用现场调查研究的基础上，经过反复设计、计算、论证，提出了阀门电动装置的新设计方案。

1968 年 4 月，课题组按新的设计方案，设计完成了第一套 Y30 型典型样机图纸。按课题组计划，准备在 Y30 典型样机试制成功的基础上，进行新的阀门电动装置系列设计。

按照当时一机部对阀门电动装置产品在我国南北方各安排一家定点生产企业的规划，课题组决定将 Y30 型新阀门电动装置典型样机试制工作：北方安排在天津第二通用机械厂进行；南方安排在上海阀门三厂（该厂于 1983 年被并入上海良工阀门厂）进行。

令人遗憾的是，天津第二通用机械厂因手头已经在生产 ZD 系列阀门电动装置，产销两旺，市场供不应求，对 Y30 型样机的试制工作缺乏热情，故进展缓慢。而上海阀门三厂是新的定点厂，Y30 型样机试制工作进展神速。1968 年 10 月，上海阀门三厂就完成了 Y30 型阀门电动装置样机试制任务，后经上海市机电一局组织专家，对 Y30 型阀门电动装置样机通过技术鉴定后，即投入批量生产。产品在上海阀门厂、上海良工阀门厂、上海阀门六厂等南方许多电动阀门生产厂配套选用。

Y30 型阀门电动装置不仅克服了 ZD 系列电动装置产品的缺点，而且真正具备了那个时代的阀门电动装置应有的最高技术水平。Y30 型电装在上海的试制成功并成批投产，为我国下一步阀门电动装置的发展打下了坚实基础。

1966 年，因石家庄化肥厂 2.5 万吨合成氨项目配套需要，由通用机械研究所项美根主持设计、开封高压阀门厂饶深祥参加设计，石家庄阀门厂试制完成了 H 型部分回转阀门电动装置。该产品为二级蜗杆蜗轮整体型结构，最大操作扭矩 5000N·m。

1968 年 3 月，根据一机部安排，开封高压阀门厂韩庆任组长，由一机部通用机械研究所项美根、兰州高压阀门厂丁人山、沈阳高中压阀门厂谭文远组成的联合设计组设计的 250N·m 多回转防爆型电装，由开封电机厂研制成功，经鉴定后（鉴定会上没有出示防爆合格证，会后补办），样机在南京石化总厂试用。后经开封电机厂改进后，1972 年生产 42 台电装产品，在北京首钢化肥厂使用。可惜，后来开封电机厂放弃了阀门电装产品，没有发展成为电装产品专业生产厂。

另外，因国家项目建设需要，由一机部通用机械研究所项美根主持、天津第二通用机械厂刘其昌、徐忠烈等参加，联合完成了下列配套阀门电动装置设计研制任务：

（1）1968 年，二机部 816 工程配套用的阀门电动装置，最大操作扭矩

200N·m。在这台电装里，采用了行星摆线针轮传动机构，是我国成功研制的第一台整体式、手电动全自动切换的部分回转型阀门电动装置；

（2）1969年5月，北京东方红炼油厂项目，防爆球阀用的隔爆型部分回转阀门电动装置。该产品采用的是多回转电装，连接行星减速器的叠加式部分回转电动装置，最大操作扭矩5000N·m，防爆等级dIIBT4；

（3）1969年，援助阿尔巴尼亚综合炼油厂建设项目配套的隔爆型部分回转阀门电动装置；

（4）1973年，中国人民解放军总后勤部530工程，格拉成品油输送管线项目配套的隔爆型收发球驱动装置，最大操作扭矩5000N·m，防爆等级dllBT4。这是我国成功研发的第一台成品油输送管线用的隔爆型收发球驱动装置。

完成上述众多项目配套的阀门电动装置产品，既满足了这些工程项目配套之急需，也积累了许多宝贵的阀门电动装置设计、研发和生产经验，为我国阀门电动装置行业技术进步和后续发展做出了贡献，奠定了基础。

（二）发展
1974—1996年（共23年）

我国阀门电动装置行业从零开始入门，经过9年努力，完成了第一次阀门电动装置联合设计研发、Y30典型样机设计研发及各工程项目配套阀门电动装置设计研发，填补了一系列空白，满足了我国国民经济发展需要。但还存在下列问题：

一是ZD系列产品存在着前面所说过的问题；

二是ZD系列产品使用中故障率较高；

三是没有统一的产品标准，制约了我国阀门电动装置产品在设计、制造、订货、使用、维修及流通等领域的发展。

上面的前两个问题，通过 Y30 典型样机，以及众多项目配套电装研制已经基本解决。因此，一机部决定从制定阀门电动装置产品标准入手，为我国阀门电动装置行业发展铺平道路。

1974 年 3 月，一机部石化通用机械局下文，决定成立由我任组长，通用机械研究所章华友、天津第二通用机械厂刘其昌、上海阀门三厂蒋集顺、开封高压阀门厂耿庭贵、沈阳高中压阀门厂何凤山、辽宁铁岭阀门厂康长春等参加的阀门电动装置部颁标准制定工作组。

1974 年 4 月 17 日，工作组全体成员在天津海城饭店集结，开展工作。工作组经过深入调查研究，对标准所涉技术难点进行了试验研究、理论计算，全面整合了全国阀门联合设计技术资料、各电动阀门厂的电动阀门技术资料及各阀门电动装置厂的相关资料后，于 1974 年 6 月起草完成了"阀门电动装置型式、基本参数与连接尺寸""阀门电动装置技术条件"两项部标准"征求意见稿"。"征求意见稿"发各阀门厂征求意见后，汇总处理了反馈意见，形成了该两项部标准的"审查稿"。

1974 年 10 月，一机部通用机械研究所革委会副主任董英在上海主持召开标准审查会，审查通过了这两项部颁标准，最后由通用机械研究所完成"报批稿"上报，经一机部批准后，正式在全国实施。两项部标准，标准号分别为 JB2920，JB2921。

上述两项部标准的发布实施，为我国阀门电动装置的大发展扫清了障碍，铺平了道路。

1975 年初，一机部周建南副部长前往辽宁省朝阳电厂主持双水内冷新型发电机组点火启动仪式。当周副部长按下启动电钮后，发电机组没能启动成功。经查是系统中的电动阀门没有正常启动。事后，周副部长特别召见了通用机械研究所阀门室"电动装置课题组"成员，了解电动阀门存在的问题。归纳起来：一是我国第一次联合设计的 ZD 系列电动装置存在阀位控制不灵等问题；二是阀门电动装置没采用符合阀门操作特性的阀门专用电动机；三是阀门本体存在质量问题。1975 年 8 月，在周副部长的过问下，一机部下达了（75）一机电字 1040 号"关于开展阀门电动装置及阀门专用电机系列联合设计和试验研究工作的通知"，决定：

1. 由通用机械研究所组织阀门行业进行第二次阀门电动装置联合设计，以提高阀门电动装置技术水平；

2. 由一机部通用机械研究所为总归口，上海电科所、广州电科所、南阳防爆所为分归口，组织制定阀门专用电机部颁标准与阀门专用电机产品联合设计；

3. 由通用机械研究所负责解决电动阀阀门质量问题。

上述 1040 号文件上盖着"中华人民共和国第一机械工业部"公章（俗称"天安门"图章），是中国阀门电动装置发展史上国家下发的最高级别的文件。

1976 年 4 月，由通用机械研究所项美根主持，在北京一机部机械研究院召开了由国内主要阀门电动装置厂，与哈锅、上锅、武锅、北锅、东锅技术人员出席的全国第二次阀门电动装置联合设计方案审查会，对通用机械研究所电动装置课题组提出的七个设计方案进行了审查，一致通过了其中的"第六方案"，即电机与电装主体端面出线的方案，为第二次电装联合设计方案。

1976 年 4 月下旬，由通用机械研究所项美根任组长，通用机械研究所章华友、李汉武，天津第二通用机械厂刘其昌，上海阀门三厂蒋集顺，开封高压阀门厂孙世信、段发瑞，铁岭阀门厂肖而宽，天津第二电表厂殷鸿义等参加的全国第二次阀门电动装置联合设计组，在合肥通用所开展工作。当年暑期后，联合设计组又移师上海阀门三厂继续进行联合设计工作，至 1977 年初，全面完成了符合阀门电动装置两项新标准 JB2920、JB2921，Z 系列多回转及 Q 系列部分回转（叠加式），两个系列阀门电动装置产品设计任务。这两个系列，都包含了普通型、户外型、防腐型、隔爆型四种类型的产品，大大地扩充了电装产品的适用范围。

1977 年 1 月—1979 年 9 月，上述联合设计产品由上海阀门三厂陆续试制完成（包括样机在广州电科所的户外、防腐试验，上海煤机所的防爆试验，以及上海南市电厂的现场工况使用考核），并成功应用于上海吴泾我国第一套30万吨合成氨项目。1980年12月，该系列产品由通用机械研究所通过了鉴定。

与此同时，通用机械研究所在我总归口下，成立了全国阀门专用电机起草部标准和阀门专用电机产品联合设计工作组，工作组由上海电科所周蜀君工程师任组长，上海电科所张金兰、广州电科所陈维邦、高鸿发、南阳防爆所易兴睦、苏成山、开封电机厂方铭、蔡碧濂、上海五一电机厂庄镇波、罗湛园、上海革新电机厂郭德渠、上海跃进电机厂陶绪周参加。经工作组调研后，在北京、上海、开封等地积极开展工作。

1976年6月，普通型与户外、防腐、隔爆型两种阀门专用电机部标准的编制，及普通型与户外、防腐、隔爆型两种阀门专用电机系列产品设计研制，全部完成。1976年11月，由一机部科技司曹维廉司长主持，在广州召开了上述两项阀门专用电机部标准审查会，暨两种阀门专用电机系列产品鉴定会，并一致审查通过了这两项部标准的报批与两种系列产品鉴定，从此告别了我国无阀门专用电机的历史。

两项阀门专用电机部标准代号名称分别为：JB2195–77"YDF系列电动阀门用三相异步电动机"，JB2196–77"YBDF–WF系列户外、防腐、隔爆型电动阀门用三相异步电动机"。

上述阀门专用电机系列产品，全部用于我国第二次阀门电动装置联合设计的产品上，对推动我国阀门电动装置技术水平，提高到当时的国际先进水平做出了重要贡献。

第二次全国阀门电动装置联合设计产品成功投产以及两个系列阀门专用电机成功投产，在我国阀门电动装置行业发展史上具有里程碑的意义。所有这一切，为我国今后阀门电动装置行业的发展奠定了坚实基础。

1978年12月，党的十一届三中全会，吹响了改革开放的号角，社会主义市场经济促进了社会生产力的发展，也大大推动了我国阀门电动装置行业的发展。主要表现在：

（1）行业队伍得到了大发展。除原来有的天津第二通用机械厂等几家老厂外，新加盟、新创建的企业有扬州电力修造厂、常州第二电机厂（现常州电站设备辅机厂）、常州武进阀门控制厂（武锅布点）、鞍山阀门电动装置厂（沈阀布点）、牡丹江电装厂（哈锅布点）、北方阀门控制设备公司、黄山特种阀门控制设备公司（黄山良业阀门有限公司前身，现名：黄山良业智能控制股份有限公司）等。

（2）新产品百花齐放，不断涌现。主要有天津第二通用机械厂的 ZA、QB 等产品，以及消化吸收英国罗托克技术的"同轴直连式电装"；扬州电力修造厂的 DZW、DQW 系列等电装；常州第二电机厂的 ZB、ZC、QB、QD 系列电装；北方阀门控制设备公司的 LQ、802 系列电装；黄山特种阀门控制设备公司的 HZ、HQ 系列电装等。这些企业多是具有新产品开发能力、制造能力较强、技术力量较为雄厚、产品有自己的品牌、具有自主知识产权、质量较好的企业。

（3）在部标准 JB2921 "阀门电动装置技术条件"的带动下，我国阀门电动装置产品性能检测技术与装备得到了大发展。通用机械研究所、天津第二通用机械厂、扬州电力修造厂、黄山特种阀门控制设备公司等都成功研制了一批符合部标准 JB2921 要求的测试装置。特别是天津第二通用机械厂，测试设备完备，最大测试扭矩可达 60000N·m。

（4）引进了一批国外电动装置先进制造技术。主要有天津第二通用机械厂引进的美国 SMC 系列电装、上海良工阀门厂引进的意大利 BF 系列电装、扬州电力设备修造厂引进的德国西门子电装等。

（5）为了提高产品质量与劳动生产率，天津第二通用机械厂、扬州电力修造厂等部分企业，专门设计、加工、安装、调试、完成了电装箱体专门机加工生产线。后来，在引进国外阀门电动装置制造技术的推动下，1986 年，天津第二通用机械厂向青海第一机床厂购买了我国阀门电动装置行业首台用于加工阀门电动装置箱体的卧式加工中心，在业内起到了很好的示范作用。同时，天津第二通用机械厂还从日本引进了一台真空渗碳炉，对保证引进产品 SMC 的质量起到了重要作用。

1988 年，天津第二通用机械厂还成功建成了我国第一条阀门电动装置产品表面涂漆生产线，对提高产品表面质量起到了重要保证作用。

（6）形成了电装产品社会化生产基地。主要分布在常州武进县境内、天津第二通用机械厂周边等原有电装生产基础较好的地区。形成了 DZW 系列电装（原是扬州电力修造厂产品）、QB 系列电装（原是天津第二通用机械厂产品）等产品的社会化生产。即有一部分企业专业生产加工电装产品零部件（实质上仅是个机加工车间）；另一部分企业负责电装产品装配（实质上仅是个装配车间），组装成产品后销售；同时还出现了电装产品销售专业户，他们手中往往掌控着部分电装用户，只管产品销售，从中获利。

因为实现了电装产品的社会化生产，从而降低了电装生产成本。这些产品销售价格往往较低，他们会迎合部分客户的心态，以低价抢占市场。

实际上，在当时的社会环境下，由于电装社会化生产，缺乏产品生产销售全过程的全面质量管理与控制，故很难保证产品具有较好的质量。

（7）随着国民经济发展，电装用量不断增加。据估计，1974—1995 这 23 年间，全国电装行业每年总产量从不足 5000 台，增加到了 40000 台左右，增幅达 800% 以上。同时紧随客户需要，品种规格也大大增加，适用范围不断扩大，完全满足了国民经济各部门发展的需要。

（8）为了缩小我国阀门行业总体技术水平与国外差距，1977 年 10—11 月，一机部首次（也是唯一一次）官方组团赴日阀门考察。赴日阀门考察团由开封高压阀门厂沈延新任团长，通用机械研究所练元坚任副团长。负责阀门电装技术的通用机械研究所项美根和天津第二通用机械厂寇国清参加了这次考察活动。在日本参观考察了日本齿轮公司（拥有美国力密托克技术）、岛津制作所（拥有英国罗托克技术）、西部电机（拥有自主知识产权技术）等三个阀门电动装置制造厂，以及电动阀门用户（火力发电厂、液化天然气厂、石化厂）。考察活动取得了圆满成功，回国后编写并出版了两本书：《赴日阀门考察报告》《赴日阀门考察技术资料》，在业内引起巨大反响。这两本书虽然时间已过去几十年，但至今在业内还有参考价值。

事后，天津第二通用机械厂决定通过日本齿轮公司引进美国的 SMC 系列电装制造技术，就是这次赴日阀门考察的成果之一。

为了很好地消化吸收这次赴日阀门考察成果，1978 年夏，由一机部通用机械研究所阀门室副主任闫永君主持，在四川成都成功举办了一次"全国阀门电动装置技术交流会"，全国各电装制造厂及部分电装用户单位派员出席了这次会议。

在那计划经济向市场经济过渡时期，国内电装技术交流活动仍然十分活跃。1980 年 11 月，一机部通用机械研究所练元坚副总工程师在天津主持召开了"全国电装行业第二次技术交流会"；1981 年 8 月，上海电科所与一机部通用机械研究所共同主持，在黑龙江省牡丹江市召开了"阀门专用电机标准修订及阀门电装应用温度继电器技术讨论会"。这些活动对推动我国电装行业技术进步起到了重要促进作用。

（9）1981 年后，我国在全国范围内推行全面质量管理，狠抓产品质量，创省优、部优、国优活动。为配合这些活动，推动全面提高电装产品质量，1985 年，由一机部通用机械研究所主持制定了"阀门电动装置寿命试验规程""阀门电动装置产品质量分等"两项部标准，在全行业实施。对推动阀门电动装置产品质量，起到了重要作用。

在上述工作的影响与推动下，我国阀门电动装置的产品寿命测试技术与装备也得到了发展。天津第二通用机械厂、黄山良业阀门有限公司等主要电装厂，都有自己研制的阀门电动装置寿命试验台。不过这仅是少数技术力量与质量意识较强企业的自觉行动，即前面提到过名字的电装厂才能做到。

（10）随着对阀门电动装置技术的不断深入研究与了解，通用机械研究所先后又组织行业力量，对 JB2921 "阀门电动装置技术条件"进行了两次修订。

（11）1982 年，ISO 国际标准化组织第一次完整地发布了涉及阀门电动装置的两项国际标准：ISO5210 "多回转阀门驱动装置的连接"、ISO5211 "部分回转阀门驱动装置的连接"。这两项国际标准的特点是：阀门驱动装置与阀门的连接方式较多，有爪型、键型、方头型、扁头型等，方便用户按需选用。根据我国积极采用国际先进标准的政策，1989 年，全国阀门标准化技术委员会等效采用上述两项 ISO 标准，转化成了我国国家标准：GB/T12222 "多回转阀门驱动装置的连接"、GB/T12223 "部分回转阀门驱动装置的连接"。

但由于我国部标准 JB2920 "阀门电动装置型式、基本参数与连接尺寸"已经在国内长期实施，行业内影响根深蒂固，因此上述两项新国标执行起来遇到了一些困难，原因是要在原有的连接形式与尺寸上做出变动，不仅要付出巨大经济代价，还涉及阀门电动装置制造、使用、维护、供货、流通等复杂因素，故难以实现。只能建议上述两项国际标准将来修订时，添加 JB2920 中的相关内容，或对 JB2920 标准进行修订后重新发布。

（三）提高
1997—2022 年（共 26 年）

20 世纪末，信息技术在世界范围内获得巨大发展，给我们阀门电动装置技术发展带来了巨大空间。从此，我国阀门电动装置历史，逐步进入了智能时代。智能阀门电动装置摒弃了原有阀门电动装置采用的常规电接点控制电路，而采用内嵌微处理器的控制单元，同时具有人机交互界面、运行数据记录、参数组态、故障自诊断和保护等功能，并可具有数字通信接口的新型智能阀门电动装置。

智能型阀门电动装置，最早出现于 20 世纪 90 年代初，是由英国罗托克公司成功研制的。

我国在 1997 年 3 月，安徽省科学技术委员会开展了一次面对全国的"难题招标活动"。所谓"难题招标"活动，就是省科委向全省中小企业征集"技术难题"，通过《中国科技报》《安徽日报》、"安徽科技信息网"等新闻媒体，向全国高等院校、科研院所招标，以求攻克"难题"。黄山良业阀门有限公司项美根董事长根据当时世界阀门电动装置发展的新方向、新趋势，审时度势，果断地利用这个机会，向安徽省科委申请并批准了"数控型阀门电动装置研究开发"这一难题项目。由于当时在我国电动装置行业里，尚未有"智能"这一名词出现，所以报该项目时的名称叫"数控型阀门驱动装置"，实际上就是现在大家众所周知的"智能型阀门电动装置"。

该"难题项目"经媒体招标后，由北京中国对外科学技术交流协会中标，在安徽省科委立项。

"数控型阀门电动装置研究开发"正式立项后，安徽省科委即给黄山良业阀门有限公司无偿拨付人民币 8 万元，作为项目启动资金。后经黄山、北京两家合作单位的共同努力，1998 年底，成功研制完成了第一台 300N·m、多回转数控型阀门电动装置样机，并送往黄山市徽州区自来水厂进行工业性工况运行试验。这是我国第一次对现代智能型阀门电动装置的科学尝试。

进入新世纪后，随着信息技术影响力不断扩大，大大促进了我国阀门电动装置行业智能型阀门电动装置产品的快速发展。有近十家实力较强企业，通过引进、消化、吸收国外智能型阀门电动装置技术并结合自主创新，成功研发了各具特色的智能型电装产品，主要有：

上海自动化仪表十一厂 M、A 等系列智能电装；

温州瑞基 RA、RQ、RQM、RJ 等系列智能电装；

温州特福隆 IK、IKT、AK、AKT、AKQ 等系列智能电装；

黄山良业智能控制股份有限公司 LK、LKZ、LKQ 等系列智能电装；

扬州电力设备修造厂 2SA3、2SA8、2SA9、2SQD 等系列智能电装；

常州电站设备辅机厂 SND-ZTD、SND-ZTZ、SND-QTJ 等系列智能电装；

天津百利二通 IMC、IQT、IMT 等系列智能电装；

重庆川仪自动化股份有限公司 RHA、M 等系列智能电装。

我国智能型阀门电动装置产品的不断发展，又推动了我国阀门电动装置智能检测技术与智能检测设备的发展。从 2003 年开始，黄山良业阀门有限公司经过奋战，成功研制出我国首台阀门启闭扭矩连续测试装置的同时，研制出我国第一套"全自动全智能阀门电动装置性能测试台"，为全国阀门行业阀门与电装检测技术进步做出了重要贡献。

为了确保我国阀门智能型电装有序发展，有效控制产品质量，全国阀门标准化技术委员会组织行业力量，经过三年努力，成功制定了我国第一部智能型阀门电动装置国家标准 GB/T28270-2012 "智能型阀门电动装置技术条件"，于 2012 年 12 月开始在全国实施，对提高我国阀门整体技术水平起到了重要保证作用。

根据我国标准化体系要求，在全国阀门标准化技术委员会黄明亚秘书长的带领下，从 2007 年开始组织行业力量，经过两年努力，在原有部标准"阀门电动装置技术条件"的基础上，成功制定了 GB/T24922 "隔爆型阀门电动装置技术条件"、GB/T24923 "普通型阀门电动装置技术条件"两项国家标准，从 2010 年开始，在全国范围内实施，使我国阀门电动装置执行标准实现了更新换代。

之后，又成功制定了 JB/T8531-1997 "阀门电动装置型号编制方法"（2014年又进行了修订），JB/T13597-2018 "低温环境用阀门电动装置技术条件"，JB/T13881-2020 "船用阀门电装技术条件"等行业标准。

2012 年 6 月，我国阀门标准化技术委员会，应邀派出阀门电动装置专家，出席了在德国柏林召开的 ISO/TC153/SC2 工作组会议。当时，这个会议的议程是修订"多回转阀门驱动装置的连接""部分回转阀门驱动装置的连接"两项国际标准。考虑到我国阀门电动装置标准化工作历史悠久、经验丰富、基础雄厚，我和胡军先生以及未能到柏林参会的黄明亚先生，认为我国应向 ISO/

TC153/SC2 工作组提出申请，由中国来主持制定"工业阀门电动装置一般要求"这一国际标准。

2014 年 10 月，ISO/TC153 阀门国际标准技术委员会机构重组，取消了原来的 ISO/TC153/SC2 分技术委员会，专门成立了 ISO/TC153/WG1 工作组（工作组秘书处设在德国柏林 DIN 总部大楼），负责协调我国提出的该标准制定过程中的组织审查工作。

对此建议，我国国家标准委高度重视，并于 2015 年 5 月向 ISO/TC153 正式提出申请。后于 2015 年 9 月在法国巴黎召开的 ISO/TC153 工作组会议及年会上进行了讨论协调，此次会议为标准的立项制定取得了实质性进展，为我国阀门行业赢得了第一个国际标准的制定权做出了贡献。

为完善标准立项申报材料，2015 年 12 月，合肥通用机械研究院组织电装行业专家，在黄山召开了"工业用阀门电动装置技术条件"国际标准研讨会，拉开了制定该标准的序幕。之后，在合肥通用机械研究院阀门所黄明亚所长带领下，由合肥通用机械研究院胡军执笔，由我国主持起草的该标准各阶段的"标准稿"，分别在日本、意大利、德国、法国、英国等多国多次召开的 ISO/TC153/WG1 专家审查会上反复讨论、审查。经过 5 年多努力，2020 年 1 月，该标准获得 ISO 国际标准化机构正式批准、发布。标准代号名称为：ISO22153-2020"工业阀门电动装置一般要求"，从 2020 年 1 月起，在全世界范围内实施。其间，我国阀门电动装置老专家项美根先生，作为国际标准 ISO/TC153/WG1 注册专家，自始至终参加了这项国际标准的制定工作，见证了该项国际标准从无到有的整个过程。

由我国主导制定的国际标准 ISO22153-2020"工业阀门电动装置一般要求"的发布，并在全世界实施，这在我国阀门电动装置发展史上具有划时代意义。

事实证明，我国阀门电动装置行业，从 1965 年起步，到走出国门，2020 年 1 月发布了我国主持制定的国际标准 ISO22153-2020。"工业阀门电动装置一般要求"在全世界实施，历时 56 年。

从行业规模上来说：生产厂家从无到有，到现在估计有一百家左右（有规模、有产品开发能力、有自主品牌、自主知识产权的厂家约十家）；

从加工能力上来说：从普通车床加工开始，到现在数字化生产设备得到普遍应用。电装主要零件箱体加工，基本实现采用加工中心加工。箱体毛坯件，小型的采用铝合金压铸，中型、大型的普遍采用树脂砂、消失模等先进铸造工艺，使产品质量显著提高。

从产品产量、质量、品种、规格上来说：从零开始，到现在年产量约 20 万台，产量、质量、品种、规格完全满足了国民经济各行各业的需要，并有部分出口。

从产品检测技术与设备来说：从零开始，到现在基本实现了阀门电装产品质量指标的自动化、智能化检测。

从产品标准方面来说：从零开始，到现在，不仅在国内已经具备完整的阀门电装标准体系，而且走出国门，由我国主持制定了国际标准 ISO/22153–2020 "工业阀门电动装置一般要求"。冲出了国门，走向了世界！

历史将永远铭记每一位为我国阀门电动装置行业发展做出贡献的人！

附：单位名称沿革一览表。

单位名称沿革一览表

阀门电动装置 58 年历史，经历了新中国成立、"文革"、改革开放、体制改革等多个历史时期，单位更名较多，为方便阅读，现把主要单位新老名称对照列表列出如下：

现名	曾用名
已撤销	第一机械工业部简称：一机部 机械工业部简称：机械部
合肥通用机械研究院	一机部通用机械研究所 机械部通用机械研究所 合肥通用机械研究所简称：通用所
天津百利二通机械有限公司	天津第二通用机械厂简称：天二通
上海良工阀门厂有限公司	上海良工阀门厂 （1983 年，上海阀门三厂被并入该厂）
扬州电力设备修造厂有限公司	扬州电力设备修造厂 简称：扬州电力修造
常州电站辅机总厂有限公司 常州电站辅机股份有限公司	常州第二电机厂简称：常州二电机 常州电站设备辅机厂 简称：常州电站辅机
黄山良业智能控制股份有限公司	黄山特种阀门控制设备公司 黄山良业阀门有限公司 简称：黄山良业公司
特福隆（上海）科技有限公司	温州特福隆
温州瑞基测控设备有限公司	温州瑞基
上海自动化仪表股份有限公司自动 化仪表十一厂	上海自动化仪表十一厂
重庆川仪自动化股份有限公司	重庆川仪

附录三

我的专利权统计表

荣获国家专利权：

1. "QQ 型部分回转阀门电动装置"获专利权，专利号：87200435。

2. "一种阀门电动装置"获专利权，专利号：ZL200420024427.7。

3. "一种阀门电动装置"获专利权，专利号：ZL200420078961.6。

4. "阀门转矩限制电动装置"获专利权，专利号：ZL200420079757.6。

5. "阀门电动装置的防爆箱罩"获专利权，专利号：ZL200420079756.1。

6. "一种可自动切换的阀门电动装置"获专利权，专利号：ZL200420079755.7。

7. "一种阀门控制器"获专利权，专利号：ZL2004200789601。

8. "阀门电动装置控制机构"获专利权，专利号：ZL2005200691167。

9. "一种阀门电动装置综合控制器"获专利权，专利号：ZL200520069117.1。

10. "容器快速泄放阀"获专利权，专利号：ZL200620019807.0。

11. "一种行程控制开度指示机构"获专利权，专利号：ZL200620114361.X。

12. "智能化阀门电动装置转矩控制部套传感器"获专利权，专利号：ZL200620116985.5。

13. "一种水轮机调速器"获专利权，专利号：ZL20062012496.9。

14. "冲击式和斜击式水轮机用手电动调速器"获专利权，专利号：ZL200620129950.5。

15. "阀门启闭扭矩连续测试装置"获专利权，专利号：ZL200620149672.X。

16. "阀门电动装置的精度调节机构"获专利权，专利号：ZL200820104866.7。

17. "一种阀门扭矩弯矩连续测试装置"获专利权，专利号：ZL200920040404.8。

18. "全自动阀门电动装置试验台"获专利权，专利号：ZL200920047723.1。

19. "一种非侵入式智能型阀门电动装置"获专利权，专利号：ZL200920181030.1。

20．"一种球阀"获专利权，专利号：ZL201020640312.6。

21．"一种阀门扭矩连续测试装置"获专利权，专利号：ZL200920041467.5。

22．"陶瓷闸板与金属弹性阀座密封的闸阀"获专利权，专利号：ZL2010
20698880.1。

23．"阀门气动装置启闭扭矩连续测试装置"获专利权，专利号：ZL20112
0019397.0。

24．"现场总线与无线控制的阀门电动装置"获专利权，专利号：ZL
201120303337.1。

25．"液控阀门"获专利权，专利号：ZL201320121685.6。

26．"电子编码器"获专利权，专利号：ZL201320121684.1。

27．"一种全自动煤气组合阀控制系统"获专利权，专利号：ZL201320366180.61。

28．"阀门启闭控制装置的传动装置"获专利权，专利号：ZL201320397042.4。

29．"阀门电动装置"获专利权，专利号：ZL201320411437.5。

30．"一种大力矩部分回转阀门电动装置的控制系统"获专利权，专利
号：ZL201320366198.6。

31．"一种智能型阀门电动装置控制单元"获专利权，专利号：ZL20142
0387596.0。

32．"阀门紧急切断装置"获专利权，专利号：ZL201420388425.X。

33．"阀门紧急切断装置"获专利权，专利号：ZL201420387617.9。

34．"一种阀门扭矩测试装置"获专利权，专利号：ZL201420774095.8。

35．"一种水轮机手、电动自动切换调速器"获专利权，专利号：ZL2014
20773495.7。

36．"一种阀门电动装置"获专利权，专利号：ZL201310290316.4。

37．"一种阀门启闭控制装置的传动装置"获专利权，专利号：ZL2013
10279890.X。

38．"一种阀门紧急切断装置"获专利权，专利号：ZL201410333863.0。

39. "一种阀门紧急切断装置"获专利权，专利号：ZL201410334242.4。

40. "一种减速器传动效率测试装置"获专利权，专利号：ZL201620707633.0。

41. "非侵入式智能型阀门电动装置的控制系统"获专利权，专利号：ZL201620714979.3。

42. "一种轴向力测试装置"获专利权，专利号：ZL201821173304.8。

43. "一种阀门轴向力测试装置"获专利权，专利号：ZL201820073485.4。

44. "阀门电动装置的手动机构"获专利权，专利号：ZL201921706347.2。

45. "一种阀门手轮绕圈机活动机构"获专利权，专利号：ZL201920706346.8。

46. "一种绕圈机"获专利权，专利号：ZL201921712747.4。

47. "一种手轮加工装置主动机构"获专利权，专利号：ZL201921706337.9。

48. "一种阀门电液执行机构液压机构"获专利权，专利号：ZL202121048833.7。

49. "一种无推力盘的多回转阀门电动装置"获专利权，专利号：ZL202121085319.0。

附录四

我的任职统计表

现任职务：

1. 国际标准化组织阀门技术委员会 ISO/TC153 注册专家。

2. 全国阀门标准化技术委员会（SAC/TC188）顾问。

3. 浙江工业大学校友会第七届理事会理事。

4. 第六届《阀门》期刊技术委员会委员。

5. 黄山良业智能控制股份有限公司终身名誉董事长。

曾任职务：

1. 中国阀门协会技术与标准专家委员会顾问。

2. 中国阀门协会《阀协通讯》杂志副总编。

3. 中国机械工程学会第四、五、六届管道与阀门专业委员会委员。

4. 中国机械工程学会《流体机械》杂志第二届编委会委员。

5. 全国阀门标准化技术委员会阀门驱动装置分技术委员会（SAC/TC188/SC2）委员。

6. 机械部阀门产品质量监督员。

7. 全国船用机械标委会通讯委员。

8. 第四、五届《阀门》期刊编辑委员会委员。

9. 电力部电站阀门标委会通讯委员。

10.《阀门用户》杂志专家委员会委员。

11. 安徽省机械工业质量管理协会第四届理事会理事。

12. 安徽省民营科技实业家协会副主席。

13. 北京（合肥）机械部通用机械研究所工程师。

14. 天津市第二通用机械厂副总工程师兼企管办主任、全质办主任。

15. 黄山市第五届工商业联合会执委。

16. 黄山市第三、四届民营企业家协会理事。

17. 天津市阀门公司副总工程师。

18. 天津新力机械厂总工程师。

19. 黄山市第四届人大代表。

20. 黄山市民营科技促进会理事。

21. 黄山市检察机关保护企业合法权益协会理事。

22. 黄山市工商局行风监督员。

23. 黄山市浙江商会副主席。

24. 黄山市屯溪区第八、九届政协委员。

25. 黄山市屯溪区第十二、十三、十四届工商业联合会副主席。

26. 黄山市屯溪区阳湖镇第十三、十四、十五届人大代表。

27. 屯溪区经济和信息化委员会政务公开和机关作风建设监督员。

28. 黄山特种阀门控制设备公司总工程师、总经理。

29. 黄山特种阀门控制设备公司法定代表人。

30. 黄山良业阀门有限公司董事长、法定代表人。

31. 中共黄山良业阀门有限公司党支部书记。

32. 黄山良业智能控制股份有限公司党支部书记。

33. 黄山良业智能控制股份有限公司董事长、法定代表人。

附录五

我的获奖项目统计表

省部级获科技奖项目：

序号	获奖名称	等级	排名	角色	年份
1	吴泾年产 30 万吨合成氨完善化装置	一等		骨干	1991 年国家重大技术装备成果奖
2	阀门电动装置系列设计	三等	1	主持	1980 年一机部科技成果奖
3	XZ 系列阀门电动装置	三等	1	主持	1991 年天津市科技进步奖
4	HZ 系列阀门电动装置	三等	1	主持	1993 年安徽省科技进步奖
5	阀门电动装置型式、基本参数和连接尺寸	四等	1	主持	1983 年机械部标准成果奖
6	FS-0 型阀门寿命试验机	四等	1	主持	1985 年安徽省科技进步奖

厅、局、市、县级获科技奖项目：

1.JB/TQ441–85《截止阀质量分级》标准获机械部石化通用局标准科技成果三等奖。

2.JB/TQ414–85《先导活塞式减压阀质量分级》标准获机械部石化通用局标准科技成果三等奖。

3.JB/TQ410–85《阀门铸钢件质量分级》标准获机械部石化通用局标准科技成果三等奖。

4.JB/TQ415–85《弹簧直接载荷式安全阀质量分级》标准获机械部石化通用局标准科技成果三等奖。

5.HZ 系列阀门电动装置获黄山市新产品二等奖。

6.QC 系列阀门电动装置获黄山市科学技术二等奖。

7. 水轮机手电动调速器获黄山市科学技术三等奖。

8.ZL 智能型阀门电动装置获黄山市科学技术三等奖。

9.NS 阀门启闭扭矩连续测试装置获黄山市科技进步三等奖。

10. 阀门气动装置启闭转矩连续测试装置获黄山市科技进步三等奖。

11. 管道安全保障的阀门紧急切断装置研发获黄山市科技进步三等奖。

12.QQ 型部分回转阀门气动装置获江苏省武进市科技进步一等奖。

国家级、省级重点新产品：

1.HZ 系列阀门电动装置被认定为国家级重点新产品计划项目。

2.HZ 系列阀门电动装置被安徽省认定为重点新产品计划项目。

3.QC 系列阀门电动装置被安徽省认定为重点新产品计划项目。

4.LK 智能型阀门电动装置被安徽省认定为重点新产品计划项目。

国家科技支撑计划课题项目：

1.2007 年 4 月参加"城市市政管网预警、决策与系统控制研究"项目攻关。

2.2012 年 2 月参加"城市生命线安全保障关键技术研究与应用"项目攻关。

科技部中小企业创新基金立项：

1.QC 型阀门电动装置获国家科技部创新基金立项。

2.NS 型阀门扭矩连续测试装置获国家科技部创新基金立项。

3.LK 智能型阀门电动装置获国家科技部创新基金立项。

国家级、省级、市级高新技术企业：

1.1999 年黄山良业阀门有限公司被认定为黄山市高新技术企业。

2.2007 年黄山良业阀门有限公司被认定为安徽省高新技术企业。

3.2008 年黄山良业阀门有限公司被认定为国家级高新技术企业。

4.2011 年黄山良业阀门有限公司第一次被复审认定为国家级高新技术企业。

5.2014 年黄山良业阀门有限公司第二次被复审认定为国家级高新技术企业。

6.2017 年黄山良业阀门有限公司第三次被复审认定为国家级高新技术企业。

7.2020 年黄山良业阀门有限公司第四次被复审认定为国家级高新技术企业。

省级高新技术产品：

1.2004 年 QC 型阀门电动装置被认定为安徽省高新技术产品。

2.2010 年水轮机手电动调速器被认定为安徽省高新技术产品。

3.2011 年 NS 型阀门扭矩连续测试装置被认定为安徽省高新技术产品。

4.2012 年 NSQ 气动阀门启闭扭矩连续测试装置被认定为安徽省高新技术产品。

5.2013 年 LK 智能型阀门电动装置被认定为安徽省高新技术产品。

6.2014 年 HZ/QC-XY 整体型阀门电动装置被认定为安徽省高新技术产品。

省级自主创新产品：

2009 年 QC 型阀门电动装置被认定为安徽省自主创新产品。

附录六

我参与制定的标准统计表

参加制定国际标准：

我国主导制定的国际标准 ISO22153-2020 "工业阀门电动装置一般要求"的全程参加者。

主持制定国家标准：

1. 行业标准 JB/T13884-2020 "阀门启闭扭矩测试规程"的主持起草人。

2. 行业标准 JB/T13881-2020 "船用阀门电动装置技术条件"的主要起草人。

3. 行业标准 JB/T13597-2018 "低温环境用阀门电动装置技术条件"的主要起草人。

4. 行业标准 JB/T8862-2014 "阀门电动装置寿命试验规程"的主要起草人。

5. 行业标准 JB/T8530-2014 "阀门电动装置型号编制方法"的主要起草人。

6. 国家标准 GB/T28270-2012 "智能型阀门电动装置"的主要起草人。

7. 国家标准 GB/T24922-2010 "隔爆型阀门电动装置技术条件"的主要起草人。

8. 国家标准 GB/T24923-2010 "普通型阀门电动装置技术条件"的主要起草人。

9. 主持制定部标准 JB2920-81 "阀门电动装置型式、基本参数和连接尺寸"。

10. 主持制定部标准 JB2921-81 "阀门电动装置技术条件"。

11. 组织协调制定部标准 JB2541-78 "YDF 系列电动阀门用三相异步电动机"。

12. 组织协调制定部标准 JB2542-78 "YBDF——W 系列户外隔爆型电动

阀门用电动机"。

13. 主持制定中国机械工程学会标准"闸门静压寿命试验规程"。

14. 主持制定全国阀门行业"截止阀静压寿命试验暂行规定",供全国阀门行业使用。

15. 主持制定行业标准 JB/T243"闸阀静压寿命试验规程"。

16. 主持制定行业标准 JB/T244"截止阀静压寿命试验规程"。

17. 主持制定行业标准 JB/T245"旋塞阀静压寿命试验规程"。

18. 主持制定行业标准 JB/T246"球阀静压寿命试验规程"。

19. 主持制定行业标准 JB/T248"蝶阀静压寿命试验规程"。

20. 主持制定行业标准 JB/TQ390"球阀产品质量分级"。

21. 主持制定行业标准 JB/TQ395"闸阀产品质量分级"。

22. 主持制定行业标准 JB/TQ408"隔膜阀产品质量分级"。

23. 主持制定行业标准 JB/TQ414"先导活塞式减压阀质量分级"。

24. 主持制定行业标准 JB/TQ416"蝶阀产品质量分级"。

25. 主持制定行业标准 JB/TQ415"弹簧直接载荷式安全阀质量分级"。

26. 主持制定行业标准 JB/TQ440"阀门铸钢件质量分级"。

27. 主持制定行业标准 JB/TQ441"截止阀质量分级"。

28. 主持制定行业标准 JB/TQ"铁制闸阀质量分级"（报批稿）。

主持制定企业标准:

1. 主持制定企业标准 Q/HLY001-2009"水轮机手电动调速器"。

2. 主持制定企业标准 Q/HLY002-2011"阀门扭矩连续测试装置技术条件"。

3. 主持制定企业标准 Q/HLY003-2012"阀门气动装置启闭转矩连续测试装置技术条件"。

4. 主持制定企业标准 Q/HLY004-2013"阀门防爆控制器技术条件"。

5. 主持制定企业标准 Q/HLY005-2016"阀门自动复位装置技术条件"。

6. 主持制定企业标准 Q/HLY006-2016"离合式阀门手动装置技术条件"。

7. 主持制定企业标准 Q/HLY007-2019"阀门扭矩连续测试装置技术条件"。

8. 主持制定企业标准 Q/HLY008-2019"阀门电液执行机构技术条件"。

9. 主持制定企业标准 Q/HLY009-2020"水轮机手电动调速器"。

10. 主持制定企业标准 Q/HLY010-2020"KFMB 系列隔爆型阀门控制器技术条件"。

11. 主持制定企业标准 Q/HLY011-2021"防爆智能型阀门电动装置技术条件"。

附录七

黄山良业奖牌统计表

序号	发证时间	发放单位	奖牌名称
1	1997.06	黄山市国家税务局第二分局	1996 年度纳税大户
2	1998.05	黄山市国家税务局第二分局	1997 年度纳税大户
3	1999.05	黄山市国家税务局第二分局	1998 年度纳税大户
4	2000.04	黄山市国家税务局第二分局	1999 年度纳税大户
5	2001.04	黄山市国家税务局第二分局	2000 年度纳税大户
6	2002.05	黄山市国家税务局第二分局	2001 年度纳税大户
7	2003.12	黄山市国家税务局第二分局	2002 年度纳税大户
8	2004.03	黄山市国家税务局第二分局	2003 年度纳税大户
9	2005.04	黄山市国家税务局第二分局	2004 年度纳税大户
10	1998.04	黄山市国家税务局第三分局	1997 年度纳税先进企业
11	1999.03	黄山市国家税务局第三分局	1998 年度纳税先进企业
12	2000.04	黄山市国家税务局第三分局	1999 年度纳税先进企业
13	2001.03	黄山市国家税务局第三分局	2000 年度纳税先进企业
14	2006.04	黄山市地税局	2004—2005 年度地方 A 级纳税信用单位
15	2008.09	安徽省地税局／安徽省国税局	2006—2007 年度 A 级纳税信用单位
16	2010.01	安徽省地税局／安徽省国税局	2008—2009 年度 A 级纳税信用单位
17	2001.04	黄山市工商联／经贸委	2000 年黄山市私企 50 强企业
18	2002.06	黄山市工商联等六家单位	2001 年度黄山市民营企业纳税百名排序 50 强企业
19	2003.06	黄山市工商联等六家单位	2002 年度黄山市民营企业纳税百名排序 50 强企业
20	2005.06	黄山市工商联等六家单位	2004 年度黄山市民营企业纳税百名排序 50 强企业
21	2006.05	黄山市工商联等六家单位	2005 年度黄山市民营企业纳税百名排序 100 强企业
22	2003.03	中共屯溪区委区政府	2002 年度纳税 50 万—100 万元民营企业

序号	发证时间	发放单位	奖牌名称
23	2004.03	中共屯溪区委／区政府	2003 年度 50 万—100 万元纳税大户
24	2003.04	中共屯溪区委／区政府	2002 年度工业目标考核先进单位
25	2004.04	中共屯溪区委／区政府	2003 年度工业目标考核先进企业
26	2005.02	中共屯溪区委／区政府	2004 年度工业目标考核先进单位
27	2006.02	中共屯溪区委／区政府	2005 年度工业目标考核先进单位
28	2007.03	中共屯溪区委／区政府	2006 年度工业目标考核先进单位
29	2008.03	中共屯溪区委／区政府	2007 年度工业目标考核先进单位
30	2009.03	黄山市屯溪区人民政府	2008 年度工业目标考核先进单位
31	2001.04	黄山市屯溪区人民政府	先进私营企业
32	1999	黄山市科学技术委员会	高新技术企业
33	2007	安徽省科学技术厅	高新技术企业
34	2004.07	黄山市科技局／黄山市知识产权局	试点单位
35	2008.04	黄山市科技局／黄山市知识产权局	黄山市第一批 专利试点企业先进单位
36	2009.04	黄山市科技局／黄山市知识产权局	黄山市企业专利试点工作示范单位
37	2006.05	黄山市创建金融安全区领导小组	2004—2005 年度银行信贷诚信企业
38	2008.06	黄山市创建金融安全区领导小组	2006—2007 年度银行信贷诚信企业
39	2012.06	黄山市金融生态环境建设领导小组	2010—2011 年度银行信贷诚信企业
40	2014.06	黄山市金融生态环境建设领导小组	2012—2013 年度银行信贷诚信企业
41	2013.03	黄山市总工会	模范职工小家
42	2014.04	屯溪区总工会	2013 年度屯溪区劳动圆梦竞赛优胜企业工会
43	2015.04	屯溪区总工会	2015 年度五一劳动奖状
44	2016.03	屯溪区总工会	2015 年度先进基层工会
45	2015.11	中华全国总工会	模范职工小家
46	2010.02	中国通用机械工业协会阀门分会	阀门分会会员单位证 （2010.2—2014.2）
47	2014.05	中国通用机械工业协会阀门分会	阀门分会会员单位证 （2014.5—2018.5）
48	2006.01	黄山市人民政府	黄山市投资商绿卡单位

序号	发证时间	发放单位	奖牌名称
49	2009.02	黄山市人民政府	QC 型阀门电装 2008 年度黄山名牌产品称号
50	2013.12	黄山市人民政府	QC 型阀门电装 2013 年度黄山名牌产品称号
51	2016.09	黄山市人民政府	QC 型阀门电装 2016 年度黄山名牌产品称号
52	2001.12	黄山市屯溪区人民政府安全生产委员会	安全生产先进单位
53	2012.12	黄山市安全生产监督管理局	安全生产标准化三级企业（机械）
54	2015.03	黄山市政府安全生产委员会	安全生产示范企业
55	1997.02	黄山市工商行政管理局	重合同守信用企业
56	1998	安徽省乡镇企业管理局	科技先导型企业
57	1998.12	安徽省星火奖评审委员会	HZ 系列三等奖
58	2000.10.27	贝尔国际认证机构	国际标准质量体系认证
59	2002	安徽省乡镇企业局	2002 年安徽省乡镇企业"十五"发展创新工程先进集体
60	2003.09	屯溪区国防教育办公室	国防教育板报三等奖
61	2003.09	黄山市社保局 / 工商联合会	先进民营企业
62	2004.09.20	黄民协字第 0071 号	黄山市民营企业家协会会员证
63	2005.11	中国通用机械工业协会阀门分会	会员单位（有效期三年）
64	2006.10	黄山市工商联	会长单位
65	2007		上海良业阀门控制技术研发中心（2007 年）
66	2008.03	中国黄山市屯溪区委组织部	屯溪区两新组织党建工作示范点
67	2008.11	中国阀门信息中心	中国阀门信息网网员单位（有效期六年）
68	2009.04.29	区委宣传部 / 区总工会 / 区文化局	醉温泉杯区庆五·一企业职工文艺会演最佳实力奖
69	2009.06	黄山市浙江商会	黄山市浙江商会副会长单位
70	2009.12	黄山市科技局	科技型中小企业成长技术创新基金实施十周年优秀企业
71	2012.12	安徽省企业联合会 / 安徽省信用协会	2012 年安徽省诚信企业

序号	发证时间	发放单位	奖牌名称
72	2014	浙江工业大学	黄山校友会
73	2014.03	安徽省民营科技实业家协会	副会长单位
74	2015.01	黄山市金华商会	理事单位
75	2016.12	中共黄山市屯溪区委组织部／区非公有制经济和社会组织工作委员会	2016年度区级优秀"双强六好"非公企业党组织
76	2019.03.11	东方华升（北京）信用评价有限公司	AAA级重合同守信用企业
77		黄山市总工会	工人先锋号
78		屯溪区总工会	工人先锋号
79		中共屯溪区委／区政府	文明单位
80		安徽省科学技术厅	安徽省民营科技企业
81		黄山市技术监督局	质量信得过企业

附录八

我的奖牌证书统计表

按发放时间顺序排列

序号	发证日期	发证单位	内容
1	1975.01	第一机械工业部通用机械研究所革命委员会	"再接再厉乘胜前进"先进生产者证书
2	1976.12	合肥通用机械研究所革命委员会	"谦虚谨慎戒骄戒躁"先进工作者证书
3	1979.07	第一机械工业部通用机械研究所	英语培训班结业证书
4	1988.01	天津市第二通用机械厂	高级工程师聘书（任期五年）
5	1988.01	天津市职称改革领导小组	高级工程师职称证书
6	1988.09	天津市机械工业质量管理协会	全面质量管理培训班结业证
7	1988.11	安徽省科学技术委员会	FS-0 型阀门寿命试验机重大科技成果证书
8	1988.11	中国机械工程学会流体工程分会	《流体机械》杂志第二届编辑委员会委员聘书
9	1989	江苏省武进县人民政府	QQ 型部分回转阀门气动装置科技进步奖一等奖
10	1990.11	中国机械工程学会流体工程分会	优秀论文《柱塞阀密封环与柱塞之间密封配合的设计和研究》
11	1992.01	黄山特种阀门控制设备公司	高级工程师聘书五年
12	1993.04	安徽省乡镇企业科学技术进步奖评审委员会	HZ 系列阀门电动装置科学进步三等奖证书
13	1993.04	安徽省乡镇企业科学技术进步奖评审委员会	安徽省乡镇企业突出贡献奖
14	1993.08	安徽省科学技术委员会	HZ 系列阀门电动装置科学技术成果证书
15	1994.04	安徽省乡镇企业管理局	总经理职务证书（1994.4—1998.4）（特种阀门）
16	1994.12	中国机械工程学会流体工程分会	第四届管道与阀门专业委员会委员聘书
17	1994.12	全国船用机械标准化技术委员会	通信委员聘书

续表

序号	发证日期	发证单位	内容
18	1995.04	黄山市科学技术进步奖评审委员会	HZ 系列阀门电动装置三等奖证书
19	1995.12	安徽省星火奖评审委员会	HZ 系列阀门电动装置三等奖证书
20	1995.12	中华人民共和国农业部	八五全国乡镇企业科技进步先进工作者
21	1996.02	安徽省乡镇企业管理局	优秀专业技术工作者称号
22	1996.02	黄山市屯溪区人民政府	HZ 系列阀门电动装置一等奖证书
23	1996.02	黄山市屯溪区人民政府	屯溪区先进科技工作者称号
24	1996.03	中共黄山市屯溪区委／黄山市屯溪区人民政府	1995 年优秀厂长（经理）光荣称号
25	1996.12	《华夏英才》编委会	被选入《华夏英才》系列丛书
26	1996.12	中国八五科学技术成果编审委员会／中国科学院龙门书局／红旗出版社	中国八五科学技术成果荣誉证书（HZ 系列阀门电动装置）
27	1997.02	政协黄山市屯溪区委员会	"关于扶持高新技术企业的建议"优秀提案
28	1997.05	黄山市工商行政管理局	企业法定代表人证书
29	1998.04	中共黄山市屯溪区委／黄山市屯溪区人民政府	1997 年优秀厂长（经理）光荣称号
30	1998.05	工业专用阀门手册编辑部	编辑部荣誉证书
31	1998.12	安徽省乡镇企业管理局	安徽省乡镇企业领导干部岗位任职资格证书
32	1999.09	黄山市人民政府	HZ 系列阀门电装 1995—1998 年度黄山市优秀新产品二等奖
33	2000	安徽省乡镇企业管理局	安徽乡镇企业劳动模范奖章
34	2000.11	安徽省人民政府	省政府特殊津贴证书
35	2000.11	安徽省统计局	统计管理登记证副本
36	2001.02	政协黄山市屯溪区委员会	优秀提案（关于开发新安江水上旅游的建议）
37	2001.06	中共阳湖镇党委	优秀共产党员
38	2001.07	安徽省乡镇企业管理局	安徽省乡镇企业劳动模范称号
39	2001.07	未来与发展杂志社	未来与发展杂志社理事会常务理事的聘书

序号	发证日期	发证单位	内容
40	2002.01	黄山市屯溪区阳湖镇人大主席团	第十五届人大代表证
41	2002.05	安徽省乡镇企业管理局	总经理职务证书（2002.5—2006.5）
42	2002.11	中共黄山市屯溪区委／黄山市屯溪区人民政府	荣誉证书
43	2003.01	浙江工业大学办公室	捐资证书
44	2004.02	黄山市人民政府	QC 型阀门电动装置科学技术奖
45	2004.07	中共黄山市屯溪区委／黄山市屯溪区人民政府	优秀共产党员
46	2004.11	黄山市科学技术局	QC 型阀门电动装置科学技术成果证书
47	2005.11	安徽省企业联合会／安徽省企业家联合会／安徽省机械工业协会	2004 年度优秀企业家称号
48	2006.04	黄山市科学技术局	水轮机用于电动调速器科学技术成果证书
49	2006.05	黄山市人民政府	水轮机手电动调速器科学技术奖三等奖
50	2006.06	中国通用机械工业协会阀门分会	中国阀协科技与标准专家委员会顾问（聘期 4 年）
51	2006.09	安徽省民营科技企业实业家协会	副会长理事证书
52	2006.09	新安晚报社／安徽省民营科技实业家协会	科技创新金龙奖
53	2006.11	黄山市屯溪区人民政府	QC 型阀门电动装置 2004—2006 年度科学技术奖一等奖
54	2006.11	黄山市屯溪区人民政府	水轮机手电动调速器 2004—2006 年度科学技术奖二等奖
55	2007.01	《阀门》杂志社	阀门期刊第四届编辑委员会委员聘书
56	2007.08	中华全国工商业联合会／中国民营科技实业家协会	2007 度中国优秀民营科技企业家证书
57	2008.08	中国通用机械工业协会阀门分会	优秀论文奖《阀门启闭扭矩连续测试装置的试验与研究》
58	2008.11	黄山市工商行政管理局	工商局特邀行风监督员聘书（五年）（内含监督证与文件）

续表

序号	发证日期	发证单位	内容
59	2009.02	黄山市人民政府	ZL 型智能化阀门电动装置科学技术奖三等奖
60	2009.11	浙江省浦江中学	捐资证书
61	2009.12	安徽省科学技术厅	NS 型阀门扭矩连续测试装置科学技术成果证书
62	2010.01	中国阀门信息中心	2009 年度优秀信息工作者
63	2010.05	阀门杂志社	《阀门》期刊第五届编委会委员聘书
64	2011.01	中国机械工程学会流体工程分会	第六届阀门与管道专业委员会委员
65	2011.02	黄山市科学技术局	NS 型阀门扭矩连续测试装置科学技术成果证书
66	2011.04	中国通用机械工业协会阀门分会	《阀协通讯》编辑部副主编（2012.4—2014.4）
67	2011.05	黄山市人民政府	NS 型阀门扭矩连续测试装置科学技术奖三等奖
68	2011.08	中国报纸副刊研究会／中国红色文化国际交流促进会	格言作品入选 2011 年 8 月出版《新时期中国共产党人优秀格言选集》荣誉证书
69	2012.03	中国通用机械工业协会	2011 年度科技创新突出贡献奖
70	2012.03	中国通用机械工业协会阀门分会	《阀协通讯》优秀作者
71	2012.04	中国通用机械工业协会阀门分会	2011 年度中阀协优秀联络员
72	2012.04	中国通用机械工业协会阀门分会	中国阀协科技专家委员会顾问（任期 4 年）
73	2012.05	黄山市民营企业家协会／黄山市民营经济研究会	黄山市优秀创业企业家
74	2012.09	安徽省科学技术厅	阀门气动装置启闭转矩连续测试装置科学技术成果证书
75	2012.11	安徽省科学技术厅	LK 智能型阀门电动装置省级科技成果证书
76	2012.12	安徽省企业联合会／安徽省信用协会	2012 年安徽省诚信企业荣誉证书
77	2013.02	黄山市科学技术局	LK 智能型阀门电动装置科学技术成果证书

续表

序号	发证日期	发证单位	内容
78	2013.02	黄山市科学技术局	阀门气动装置启闭转扭矩连续测试装置科学技术成果证书
79	2013.04	安徽省机械工业质量管理协会	第四届理事会理事（任期五年）
80	2013.10	中国国家标准化管理委员会	全国阀门标准化技术委员会阀门驱动装置分技术委员会委员
81	2014.01	阀门用户编辑部	集讯传媒专家委员会委员（2014.2—2015.1）
82	2014.03	安徽省民营科技企业实业家协会	第五届协会副会长证书（2013.11—2018.11）
83	2014.12	安徽省科学技术厅	HZ/QC-XY整体型阀门电动装置科学技术成果证书
84	2015.01	阀门用户编辑部	集讯传媒专家委员会委员（2015.4—2016.3）
85	2015.08	中共黄山市屯溪区委／黄山市屯溪区人民政府	2011—2015年度科普工作先进个人
86	2016.01	阀门用户编辑部	2016.2—2017.1集讯传媒专家委员会委员聘书
87	2016.06	《阀门》杂志社	"超达杯"2015《阀门》期刊优秀论文三等奖（阀门气动装置启闭转矩连续测试装置的实验与研究）
88	2017.06	《阀门》杂志社	"超达杯"2016《阀门》期刊优秀论文二等奖（一种阀门启闭控制装置的传动装置）
89	2017.08	黄山市人民政府	管道安全保障的阀门紧急切断装置科技产品三等奖证书
90	2018.06	《阀门》杂志社	"超达杯"2017《阀门》期刊优秀论文二等奖（机械减速器传动效率测试装置的研制）
91	2019.01	中国机械工程学会流体工程分会	第七届全国阀门与管道学术会议《阀门启闭扭矩测试规程的研究》论文三等奖证书
92	2019.02	中共黄山市屯溪区委／黄山市屯溪区人民政府	屯溪区优秀民营企业家称号
93	2019.04	黄山市总工会	黄山市五·一劳动奖章
94	2019.06	浙江工业大学机械工程学院	"校友导师计划"特聘导师聘书

序号	发证日期	发证单位	内容
95	2019.06	浙江工业大学教育基金会	20 万元捐赠证书
96	2019.09	《阀门》杂志社	"超达杯" 2018《阀门》期刊优秀论文二等奖（阀门多回转驱动装置连接技术相关标准的分析与研究）
97	2019.12	浙江省浦江中学	20 万捐赠证书
98	2019.12	"在黄优秀浙商" 活动评选委员会	黄山市杰出浙商
99	2020.12	《阀门》杂志社	荣获 2020 年度阀门优秀论文二等奖（阀门启闭扭矩测试规程的研究）
100	2021.08	黄山市红十字会	捐资助学 20 万元证书
101	2021.11	《阀门》杂志社	《阀门》期刊第六届技术委员会委员聘书
102	2022.02	阀门用户杂志社	《中国阀门电动装置行业发展史》荣获 "台湾捷流杯" 有奖征文活动奖
103	2022.06	黄山市浙江总商会	黄山市浙江总商会第四届 "优秀浙商" 爱心奉献奖

附录九

我的论文著作统计表

主要著作、论文、编译等

序号	作品名称	角色	刊物及期号	出版年份	备注
1	《日本中北制造所蝶阀产品分析》论文	主编	《阀门技术》1976年第3—4期	1976.04	第一机械工业部通用机械研究所
2	《赴日阀门考察报告》一书之八填料垫片	主编	《赴日阀门考察报告》	1978.02	机械部通用机械研究所出版
3	《赴日阀门考察技术资料》	主编	《赴日阀门考察组》	1978.02	机械部通用机械研究所
4	《阀门电动装置标准中的一些问题》	主编	《全国第一届管道与阀门学术会论文集》	1979.11	全国第一届管道与阀门学术讨论会
5	《阀门电动装置防护性能的研究》论文	主编	《化工与通用机械》1981年第8期	1981.08	第一机械工业部通用机械研究所
6	《阀门驱动装置国际标准的分析对比》论文	主编	《化工与通用机械》1982年第4期	1982.04	第一机械工业部通用机械研究所
7	《止回阀与给水系统水锤现象的研究模型》论文	主编	《化工与通用机械》1982年第10期	1982.10	第一机械工业部通用机械研究所
8	《阀门设计》一书	主译	《阀门设计》一书	1983.07	安徽科技出版社
9	《弹簧式安全阀在制造和使用中应注意的几个问题解答》论文	主编	《化工与通用机械》1983年第9期	1983.09	机械工业部通用机械研究所
10	《中小型阀门厂的产品发展与试验研究》论文	主编	《流体工程》1983年第10期	1983.10	机电部通用机械研究所
11	《用于高温阀的无石棉填料》论文	主译	《流体工程》1984年第3期	1984.03	机械工业部通用机械研究所
12	《阀杆螺母磨损量的测量与计算》论文	主编	《流体工程》1985年第1期	1985.01	机电部通用机械研究所
13	《FS-0型阀门寿命试验机的设计》论文	主编	《流体工程》1986年第1期	1986.01	机电部通用机械研究所
14	《中国大百科全书》条目：电磁阀	主编	《中国大百科全书》机械工程I	1987.07	中国大百科出版社出版
15	《中国大百科全书》条目：阀门电动装置	主编	《中国大百科全书》机械工程I	1987.07	中国大百科出版社出版

序号	作品名称	角色	刊物及期号	出版年份	备注
16	《柱塞阀密封环与柱塞之间密封配合的设计和研究》论文	主编	《第三届全国阀门与管道学术讨论会论文集》（下册）	1990.11	第三届全国阀门与管道学术讨论会优秀论文
17	《阀门技术手册》一书	主译	《阀门技术手册》译著	1990.12	机械工业出版社出版
18	《柱塞阀密封环与柱塞间密封过盈配合的计算》论文	主编	《流体工程》1991年第6期	1991.06	机电部通用机械研究所
19	《用多级降压法消除电厂调节阀气蚀》论文	主编	《流体工程》1992年第11期	1992.11	机电部通用机械研究所
20	《先导型膜盒式大排量疏水阀的设计与研究》论文	主编	《第四届亚洲流体机械国际会议》	1992.12	第四届亚洲流体机械国际会议录入论文
21	《出成果的基地 育人才的摇篮》	主编	《回眸》	2006.11	光明日报出版社
22	《阀门启闭扭矩连续测试装置的试验和研究》论文	主编	《阀门》2007年第5期	2007.10	阀门杂志社出版
23	《阀门启闭扭矩连续测试装置的试验和研究》论文	主编	《2008第二届中国国际阀门论坛论文集》	2008.12	中国通用机械协会阀门分会
24	《阀门扭矩和弯矩连续测试装置及其检测方法》论文	主编	《阀门》2012年第3期	2012.06	阀门杂志社出版
25	《现场总线与无线控制的阀门电动装置的设计研制》论文	主编	《2012第四届中国国际阀门论坛论文集》	2012.11	中国通用机械协会阀门分会
26	《以产学研合作机制提升企业创新能力》	主编	《中国阀门信息网讯》	2012.12	阀门杂志社出版
27	《现场总线与无线控制的阀门电动装置的设计研制》论文	主编	《流体机械》2013年第1期	2013.01	流体机械杂志社
28	《非侵入式阀门电动装置的设计研制》论文	主编	《阀协通讯》2013年第6期	2013.01	中国通用机械协会阀门分会
29	《阀门启闭扭矩试验标准的研究》论文	主编	《阀门》2013年第5期	2013.10	阀门杂志社出版
30	《新时期中国共产党人优秀格言》	主编	《格言》选集	2011.07	中国文史出版社
31	《智能型阀门电动装置相关标准规定的分析与研究》论文	第二作者	《阀门》2014年第3期	2014.06	阀门杂志社出版
32	《全自动阀门电动装置试验台的研究》论文	主编	《流体机械》2014年第5期	2014.05	流体机械杂志社

续表

序号	作品名称	角色	刊物及期号	出版年份	备注
33	《活塞助力液压调节阀》论文	第二作者	《阀门》2015年第1期	2015.02	阀门杂志社出版
34	《阀门气动装置启闭转矩连续测试装置的试验与研究》论文	主编	《阀门》2015年第2期	2015.04	阀门杂志社出版
35	《具有备用动力系统的阀门电动装置》论文	主编	《阀门》2015年第6期	2015.12	阀门杂志社出版
36	《一种阀门启闭控制装置的传动装置》论文	主编	《阀门》2016年第3期	2016.06	阀门杂志社出版
37	《阀门电动装置系列研究》	主编	《使命》	2016.09	安徽科技出版社
38	《机械减速器传动效率测试装置的研制》论文	主编	《阀门》2017年第5期	2017.10	阀门杂志社出版
39	《多回转阀门驱动装置的连接技术相关标准规定的分析与研究》论文	主编	《阀门》2018年第4期	2018.08	阀门杂志社出版
40	《部分回转阀门驱动装置连接技术相关标准规定的分析与研究》论文	第二作者	《阀门》2018年第5期	2018.10	阀门杂志社出版
41	《阀门启闭扭矩测试规程的研究》论文	主编	《阀门》2019年第1期	2019.02	阀门杂志社出版
42	《回忆六十多年前的浦江中学》论文	主编	《流向远方的未名溪》	2019.09	光明日报出版社
43	《阀门启闭扭矩测试规程的研究》论文	主编	第七届全国阀门与管道学术会议论文集	2019.10	中国机械工程学会流体机械分会
44	《中国阀门电动装置行业发展史》论文	主编	《阀门用户》2021年第3、4期	2021.06	阀门用户杂志社出版
45	《K-H-V型滑块式行星机构在阀门电动装置设计中的运用》论文	主编	《阀门》2021年第5期	2021.10	阀门杂志社出版
46	《中国阀门电动装置行业发展史》	主编	中国通用机械杂志社2021年第6期，2022年第一期、第二期	2021.12 2022.02 2022.04	中国通用机械杂志社出版
47	《阀门电动装置在小型水电站的创新应用》	主编	《阀门用户》2022年第3期	2022.06	阀门用户杂志社出版
48	《中国阀门电动装置行业发展史》论文	主编	《阀门》2022年第3期	2022.06	阀门杂志社出版
49	《回眸八十春》一书	著者		2022.12	中国出版集团现代出版社

附录十

我被入选 ISO/TC153 国际标准阀门技术委员会
注册专家的通知之一

Dear Mr meigen xiang

Your registered data have been modified in the Global Directory

You are informed of the following modifications which have been made to the Global Directory data. If you have any questions regarding the reason for such modifications, please contact your national user administrator or the ISO International Helpdesk.

Report

Person	Date	Operation	Role/Property	Content
xiang, meigen Mr	2014-07-02	created		
xiang, meigen Mr	2014-07-02	added	committee member	ISO/TC153/SC1/WG16
xiang, meigen Mr	2014-07-02	added	committee member	ISO/TC153/SC2/WG1

This email was sent by the ISO Event Notifications application. If you no longer want to receive this email notification, please click here.

Dear Mr meigen xiang

Your registered data have been modified in the Global Directory

You are informed of the following modifications which have been made to the Global Directory data. If you have any questions regarding the reason for such modifications, please contact your national user administrator or the ISO International Helpdesk.

Report

Person	Date	Operation	Role/Property	Content
xiang, meigen Mr	2015-08-28	added	committee member	ISO/TC153/WG3
xiang, meigen Mr	2015-08-28	added	committee member	ISO/TC153/WG1

This email was sent by the ISO Event Notifications application. If you no longer want to receive this email notification, please click here.

附录十一

出席 ISO/TC153 国际标准阀门技术委员会
会议邀请函

DIN Deutsches Institut für Normung e. V. **DIN**

Valves Standards Committee (NAA)

DIN Deutsches Institut für Normung e. V. · 10772 Berlin

XIANG MEIGEN
HUANGSHAN LIANGYE VALVE CO.LTD,
P.R.China

Your reference:
Your date:
Our reference: dbe/shu
Our date:

Name: Dipl.-Ing. J. Dittberner
Telephone: +49 30 2601–2924
Fax: +49 30 2601–4 2924
E-Mail: jan.dittberner@din.de
Internet: http://www.din.de

Date: 2012-04-11

**Invitation to the Plenary Meeting of ISO/TC 153/SC 2 "Valve actuator attachment"
in Berlin, Germany at DIN on 26th & 27th June 2012**

Dear XIANG MEIGEN,

Since you have been nominated by the Standardization Administration of PR China (SAC) as Chinese delegate for ISO/TC 153/SC 2 "Valve actuator attachment", we have the pleasure in inviting you to the plenary meeting of ISO/TC 153/SC 2, which will be held as follows:

On: **26th and 27th June 2012**

At: DIN Deutsches Institut für Normung e. V.
Am DIN-Platz
Burggrafenstr. 6
10787 Berlin
GERMANY

Beginning: **26th June 2012 – 10.00 a.m.**
End: **27th June 2012 – 03.00 p.m.**

Please find enclosed:

- Information on how to get to the DIN premises
- Berlin hotel information

Personal data:

Name	Position	Nationality	Date of birth	Passport no.
XIANG MEIGEN	Senior Engineer	P.R.CHINA	1942-12-30	G40183009

For visitors in Berlin-Mitte:
Am DIN-Platz
Burggrafenstr. 6
10787 Berlin

Chairman:
Dr.-Ing. W. Pavel
Secretary of Standards Committee:
Dipl.-Ing. J. Dittberner

Payments requested with reference
Commerzbank AG
Bank code 100 800 00
Account no. 921676500
IBAN: DE88 1008 0000 0921 6765 00
S.W.I.F.T.-Code (BIC): DRES DE FF 100

Deutsche Bank AG
Bank code 100 700 00
Account no. 130365400
UST-ID-Nr.:
DE 136 622 143

Postbank AG
Bank code 100 100 10
Account no. 384 56-101
Umsatzsteuer-Nr.:
27/640/50470

Member of the International Organization for Standardization (ISO) and the European Committee for Standardization (CEN)

- 2 -

DIN

Should you have any further queries, please do not hesitate to contact us.

We look forward to seeing you in Berlin and wish you a good journey.

Yours sincerely

DIN German Institute for Standardization
Valves Standards Committee (NAA)

Jan Dittberner
Secretary of Standards Committee

bsi.

...making excellence a habit.™

Our Ref: ISO/TC 153

Date: 07/08/2018

To whom it may concern

Dear Sir/Madam

VISA APPLICATION FOR MEI GEN XIANG

I am writing to confirm that BSI, as the national standards body for the UK, is delighted to invite Mei Gen Xiang, to visit BSI Headquarters in London during October 2018.

This is for an international meeting of 'ISO/TC 153 Valves' to be held from the 16 October 2018 to 19 October 2018 for which Mei Gen Xiang will be visiting the UK from the 15 October 2018 until 20 October 2018. Mei Gen Xiang's passport number is G40183009 and date of birth is 30 December 1942. Mei Gen Xiang's meeting itinerary is given on the following page.

We respectfully remind you that your delegation is liable for all expenses before, during and after travel. We very much look forward to welcoming you to BSI soon. Meanwhile, please let me know of any further information that we can provide to support your visa applications.

Yours sincerely

David Bell
Director of Standards Policy
on behalf of
SCOTT STEEDMAN
Director of Standards

BSI Group
389 Chiswick High Road
London, W4 4AL
United Kingdom

T: +44 345 086 9001
F: +44 20 8996 7001
cservices@bsigroup.com
bsigroup.com

BSI Standards Limited
Registration in England no: 07864997
Registered address: 389 Chiswick High Road
London, W4 4AL, United Kingdom